JN099868

目次

虹を待つ

駆け込み寺の女たち

妻の鏡

たどってきた板塀がふつりと途切れた。なつが左を向くと、道から引っ込んだところに扉を開け放した門があった。

その脇には緑色のほうきを逆立てたような欅（けやき）の大木がそびえ立っている。門から遠い向こうには小さく本堂らしきものが見える。

ここだ、間違いない。なつの胸の鼓動が一気に速まった。

江戸、日本橋（にほんばし）を発（た）ってから二日。四月の中山道（なかせんどう）を歩いて歩いて、ついに目指す尼寺にたどり着いたのだ。上州満徳寺（じょうしゅうまんとくじ）――縁切寺（えんきりでら）に。

縁切寺は、この世で唯一、妻から夫に離縁の申し立てができる場所だ。夫の浮気、暴力、身勝手――様々な事情で離縁を望み、駆け込んだ女を護（まも）り、離縁を叶（かな）えてくれるという。

門の敷居が横一文字の黒い線を引いている。その先には何が待っているのだろう。

なつがおそるおそる門に歩みより、敷居の前に立ったとき、ちょうど中から野良着姿の男が現れた。

数えで十九のなつと同じ年頃か。小柄だが、体つきは引きしまった鋼のようだ。どうやら寺男らしく、敷居の向こうから鋭いまなざしを旅姿のなつに向ける。

「駆け込みか」

「あ……」

「駆け込みか」

菅笠で隠れたなつの顔を、寺男が身をかがめて覗き込む。

なつはとっさに後ずさりし、門から離れた。

板塀に身を隠し、背を預けて息を整える。友だちの言葉を思い出した。

——とっても、とっても厳しい尼寺だそうよ。

不調法でもしようものなら、ひどいお仕置きが待っているって。

さっきまで袷の着物の下で汗ばんでいた体が、今は震えている。

来た道を振り返ると、まるで大きな川の真ん中に放り出されたようだ。見わたす限りの畑は水面で、木塀で囲まれた満徳寺はぽつりと浮かぶ木箱。畑仕事をしている百姓は、あちらこちらで小さく跳ねる魚だ。

そして景色をふんわりと包む霞は涙霞とよく似ている。今にも霞の向こうから、いつも泣きながら見つめた顔が現れそうだ。

——やい、おなつ、泣くなよ。江戸一の美人が台無しじゃねえか。

夫の倉五郎の顔がなつに笑いかける。

――縁切寺に行ってやる、だって？

　よせよ、おまえのような世間知らずにできるわけがねえ。

なつは板塀から勢いよく身を起こした。

欅の大木――縁切欅と呼ばれる木へと突き進み、ふたたび門と向かい合う。

敷居の向こうにまだ寺男がいた。静かにたたずみ、こちらを見ている。なつが覚悟を決めるのを待ってくれているようだ。

　にわかに心強くなり、なつは門をくぐった。えい、と敷居をまたぎ、ついで寺男を見上げてきっぱり告げた。

「江戸より参りました。どうか、お助けくださいまし」

それを受けて、寺男が境内に向き直って声を張る。

「駆け込みでございます」

続いて寺男は両開きの木戸に手をかけた。

左右の分厚い木戸が音を立てて閉まる。閂(かんぬき)には太い横木が渡され、俗世からなつを完全に切り離した。

　なつは新たな緊張で顔をこわばらせながら、寺男のあとについて寺内を進んだ。

　今、抜けてきた外塀の内側に、もう一周、内塀が巡らされている。最初にくぐった駆込門からまっすぐ進むと、二つ目の門――中門があった。瓦葺(かわらぶ)きで、門柱も扉も一つ目よりもはるかに大きく厚い。

そこを抜けると境内だ。奥に本堂らしき高床の建物が見える。

境内の中央では赤紫色のつつじの花が、今を盛りと咲き誇っている。つつじの植え込みの向こうには、赤い橋がかかった池がある。

たすき掛けをした痩せた女が池のほとりにしゃがみ、草取りをしている。駆け込み女かしら、となつが目をこらしたとき、女が姉(あね)さん被(かぶ)りの顔をこちらに向けた。

なつは息を呑(の)んだ。

女もなつを見て弾(はじ)かれたように立ち上がった。細面の頰が引きつり、薄い唇は驚きのせいか小さく開いたままだ。両の眼(め)は確かめるように、なつをまじまじと見つめている。

胃がねじれるのをなつは感じた。布を食(は)む虫を見つけたときのようだ。

足を止めたなつに寺男が「どうした」と呼びかけた。なつは女をまっすぐに指差し、怒りにまかせて言い放った。

「あの女、おはるは、亭主の情女(いろ)でございます」

どうして、あの女が――はるがこの寺にいるのだ。

境内と隣り合う寺役場(てらやくば)で身元取調べが始まるや否や、なつは寺役人にはるのことを尋ねた。だが「後ほど」と言われただけだ。

それならば。取調べを終えたなつは、付き添う寺男を振り切る勢いで境内の奥へとつき進んだ。

本堂は、三つ連なった茅葺き屋根の建物の真ん中だ。両横から腕のように渡り廊下が延び、手のように建物がつながっている。

なつは息せき切って本堂正面の短い階段を上がり、障子が開け放たれた入口に立った。すると、八畳ほどの座敷の真ん中に尼住職が座っていた。

微笑んでいるような柔和な顔がなつを見上げる。

髪を落とした美しい形の頭。年齢は、なつの母とも姉とも見て取れる。

墨色に洗いざらした作務衣を着ていても、ふわりと紗をまとっているようななつやがある。年齢が読めないところといい、まるで観音像だ。

尼住職は慈白と名乗り、なつに座るよう呼びかけた。そして寺男から帳面を受け取る。取調べのときに書記二人が綴っていた取調帳の片方だろう。

寺男が下がり、慈白は取調帳を読み始めた。向かい合って正座したなつは、おそるおそる本堂を見わたした。

本堂の壁は白いしっくい、柱と長押は濃い蜜色だ。今いる座敷を中心に、いくつもの小部屋に分かれている。ふすまはすべて開け放たれ、境内から吹き込む風が部屋から部屋へと抜けていく。

やがて慈白が取調帳から顔を上げた。風のように涼やかな声でなつに問いかける。

「おなつさん。ご亭主とは、どのようなご縁で？」

「父が、決めた縁談で……」

黒く光る慈白の瞳が続きをうながす。

取調べで聞かれたのは、身元と駆け込みの理由だけだ。なつは身の上を話し始めた。

なつの父はなつの兄と日本橋で小さな畳屋を営んでいる。年頃のなつを片付けようと、父は仲人を頼んでなつの嫁ぎ先を探させた。

そして仲人が勧めたのが両国に住む大工の倉五郎。仕事熱心、前途有望、と親方が太鼓判を押したという。

なつは顔もろくろく見たことがないまま倉五郎と祝言を挙げ、二人で暮らす長屋で初夜を迎えた。

おてんば娘と言われていても、なつはまともな恋をしたことがなかった。その上、倉五郎は兄より年上の二十五歳。あぐら座りでまくれた裾や腕組みした袖から見える手足は赤銅色に日焼けし、細身だが筋肉が盛り上がっている。

正座を崩すこともできず、ひたすら替えたばかりの畳を見つめているなつを見て、倉五郎は祝言に集まった長屋連中の物真似を繰り広げた。

気づくとなつは涙を流さんばかりに笑い転げていた。それを見て、倉五郎も目が無くなるほど顔をくしゃくしゃにして笑った。

ついで倉五郎は、役者のように眉を整えた細面の顔を少しかたむけ、まなざしに力を込めた。

――俺は果報者だな。

　こんないい顔をして笑う女房をもらえて嬉しいよ。

倉五郎は陽気で優しい男だった。なつがご飯を焦がしてしまっても、歯ごたえがいいや、と笑って醤油を垂らして食べてくれた。体調が悪いと言えば、精をつけろと高価な卵を買ってきた。そしてなつの口に運んで食べさせてくれた。

実家では跡取りの兄ばかりが大切にされていた。なつをこれほど大切にしてくれた人は、倉五郎が初めてだった。

じっとなつを見つめている慈白が問う。

「おなつさんは、お幸せだったのですね」

「ええ……。最初の一月は」

ぽつり、ぽつりと倉五郎の帰りが遅い夜が増えた。それも酒を飲んで帰ってくる。

そのうち、襟の内側に白粉を、さらしには紅がこすれた跡をつけて帰ってくるようになった。なつが泣いて怒っても、仕事仲間の付き合いだからと悪びれない。

たまりかねて、長屋のおかみさん連中や友だちに相談してみた。だが皆、そのうち落ちつくと言うだけだ。

仲人に相談しても同じだった。

――大丈夫よ、倉五郎さんの親方が決めた縁談だから。

そろそろ倉五郎さんも落ちつかなきゃ、ってね。

うっかり口を滑らせた仲人を問いつめてなつは知った。倉五郎は玄人女(くろうとおんな)と遊ぶのが好きで二十五まで独り者だったというのだ。

仲人が親方を介して忠告してくれたおかげで、倉五郎の帰りが遅くなることは減った。紅や白粉をつけて帰ることもぴたりとなくなった。

ようやく倉五郎は心を入れ替えてくれたのだ。そう思ってほっとした自分を思い出し、なつは唇を噛(か)んだ。

「それで終わりではなかったのです。うちの人は、またわたしを裏切って……。それでわたし、ここに――」

「くわしく」

「はい?」

なつは思わず聞き返した。慈白がなつをひたと見すえる。

「ご亭主がまたあなたを裏切って、何をどのようにしたのですか」

「それは……」

こんなに美しく清らかな人に下世話なことを話してよいものか。なつがためらっていると、慈白が心持ちこちらに身を乗り出した。

「肝心なところではありませんか。さあ」

「はあ……」

なつは抗えず、言葉を選びながら話し始めた。

「今年のお正月に、わたしの実家に亭主と二人で挨拶に行ったとき」

兄嫁と二人でお茶を飲んでいるときに、兄嫁がなつに言った。

——お隣のおかみさんが倉五郎さんと偶然会ったそうよ。

　暮れに、浅草の仕立屋さんで。

浅草の仕立屋など縁はないし、使いを頼んだ覚えもない。

そこで仕立を引き受けているのは、今年二十六になるはるという女だという。なつは次に倉五郎が出かけるのを待って、こっそり後をつけた。

その仕立屋は粗末な長屋の軒先に板きれの札を下げただけの小商いだった。物陰から見つめるなつの前に、化粧気のない細面の女が現れた。おはる、と倉五郎が親しげに呼びかけて肩を抱く。

「そして二人が向かったのは……」

また口ごもると、慈白が少し声を強めて迫る。

「向かったのは、どちらへ?」

まるで噂話に目を輝かせる近所のおかみさんみたい、となつは目を丸くした。いや、これもお取調べのうちなのだろう。なつは遠慮がちに慈白に告げた。

「二人が向かったのは……出合茶屋、です」

「出合茶屋……男女が部屋を借りて逢い引きをする場所ですね」

書物をなぞるように慈白が口にする。逢い引き、という言葉がなつの心にくすぶる火をあおった。

「そうです。わたし我慢できずに二人の前に出ていって、怒鳴りつけて……」

――恥を知りなさいよ!

あのときのことを思い出しただけで動悸が速くなる。落ちつこうとなつが袖を握りしめていると、慈白が静かに言った。

「おなつさんがここに来たのは、ご亭主との縁を切るためではないようですね。お試し。そうでしょう?」

なつはうなずいた。

倉五郎はなつに問いつめられても、以前と同じように白を切った。

――おはるとは、ちょいと込み入った話をしに行っただけさ。

　俺にはおなつっていう大事な女房がいるじゃねえか。

そう言いながらも、倉五郎は行き先を言わず出かけることを止めなかった。はると逢い引きを重ねているに違いない。

なつは食べものが喉を通らず、眠れず夜を明かすようになった。耐えかねて実家に駆け込んだが、辛抱が足りないと両親に叱られて帰された。

「もう、いっそ隅田川に身を投げようかと……。そうしたら、友だちがわたしに、縁切寺のことを教えてくれたんです」

――女房に駆け込まれると、驚いて改心する亭主が多いそうよ。

　亭主をこらしめるために駆け込むことを、お試し、っていうんですって。

　わたしの従姉妹も駆け込んだけれど、結局ご亭主と帰縁したわ。

それを聞いて、なつは駆け込みを決めた。

縁切寺といえば、鎌倉の東慶寺と上州の満徳寺。満徳寺の方が江戸から遠いが、扶持料と呼ばれる入寺費用を少額ずつ分けて支払えるという。なつは袋貼りの内職で貯めた金を手に、満徳寺を目指して家を飛び出した。

「もう、こちらにおすがりするより他、なかったんです」

「お去りになればいいではないですか」

「お去りって……」

離縁しろということか。なつが慈白をまじまじと見ると、慈白がさらりと告げた。

「ご亭主はあなたを苦しめてばかり。まるで寸足らずの帯です。無理矢理締めていても苦しくなるだけ。そんな帯を後生大事に持っていて何になりますか」

「亭主のことをそんな風におっしゃらないでください」

なつが思わず声を上げると、慈白が不思議そうになつを見た。その視線でなつは我に返った。

慈白がいかに美しかろうと尼僧だ。男のことも男女の情も分かるはずはない。口調を和らげて言い直す。

「悪いのは亭主ばかりではありません。亭主を惑わす女郎蜘蛛(じょろうぐも)がへばりついているからです。あの、おはるという情女が――」

「おなつさん」

ぴしりと制した慈白が、視線だけで続きの間を示す。

尼弟子に連れられて入ってきたのははるだ。

はるはいぶかしむように眉を寄せ、なつをじっと見ている。

慈白がはるをなつの横に座らせた。隣を向くと同じようにこちらを見たはると視線がぶつかり、気づくとなつは問いかけていた。

「あなた、どうしてここに――」

「おかみさんこそ、どうして縁切寺に？」

はるは表情こそ落ちついているが、その目は食い入るようになつを見ている。

きっとまだ、はるは倉五郎に惚れている。だから、なつのことを気にするのだ。

まずは釘を刺しておかなければ。なつは座り直し、そしてはるに告げた。

「わたしがここに来たのは、お試しよ」

「お試し、って、ご亭主を改心させるために、ここへ……？」

「そうよ。うちの人の目を覚まさせるために、お試しをすると決めたのよ」

「ご亭主を、お試し……」

はるが独り言のように繰り返し、なつから視線をそらした。誰のせいだ、となつははるを睨み、その勢いで問いかけた。

「あなたこそ、なんでここに……縁切寺にいるんですか？」

今度ははるが座り直し、なつに向かって切り出した。

「わたしは、倉五郎さんと縁を切りに来ました」

「はあ？　縁切寺は夫婦の縁を切る場所よ。あなたはそもそも縁がないじゃない」

食ってかかるなつを、慈白が「おなつさん」と押しとどめた。

「ご存じかもしれませんが、縁切寺はこの世にたった二つ。鎌倉の東慶寺さんと、この上州満徳寺。そしてこの満徳寺はこの世でただ一つ、夫婦でない男女の縁切りができる場所なのです」

「夫婦でない男女の、縁切り……？」

呆然と繰り返したなつに、慈白が「ええ」とうなずく。

「夫婦でない男女の縁切りは、二度と会わぬという証文、執心切れの一札を書かせます。この満徳寺で交わした証文を反故にするようなことは絶対に許されません」

慈白がなつに須弥壇の上を示した。

黒い塗りの欄間の中央に、徳川葵の紋が金色に輝いている。

「この寺の正式な名は、徳川時宗満徳寺。さかのぼること鎌倉時代、新田義季公によって建立されました。七十年ほど前から今のような離縁、帰縁に関わるお役目を頂戴し、徳川様にお護りいただいております」

思わず身をすくめたなつに、慈白がさらに告げる。

「縁切りを誓ったどちらかが相手を追ったり、二人がひそかに会ったりすることは絶対に許されません。寺社奉行から厳しくとがめられ、場合によっては牢に入れられることもあるのですよ。つまり、執心切れは永久の別れなのです」

「永久の別れ……？」

いらだちが込み上げて、なつは拳を握った。縁切寺に駆け込んで縁切りだなんて、それでは何だかはるも、自分と同じ倉五郎の女房のようではないか。

「大げさです。この人は情女じゃないですか。別れたければ簡単に別れられるはず。情女なんて仲人も嫁入り道具もないんですから」

はるが身を固くしたのが分かった。たぶん怒りをこらえているのだ。

だが、はるは自分を落ちつかせるように一つ息をつくと、なつをまっすぐに見て静かに言った。

「倉五郎さんが、別れてくれないからです」

「うちの人が？」

なつがたじろぐと、慈白が「智栄（ちえい）」と傍らに控える尼弟子に呼びかけた。

智栄はなつと同じ年頃だろうか。坊主頭のせいで、くりっとした目が余計大きく見える。作務衣をつけた小柄な体はぽっちゃりと肉付きがよい。わんぱくざかりの五歳の従弟（いとこ）に似ている。

慈白が智栄に帳面を渡した。はるの取調帳だと前置きして、智栄が鈴を振るような声で読み始めた。

「おはるは、倉五郎から妻のおなつと別れて一緒になると再三言われ、いずれは夫婦になると誓いを交わした」

なつは耳を疑った。智栄が容赦なく続ける。

「しかし、倉五郎はおはるに、今は時期が悪い、金の都合をつけるまで、と言い訳を重ね、一緒になるという約束を先延ばしにするばかり。おはるが思い余って別れを告げると、今度は別れたくないと泣きつき、離れようとしても追いかけてくる有様」

智栄の声と重なり、なつの耳に倉五郎の声が聞こえた。怒るなつをなだめようとするときの倉五郎の声が。

――俺にはおまえしかいねえよ。

倉五郎は口が上手く調子がいい。はるにも甘ったるいことを言っていたことには驚かない。だが、なつを捨ててはると夫婦になるとまで言ったとなれば話が違う。

悪寒がなつを襲う。それを振り払おうとなつは声を張った。

「嘘だわ。全部、嘘よ」

否定しなければ頭がどうにかなってしまいそうだ。はるに答える隙を与えまいと言いつのる。

「あなたの魂胆はお見通しよ。大げさなことにして、うちの人からお金を巻き上げようとしているんでしょう。いかにも情女がやりそうなこと――」

「いいえ」

はるが声を上げた。顔が引きつっている。さすがに怒ったようだ。

だが、はるは自分を落ちつかせようとしてか、少し間を置いて、息を吐くような声でゆっくりと告げた。

「倉五郎さんからお金を取ろうだなんて、わたし、そんなつもりはありません」

はるは本当のことを言っているのでは。重い口調を聞いて、なつの心に一瞬そんな思いがよぎった。しかし、なつはすぐにそれを振り払った。

はるさえいなければ倉五郎は惑わなかった。なつだけを見てくれたのだ。

「あなたの言うことなんか何一つ信じられない。人の亭主に手を出すような人だもの、どうせ平気で嘘を――」

なつは、はっと我に返り、口をつぐんだ。

振り返ると慈白が智栄と並んで、なつとはるを見ている。頰をほんのり紅潮させた慈白が、すまして二人に呼びかける。

「どうしました？　存分におやり遊ばせ。お二人とも、お気が済むまで」

はるを見ると、石でできた壁のように固い表情で黙っている。

自分だけが取り乱すのもしゃくだ。なつは背筋を伸ばして慈白に向き、はるに聞こえよがしに言った。

「いいえ、もう結構です。亭主のことは、わたしが一番よく知っていますから」

ふ、と慈白の唇から笑いともため息ともつかぬ息が漏れた。

「それでもお試しとは、まあ」

「慈白様」

さすがに見かねたのか智栄が小声で制する。それを慈白は気にとめることなく、なつとはるを順に見て呼びかけた。

「おはるさんの訴えを受けて、寺役場が江戸に飛脚を差し向けました。倉五郎さんは遠からずこちらに来ます。お二人とも、まずはここで、そのときをお待ちなさい」

なつは「そんな」と声を上げた。

「わたしに、この人と一緒に暮らせと言うのですか」

「ええ」

慈白が観音像のような笑みを浮かべ、顔を引きつらせたなつにさらりと言った。

「お二人はいわば、雨に降られて同じ軒下に雨宿りに駆け込んだようなもの。雨が上がるまでお互い助け合って暮らしなさい」

「亭主の情女と、どう助け合って暮らせと……!」

「嫌なら、訴えを取り下げて家にお帰りなさい」

「え……」

とまどうなつに慈白が迫る。

「おはるさんはご亭主と縁を切ると言っています。それなら、ご亭主は遠からずおなつさんのもとに帰ってくるのではないですか? 家でそれを待てばよいではありませんか」

なつは絶句した。

慈白はまるで胸躍らせているかのように、口元に笑みをたたえている。凜としたまなざしがなつを見すえる。

「さあ、おなつさん、どうしますか？　家に帰りますか」

家に帰ったところで同じだ。倉五郎を待つ場所が、満徳寺から家に戻るだけ。待つだけの日々にはもううんざりだ。

なつは慈白を見つめ返した。

「わたしは、帰りません」

「では、観念なさいませ」

花のような笑みを浮かべた慈白が、ついではるに向いた。

「おはるさんも、よろしいですか」

「はい。このまま、ここでお裁きを待ちます」

はるは落ちついた声で答え、そしてなつに顔を向けた。

「わたしが執心切れ願いを出したのは、お金目当てではありません。返すものさえ返してもらえれば、それだけでいいんです」

「返すって、あなた……うちの人に、お金を？」

「ええ。些少ですが、倉五郎さんに用立てています」

「何を言うの。うちの人はお金に困ったりしていないわ」

なつはあきれてはるをまじまじと見た。

倉五郎は大工、実入りはいい。いつもなつに十分な生活費をくれたし、折々になつがねだる櫛や化粧品を買ってくれた。

「だから、情女にお金を借りたりするわけがないのよ」

言い切ったなつを、今度ははるが驚いたような顔で見つめた。

おなつさん、と慈白が呼びかけ、哀れむようなまなざしを向けた。

「ここは作り話がまかり通る場所ではありません」

慈白の言葉を裏付けるように、欄間に輝く葵の紋がなつの目を鋭く射た。


駆け込み女が寝泊まりするのは、本堂から延びた二本の腕の片側。渡り廊下の先にある庫裡と呼ばれる建物だ。

なつは持参した風呂敷包みの中身を改められたあと、智栄に連れられて本堂から庫裡に向かった。

庫裡の半分は広い座敷が二間続きになっている。

もう半分は二部屋に分かれている。玄関に近い方が九畳の寝間。押し入れと棚があるだけの、がらんとした部屋だ。

寝間で旅装を解き、荷物を置いて庫裡の奥に向かう。

もう一つの部屋は十畳の茶の間だ。障子戸の向こうが土間の台所になっている。そこで智栄の指揮のもと、駆け込み女が交代で食事の支度をするという。

なつとはるの他に、駆け込み女は二人いる。智栄も交えた五人で炉のまわりに箱膳を並べて夕餉をとった。

作務と食事の間の雑談は禁じられている。なつは無言で箸を使い、湯漬けとうどのごま和えを口に運んだ。

はるが気になって味など分からない。横目でそっとうかがうと、はるは手元だけを見つめて箸を動かしていた。その横顔を見ると、険のある声が思い出される。

——些少ですが、倉五郎さんに用立てています。

上の空で皆と夕餉の後片付けを終えたあと、なつは座敷の縁側に一人座り、あたりを見回した。

もう少しで完全に日が落ちる。橙色の陽光が夜の闇に飲み込まれていく。遠くで葉を一杯に茂らせた縁切欅の先端も宵の空に溶けていく。

目の前には板塀で囲まれた小さな中庭がある。

板塀は境内をぐるりと囲んでいる。本堂の方に顔を向けると、板塀の向こうに鬱蒼と茂る木々が見える。

さっき寝間の高窓から見た裏庭も、塀の向こうが林になっていた。まるで緑色の高い塀に囲まれているようだった。

境内が闘鶏の囲いのように思えてきた。女房と情女が放り込まれて、どちらかがどちらかを倒すまでは出ることができないのだ。

なつの口から、長く深いため息がこぼれた。

駆け込みさえすればすべてが上手くいく、と意気込んでいた。その一心で江戸からこの寺まで突き進んできたのだ。

それなのに、なつの背を勢いよく押していた強い風がぱたりと止んだようだ。

なつは空を見上げ、宵の月と漂う雲を眺めた。

江戸では倉五郎が同じ月を見ているのだろうか。そして、なつとはる、どちらのことを考えているのだろうか。

不安が込み上げ、すうと体が冷えた。なつが襟をかき合わせたとき、あたりがふんわり明るくなった。

座敷を振り返ると、なつより二つ三つ年上の駆け込み女、ふさが行灯（あんどん）に火を入れたところだ。肉付きのいい体とふくよかな笑顔。ふさを見ていると大黒様が頭に浮かぶ。

つづいてふさは置いていた盆を取り上げると、縁側にやってきた。そしてなつの隣にどかりと座り、むっちりとした手で「はい」と湯のみを渡してくれた。

勧められるままに一口飲むと、とろりと甘さが舌を包んだ。まるで飴玉を溶かしたようだ。飲み込むのがもったいない。

口に含んだままふさに顔を向けると、ふさがにやりと笑った。

「甘茶。境内の裏にあまちゃづるが生えてるの」

寺では灌仏会――仏様の誕生日に甘茶をお供えするために、あまちゃづるを干して甘茶を作る。そのときに作れるだけ作ったそうだ。

「駆け込み女には甘いものが要るからね。みんな、しょっぱい涙をたくさん流してきたんだから」

ふさは満徳寺に近い商家の妻だという。姑の嫁いびりに耐えかねて満徳寺に駆け込み、もう六月になるという。甘茶をちびりと飲み、なつに改めて視線を向ける。

「おなっちゃん、江戸から来たんでしょう？　ご亭主も罪な人だね。こんな可愛いおかみさんにお試しをさせるなんて」

どうしてふさがお試しのことを知っているのか。なつは驚いたが、すぐに戸を開け放った本堂を思い出した。あれでは本堂の近くにいれば、中の話が丸聞こえだ。

ふさは茶の間から出てきたはるにも声をかける。

「今夜は甘茶ですよ。おはるさんもどうですか？」

なつは身を固くした。口の中の甘茶が急に苦くなったようだ。

はるもなつと似たような気持ちなのだろう、淡々と答える。

「わたしは、もう休みます」

なつの方を見ることなく、はるは「失礼します」と挨拶して寝間に向かった。なつがほっとしたとき、今度は澄んだ声が隣でぼやいた。

「いやだわ、情女と一緒に暮らすなんて」

ひな人形のような小作りの顔の駆け込み女が、なつの隣にすっと膝を落とす。なつと同じ年頃の喜久(きく)だ。

踊りでも習っていたのか、喜久の身のこなしは優雅だ。しかし、なつに向けた顔の口は思い切りへの字になっている。

「おはるさん、お歯黒をしてないし、髪を島田に結ってるから独り者だってことは分かってましたの。だけどてっきりいいなずけの破談かと思っていたのよ。あの方、自分のことを何も話さないから」

「何も？」

「ええ。ここでの楽しみといったらお互いの身の上話しかないでしょう？　だけど、あの方はいつだって貝みたいに口をつぐんで。でも話せない訳がやっと分かったわ」

喜久は眉を寄せてさらに息巻く。

「人の亭主に手を出すような女ですもの。情女なんて、言ったら泥棒じゃないの」

「止めなさいって」

ふさが喜久の口を封じるように湯のみを差し出す。

「お喜久ちゃんがいつもそうやって情女のことを怒ってるからよ。おはるさんだって、とても自分の身の上を言い出せやしないわ」

「だけど腹が立つんですもの」

喜久は足利にある薬問屋の若奥様だそうだ。夫の遊興三昧に耐えかねて、一月前に満徳寺に駆け込んだという。

「亭主の情女たちのせいで、わたしはここでお抹茶もお菓子もいただけずに作務をさせられているんだから」

満徳寺では寺法で酒や緑茶などの贅沢品と肉魚、五葷——ねぎやにら、らっきょうなどの辛味野菜が禁じられている。口にできるのは寺で出されたものだけ。なつが江戸から持ってきた飴玉も荷物改めで取り上げられた。

今は甘茶で少し心慰められたのか、表情を和らげた喜久がなつに言う。

「おなっちゃんはいいわね。ここに来たのはお試しなんでしょう?　きっとじきにここから出られるわ」

「そうよ。ご亭主はすぐに情女と縁を切るわ。そしておなっちゃんとやり直すわよ」

なつが黙っていると、ふさが「どうしたの」と、なつに身を寄せた。

「大丈夫よ。わたしが見てきた限りじゃ、情女をこしらえた亭主は女房に駆け込まれると心を入れ替えるもの。そんな女を何人も見てきたわ」

舌を包んだ甘茶のように、二人の言葉がなつの心を優しく包む。さび付いた蝶番(ちょうつがい)に油を差したように、なつの口が自然に開いた。

「わたし、くやしくて……」

「くやしい？」

ふさが首をかしげ、喜久も身を乗り出す。なつは本堂で慈白のもと、はるとやり合ったときのことを二人に話した。

「亭主はあの人に、お金を融通してもらってたんです。わたし、そんなことちっとも知らなかった。亭主がお金に困っていたことも、ぜんぜん……」

倉五郎にとってはるは、これまで遊んできた玄人女たちと同じような遊び相手だとばかり思っていた。それが、妻である自分よりもはるを頼ったのだ。

はるは手に職を持った中年増(ちゅうどしま)。なつよりもはるかに世慣れていることは間違いない。

「だからあの人、わたしを馬鹿にしてるんです。用立てています、なんて得意げにわたしに……。いくらなんでも女房を馬鹿にしすぎじゃないですか。それがくやしくて……」

胸の中が黒い雲で満ちている。そのせいで倉五郎の姿までもかすんで見えない。なのにはるは今閉めたふすまのように、さっさと倉五郎を閉め出しておしまいだ。

「あの人は執心切れだか何だかで亭主と縁を切って、しれっと生きていくんでしょう。わたしゃ亭主をこんなに振り回しておいて……。考えれば考えるほど憎らしくて、はらわたが煮えくり返るようで――」

なつは口をつぐんだ。

ふさと喜久が黙ってこちらを見ている。

江戸にいたころも、なつは何度も同じような視線を向けられた。長屋のおかみさんたちに、仲人に、友だちに。

倉五郎のことを夢中で愚痴っていると、皆、そのうち黙り込んでしまう。それか、用事を思い出したと理由をつけて、そそくさと去っていくか。

愚痴は油だ。少しなら味わいを増すが、度を過ぎれば胸焼けする。そう気づいてから控えていたのにうっかりしていた。

「すみません、わたし、自分のことばかり」

急いでふさと喜久に詫びると、「何で」とふさが笑った。

「謝ることないよ。言いたいことは言っちゃえばいいの」

「だけどいやな話ばかり――」

喜久が首を振ってなつの言葉を優しくさえぎる。

「お互い様よ。わたしたちだって寺役場に呼ばれた日の夜は愚痴の嵐だもの」

「おなっちゃん、すっぱりと、はなしちゃおう」

ふさが口元に手をやって「はなす」と話す仕草をし、ついで、胸に手をやり「はなす」と何かを放り出すような手振りをしてみせた。

「話すは放す、って言葉があるんだって。ここに来た日に、慈白様がわたしに教えてくれたの」

「話すは、放す……」

「そうそう。いろいろ抱えたまんまじゃ重たくて、歩くのがしんどいでしょ？　だから遠慮しないで。わたしたちは皆同じ。駆け込み女なんだから」

じんと目頭が熱くなった。

心に積もった重石(おもし)は一人では取り除けない。けれどここには石の重さや冷たさをうとむことなく、力を貸してくれる人たちがいる。

はるは一人で平気なのだろうか。

ちらりと心をよぎったが、ふさたちから話の続きをうながされると、夜空の雲と一緒に彼方(かなた)に流れ去った。

「おなっちゃん、起きて」

満徳寺に来て五日目の夜明けを迎え、ふさの声がけで朝が始まった。

重い瞼を開け、隣で眠そうに首を回している喜久、その向こうで帯を締めているふさをぼんやり見て——今日もか、となつは一番奥を見た。

そこに敷かれていた布団は、すでに上げられてしまっている。

台所に行くと、身なりを整えたはるが米をといでいる。

ふさが「ありがとね」と声をかけると、はるは答えの代わりに口元に薄く笑みを浮かべた。えらそうに、と横目で睨んで裏口を出る。

裏庭には井戸と小さな畑がある。なつが井戸端で口をゆすいでいると、はるが木桶を持って出てきた。そして庫裡の壁沿いにある植え込みに、いつものように米のとぎ汁をまく。

なぜかは分かる。昔、実家の母に教わった。

——お米のとぎ汁をまくと、草花がよく育つのよ。

はるに、これでもかとそつのないところを見せつけられているようだ。なつが口に含んだ水を勢いよく吐き出したとき、「おなっちゃん」と呼びかける声が聞こえた。

ふさが空を差した。白く煙ったような早朝の空気の向こうに、まぶしい陽射しが透けて見える。

「今日で三日、晴れの日が続いたね。おなっちゃんのご亭主、今日あたり現れるんじゃないかな」

「今日……」

冷たい井戸水に触れたときのように、緊張がなつの身をすくませた。

上州から江戸までは二日かかる。満徳寺からの呼状(よびじょう)を受け取った倉五郎は、仕事を休む算段がつき次第江戸を発つ。なつと同じように中山道を旅して上州にある満徳寺にやってくる。晴れた道なら旅も順調なはずだ。

そして、寺役場でなつと会うことになるだろう。

なつが「お試し」について知っているのは縁切寺に駆け込むところまでだ。そのあとどうすればいいのかはまるで見当がつかない。それでも昨日よりていねいに髪を撫(な)でつけ、身なりを整えてから本堂に向かった。

満徳寺の一日は朝のお勤めから始まる。慈白と智栄に従い、口伝(くちづて)で経を唱える。そのあとは四人で朝餉(あさげ)の支度だ。智栄の指揮のもと、はるが水に浸しておいた米を炊いて味噌汁(みそしる)を作る。朝餉が終わると掃除。庫裡を掃き、台所を拭き、本堂と渡り廊下をぬか袋で磨き上げる。

昼餉は冷や飯にお湯をかけた湯漬けと漬け物に、豆料理が一品。午後は境内の草取りや、裏庭にある小さな畑の手入れ。あるいは、智栄に言いつかった縫い物や保存食づくりに励む。

日が暮れたら、本堂で夕方のお勤めをしてから夕餉。これも湯漬けに野菜の小鉢が一皿と決まっている。片付けを済ませてから行水で一日の汗を流す。ひたすらその繰り返しだ。

江戸の長屋で暮らしていたときよりもはるかに体を動かしている。日中は倉五郎のことをゆっくり思う暇はない。質素な食事をおいしく平らげ、夜は泥のように眠る。江戸にいたときは消えることがなかった目の下のくまがあっさり消えた。

昼餉のあとは裏庭に出た。今日の作務は木の器の手入れと、行灯の油さしだ。まずは庫裡から運んだ器を台の上に並べ、油を塗り込んで陽に当てていく。

合間に見上げた空は、午後を迎えてほんのりと色を濃くしている。一緒に器の手入れをしていた智栄が、「おなつさん」と呼びかけた。

「そわそわしているようですね。ご亭主がいらっしゃるからですか？」

「ええ……」

なつはあいまいに答えた。

落ちつかない、何を言えばいいのか分からない。そんなことを言ったら、慈白だけでなく智栄からもあきれられそうだ。

しかし、智栄は「分かりますよ」となつに笑いかけた。

「慈白様はあんなことをおっしゃいましたけど。好いた相手は例えれば太陽。近づけば女の怒りなどあっさり溶けてしまうものですもの」

「……はあ」

なつは目を丸くした。智栄はわんぱく小僧のような見た目をしているくせに、ませたことを言うものだ。思い出に浸るように遠くに目を向け、さらに言う。

「ですから意地になるだけ損。それは幸せな負けなのですから」

なつは込み上げる笑いをかみ殺し、智栄に「はい」とうなずいた。

今朝から胸を重くしていた緊張と不安が和らいだのに気づいた。この寺に来てから、何だか体が軽くなったような気がする。

それはきっと、智栄やふさ、喜久と話すからだ。

ふさや喜久とは作務の合間や夜に話す。眠る前のひとときは、月が出ている夜は縁側で、そうでなければ茶の間に集まり、白湯を片手に互いの身の上や尼たち、寺役人の噂話に興じた。

慈白が言っていたという言葉は本当だと思う。

——話すは放す。

わたしも話してばかりではだめ、よい聞き役にならなくちゃ。そう思いながらなつは器の手入れを終えて庫裡に入った。渡り廊下から本堂に上がり、座敷に入ったところで足を止めた。

御本尊のある中央の座敷に慈白が座り、鉢に花を生けている。

縁側のそばで膝立ちになっているのは、はるだ。干していた座布団を集めながら喋っている。

「――幸いなことに、わたしに仕立てものを頼んでくださる方がいまして」

「そこから、生業に？」

慈白の問いに、はるは「ええ」と答える。

「かつかつですけれど、おかげさまで何とか暮らしを賄っていけるように――」

なつに気づいたはるが口をつぐんだ。慈白もなつへと顔を向けた。

「おなつさん、どうしました？」

「行灯に、油を」

なつが手にした油差しを見て、慈白が「お願いします」と微笑みかける。

はるは、と見ると、手早く座布団を集めて片隅に積み上げると、慈白に会釈をして渡り廊下へと向かった。

慈白は再び花を生けはじめる。気づくとなつは慈白に問いかけていた。

「慈白様。あの人と何を話していらしたのですか？」

「あの人？」

「おはるさんと、です」

「江戸ではどのように暮らしていたのか、伺っていました。今はちょうど、仕立屋を始めることになった訳を」

「わたしのことは？」

「おなつさんのこと？」

「そうです。あの人、わたしのことは何か言っていませんでしたか？」

慈白が花に目を向けたまま「いいえ」と首を振った。本当だろうか。なつは重ねて尋ねた。

「それでは、うちの人のことは、何か言いましたか？」

慈白がなつを見上げた。そして「お座りなさい」と告げた。うながされるまま慈白の前に座ると、慈白が花ばさみを置いてなつをまっすぐに見た。

「その様子だと、おなつさんはおはるさんと話をしていないようですね」

「ええ」

「なぜですか？」

「なぜって……」

「おはるさんのことを気にしてるじゃありませんか」

「ですが……話す機会がありませんし」

「一つ屋根の下に暮らしているのに？」

「おはるさんは、わたしを避けていますから」

「くわしく」

なつがこの寺に駆け込んだときのように、慈白の白い頬が上気する。それを見て、喜久が言ったことを思い出した。

――ここでの楽しみといったらお互いの身の上話しかないでしょう？

この美しい人もそうなのだろうか。この寺の中だけで暮らし、尼として生きる中で、駆け込み女の話を聞くことだけが日々の彩りなのだろうか。

さあ、と慈白がうながす。なつは話し始めた。

「別に、わたしが意地悪をしているわけじゃありません。ただ、あちらが」

毎夜のお喋りにもはるは加わらない。さっさと寝間に下がってふすまを閉ざしてしまう。

一度、お喋りの途中に外にある憚(はばか)りに行ったとき、寝間の高窓にはるの顔が見えた。裏庭か、それとも月でも見ていたようだ。寝間に下がっても寝るわけではなく、ただただ一人になりたいらしい。

はるが避けたそうな相手といえば、情女を忌み嫌う喜久もいる。だが、古株のふさが睨みをきかせているから、喜久は表向き、はると普通にやりとりしている。

と、なるとやはり、はるが避けているのはなつだ。

「おはるさんが女房であるわたしに顔向けできない、というのは分かります。でも、それにしては堂々としているし……。あの人が何を考えているのか、わたしにはよく分かりません」

「ふむ」

少し考えた慈白が、やがて小さくうなずいた。そして手を伸ばした。

「おなつさん。色恋とはこんなもの」

慈白がなつに向けたのは、花を生けかけた水盤だ。

「色恋は二人だけの世界。お互いがすべて、お互いだけが見える。こんな風に」

慈白が花を指し示す。床の間に飾る花のようだ。輝くように咲き誇る金蘭(きんらん)の花が面(おもて)をまっすぐこちらに向けている。

「ですが、そこに他の誰かが割り込んだらどうでしょう。その人を通じて知ってしまうかもしれない。今まで見えなかったものを」

くるりと水盤が回された。

裏から見ると枝葉が目につく。とげがあり、手折られてささくれ立ち、枝の切り口は緑色の傷跡のようだ。慈白がなつにそれらを手で示す。

ああ、となつはうなずいた。

「おはるさんは、わたしと話して、現実を……亭主の本心を知ってしまうことを恐れているのですね」

「そうですね。おなつさんも」

「わたしも？」

「ええ」

　慈白がさらりとうなずく。なつは戸惑いで半笑いになった。

「待ってください。わたしは亭主のれっきとした女房です。色恋なんかじゃ」

「夫婦とはいえ、おなつさんとご亭主は出会って一年足らずでしょう？　そして、まだ二人だけの暮らし。色恋と大して変わりありませんよ」

　水盤がまたくるりと回され、金蘭が面をなつに向けた。

「おなつさんも、自分が見たことのないご亭主の一面をおはるさんが知っていると、うすうす気づいている。だから気になるのではありませんか？」

　なつは慈白の視線に耐えきれずうつむいた。

　慈白の言うとおりだ。はるが自分を避けているのをいいことに、自分も距離を置いていた。気になるけれど、直接はるに聞くのが怖かった。

　慈白がなつに向けて、少し身を乗り出した。

「倉五郎さんはもうすぐこちらにやって来ます。このまま、何も知らずにいていいのですか？」

庫裡に戻ると、はるは台所でふさと次の作務を始めるところだった。なつはふさを茶の間に呼び、頼んで作務を代わってもらった。

台所は広々とした土間だ。壁沿いの棚に味噌の樽や塩の壺、米びつが並び、裏庭に面した反対側には裏口と窓、流しと釜がある。

そして真ん中には磨き込まれて飴色に光る木の作業台がある。そこで洗った新ごぼうをささがきにしていたはるが、土間に降りてきたなつに振り返った。

「おふささんと交代しました」

「……そうですか」

智栄の命だとでも思ったのだろう。はるはそれだけ言ってささがきに戻る。

なつも手を洗い、作業台を挟んではるの向かいに立った。さっきまでふさが使っていた包丁とまな板が置いてある。

ふさの冗談めかした心配そうな声を思い出した。

――大丈夫なの？

女房と情女が包丁を手に向かい合うなんて。

内心は分からないが、はるは落ちついて包丁を振るっている。鋭く薄いささがきが切り出され、まな板の上にひらりひらりと落ちていく。

なつは浅草の仕立屋——はるが住まう粗末な長屋を思い出した。

逢い引きに出合茶屋を使うのだから、家族と住んでいることは分かっていた。かつかつの暮らし、とさっき言っていたから、きっとはるが働きながら毎日の水仕事をしていたのだろう。慣れた手つきを見ていれば分かる。

なつも包丁とごぼうを手に取った。そして、ささがきを始めた。

倉五郎のためにおさんどんをしていた日々を思い出す。朝は夜明けとともに起きて朝餉を食べさせ、夜は酒好きの倉五郎のためにつまみをこしらえた。自分のもとにつなぎ止めようと、青菜は筋まで取り、魚の骨は丹念に抜いた。

そして倉五郎はいつも喜び、なつを褒めてくれた。

——おなつは三国一の女房だよ。

もしかしたら、はるも倉五郎に料理を作り、褒められたことがあるだろうか。

いつの間にか手が止まり、それに気づいたのか、はるが手を止めてこちらに向いた。ぶつけられた視線に押し出されるように、なつははるに問いかけた。

「うちの人とは、いつから……？」

はるがわずかに目を見はり、なつを見た。

しかし、はるはすぐに目を伏せ、ささがきに戻る。なつは負けずに続けた。

「あなたが、うちの人と会うようになったのは、いつからなんですか？」

はるがちらりとなつを見る。なつはここぞとばかりに問いを重ねた。

「いったい、うちの人とどこで出会ったんですか？」

はるはふたたび顔を伏せた。

「今さらそんなこと、どうでもいいじゃありませんか」

「知りたいんです」

はるが手を止めた。

心が波立って刃物をあやつれなくなったのだろう。しかし、声だけは冷静にはるは言い返す。

「もう倉五郎さんとは別れると決めたんですから、堪忍してください。わざわざ思い出すなんてまっぴらですよ」

「まっぴら？」

なつは声を荒らげた。

「わたしがあなたのせいでどれだけ苦しんだと……。聞かれたことに答えるくらい、してもいいじゃない」

はるが包丁を置き、手を拭いた。逃げるつもりか、となつは作業台を回り、はるの行く手をふさいだ。

「うちの人と本気で別れるつもりなら、思い出したってどうってことないじゃないの。話せるはずだわ」

はるが顔を上げた。

ここに駆け込んだ日に一瞬見せた怒りの表情が、今は顔一杯に広がっている。見えない包丁で封を切られたかのように。

そして、はるは鋭い口調で言い返した。

「お試しですか？　わたしにも」

「お試し？」

「そう。おかみさんがこちらに駆け込んだのも、ご亭主へのお試しでしょう？　それと同じことをわたしにも今」

「そんな……」

反論しようとしてなつは口をつぐんだ。別れるつもりなら話せるはず、というのは、はるが言うとおりお試しだ。

ふ、とはるが息をついた。器に一杯にはった水が揺れて一筋こぼれ落ちるかのように。

そして、なつを睨みつけた。

「いつもそうやって人を試すんですか？」

その冷ややかな口調に、なつをかろうじて押しとどめていたものが切れた。なつははるに向けて、作り笑いを浮かべてみせた。

「わたしがあなたを試す必要なんかないわ。あなたは所詮、情女じゃないの」

はるに口をはさませまいと言いつのる。

「あなた、うちの人が自分に首ったけだったと得意になっているようだけれど、それは大きな勘違いよ。わたし亭主から別れようだなんて、一度だって言われたことないわ。亭主があなたに言ったことは、みんな口先だけ。だって亭主はわたしを大事な女房だと、このお正月にも父の前で言っていたのよ」

倉五郎とはるが出合茶屋に入るのを見る、わずか数日前のことだ。

「秋口にわたしが寝込んだときは、あの人、わたしを一生懸命看病してくれたわ。高価な卵をいくつも食べさせてくれて、厄除けの虎の絵を何枚も描いて貼ってくれた。一緒に出かけた先で大切な梅のかんざしを落としたときは、冬なのに、川に入って川底まで探してくれて……」

梅をかたどり赤めのうをあしらったかんざしは、なつの宝物だった。結局見つからず、泣いているなつに倉五郎は言った。

——かんざしの奴、きっと俺たちに当てられて逃げ出したのさ。

「それからわたしがふさいでいたら、亭主は梅見物に連れていってくれたわ。梅の玉かんざしの代わりだ、気晴らしに、って」

そんな気のきいたことをするよりも、なつ一人だけを見ていてくれればよかったのに。苦い思いを飲み込んでなつは続けた。

「あの人は、いつもわたしのことを心配してくれるの。冬至の夜だったかしら。湯屋に行ったわたしの帰りが遅いって心配して、迎えに来てくれて、なかなか出てこないから危うく風邪を引きそうになったりもして――」

一人で喋っていることに気づいて、なつは口をつぐんだ。

はるはちゃんと聞いているのか。顔を向けたなつはあぜんとした。

はるの瞳から大粒の涙がこぼれ落ちていく。

あわてたようにはるが指で涙を払う。しかし、新たな涙が湧き出てまた頰を伝う。光る筋が幾筋も、はるの頰に描かれていく。

それを見て、なつは言葉を失った。

はるは敵のはずなのに、なぜか無性に胸が締めつけられる。

茶の間の方で物音がした。智栄を従えた慈白が入ってくる。そして、はるを見て足を止めた。

「おはるさん、どうしたのですか」

「……すみません」

はるは手ぬぐいを顔に当て、足早に裏口に向かう。智栄が追って裏口を出ていく。慈白が眉をひそめ、なつに歩みよった。

「おなつさん、いったい何があったのですか」

「さあ……」

なつはそれしか言えなかった。

頭の中が驚きで真っ白になっている。力いっぱい打たれた氷の塊のように、自分の心に大きなひびが入った気がした。

はるは本心では、倉五郎と別れたくはないのか。

翌日の昼過ぎ、境内を歩きながら、なつははるの涙を思い返した。

あのあと、はるは少し経ってから戻ってきた。井戸端で顔を洗ってきた、と慈白に告げた顔に表情はなく、説明する声は落ちついていた。

——さっきは、目にごみが入ってしまって。

目を痛めたのなら、刃物を持つのは危ない。慈白がそう言って、新ごぼうのささがきはなつとふさがすることになった。はるはふさと交代し、それからはいつものように淡々と作務をこなした。夜はいつも以上に早く寝間に向かった。

一夜明けた今朝も、はるは誰よりも早く起きて米とぎを終わらせていた。何度かなつと視線が合ったが、とくに何も言ってくることはなく、きびきびと作務をこなしていた。その落ちついた姿が余計に、昨日のはるの涙を鮮やかに浮かび上がらせる。

ふさに事情を話したときに言われた。

——そりゃあ、おはるさんだってつらくなるわよ。亭主がおなっちゃんに優しかった、なんて話を聞いちゃあね。別れを決めたからってすっぱり未練まで切れるわけじゃないし。

それはなつも分かっている。

だが、昨日はるの涙が心に入れたひびから、じわりじわりと何かが滲(にじ)んでいく。暖かい昼下がりの陽射しに照らされているのに、心の芯は冷えていく。

どんどん歩みが遅くなる。なつの前方を行く下役が気づいてこちらに振り返った。すみません、となつは歩みを速めた。

満徳寺にやってきた倉五郎と、なつはこれから数日ぶりに顔を合わせる。それなのに、倉五郎よりはるの涙で頭がいっぱいだ。心のひびからこぼれ落ちたかけらが、ずっと音を立てて鳴っている。

下役に続いて板塀をくぐる。境内を囲む内塀に沿って、駆け込んだときに取調べを受けた寺役場がある。

下役が寺役場の戸を開け、中へとなつをうながす。緊張で顔を強ばらせながら、なつは足を踏み入れた。

江戸の奉行所を真似て作ったという寺役場は薄暗い。空気がひんやりとしている。目が慣れると、手前の半分が板壁の土間になっているのが分かった。両側に腰高の障子窓が切られている。

そして、土間の中央に敷かれたむしろの上では、正座した倉五郎が振り返ってなつを見ている。

気づくとなつは倉五郎から目をそらしていた。

恋しかったはずなのに、なぜか倉五郎の顔が見られない。見るのが怖いようであり、一方で、倉五郎に腹を立てて顔が見られなかったときにも似ている。

いたたまれない思いでなつがうつむいていると、奥でふすまが開く音がした。

奥半分を占める座敷に、寺役人の添田万太郎が入ってくる。

座敷の中央に用意された席に、添田がどかりと座る。消えることのない眉間の皺、立派な眉に通った鼻筋、頑丈そうなあご。ふさが言っていたことを思い出した。

——男前の閻魔様よ。

そう呼ばれるのも分かる。駆け込んですぐの取調べで、添田はなつに、駆け込みの理由を細かく尋ねた。とくに倉五郎の浮気について、いやになるほど問い詰めてきた。

――倉五郎とはるが実際に出合茶屋に出入りするところは見たのか？

――倉五郎がはると浮気をしているという証人、証拠はあるのか？

添田は慎重なのか、なかなか離縁を認めないという。駆け込み女が亭主と何とか帰縁できないものかと最後の最後まで粘るそうだ。代々の駆け込み女が泣かされ、そしてついたあだ名が、縁切寺の「閻魔様」だ。

偽りは許さぬ、とばかりに添田はなつと倉五郎をじろりと睨んだ。ついで、なつを倉五郎の隣に座らせ、ひたとなつを見すえた。

「おなつ、右の者は夫、倉五郎に相違ないか」

なつがおずおずと「はい」と答えると、添田が顔をしかめた。

「しかと顔を見て確かめよ」

なつはあわてて倉五郎に顔を向け、添田に「はい」と答えた。

添田は満足したのか、座敷につけられた縁側に視線を向けた。二人の書記がそれぞれ筆を持ったことを確かめてから、なつと倉五郎に向けて切り出した。

妻が満徳寺に駆け込んで縁切りを望む場合、本来であればまず妻の親を呼び、妻と話し合いをさせて離縁の意思を確かめるそうだ。

「だが、今回はこの満徳寺にて妻と浮気相手が相まみえるという、極めてまれな件。浮気相手のおはるは倉五郎に対して執心切れ願いを出しており、かかるところは倉五郎とおなつの夫婦仲も大きく影響する。そのため、今回は特別に、おなつがまず倉五郎と話し合えるよう、機会を与えた」

倉五郎、と添田が改まって呼びかける。

「まずはそなたから、今の心情を申して——」

添田の言葉が終わるのを待たずに、倉五郎が体ごと、勢いよくなつに向きなおった。

「おなつ。どうか許してくれ。俺が間違っていた」

倉五郎が土間に両手をついて深々と頭を下げる。

なつはその勢いにたじろぎながらも、倉五郎を見た。

倉五郎にこんな風に詫びてほしかった。そのためにこの縁切寺に駆け込んだ。「お試し」で離縁を突きつけるという賭けに出た。

そして倉五郎は今、真剣な目でなつを見つめている。なつが望んだ通りに詫びている。

「俺は天地神明に誓って、二度と浮気はしねえ。おなつ、信じてくれ。なあ」

倉五郎がなつに迫る。だが、なつはなぜか言葉が出なかった。

頭の中で智栄の声が聞こえる。取調帳を読み上げる声が。

——おはるは、倉五郎から妻のおなつと別れて一緒になると再三言われ……。

なつがそのことを聞くより前に、倉五郎がなつににじり寄った。

「よかったよ、元気でいてくれて。俺はおまえのことが心配で心配で、夜もろくに眠れなかったよ」

　きれいに剃り上げた月代がなつの目に入った。江戸を発つ前に髪結いに行ったのだろうか。

　眠れなかったにしては色艶のいい顔が斜めにかたむき、まなざしに力がこもる。倉五郎が口を開く前から、なつは何を言われるか分かった。

「おなつ、俺にはおまえしかいねえよ。おまえは俺のたった一人の大切な女房なんだ」

　倉五郎は両手を伸ばし、なつを自分に向かせた。

「俺ぁ江戸を発つ前に、おまえのおとっつぁんに両手をついて詫びたよ。大事な女房を縁切寺に行かせた俺を、殴ってくれと頼んだよ。思いっきり殴ってくれ、と」

　倉五郎が袷をつかみ、大きく息をつく。何だか芝居の台詞のようだ。

　添田が口をはさむ。

「倉五郎、おなつの父親は何と申した」

「へえ、あきれておいででしたが、誠心誠意謝って許してもらいました」

　倉五郎がまたもやなつににじり寄る。

「だから、俺と江戸に帰ろう」

「待って」

　よどみない流れをせき止めるように、なつはとっさに倉五郎を手で押しとどめた。すると、倉五郎が驚いたのか顔を引きつらせた。

「おなつ。どうしちまったんだよ？」

どうしたのだろう、となつも思う。なぜか倉五郎が、以前と違って見える。まるで会ったばかりの人に迫られているようだ。

おなつ、と添田も怪訝そうに呼びかける。なつが言葉を探していると、倉五郎が真顔になった。

「もしかして、あの女に何か言われたのか？」

「あの女――」

「おはるだよ」

あの女とは、ずいぶん冷たい呼び方だ。少しあきれながら、なつは答えた。

「ああ、お金のことね」

「金？」

きょとんと倉五郎が首をかしげる。また白を切るのか、となつはさらにあきれた。

「わたし聞いたわよ。おはるさんにお金を融通してもらったんでしょう？」

倉五郎がはっと目を見はり、ついで目を泳がせた。

「え、ああ。そうだよ、金をな。そうだ」

はは、と倉五郎が空笑いを浮かべた。どうにもぎこちない。それを見て添田も引っかかったようだ。

「倉五郎、もしやおはるとの間に、金子(きんす)の他にも何かあるのではないか？」

「いいえ。とんでもない」

倉五郎が激しくかぶりを振った。

「あの女には確かに、ちょいと融通してもらいました。仕事仲間に頼まれましてね。おなつには心配をかけたくないから黙っていただけで」

本当なのだろうか。なつが倉五郎の顔をじっと見つめると、倉五郎は許されたと思ったのか、なつの手を取った。

「さあ、おなつ、一緒に江戸に帰ろう」

なつが手を握り返せずにいると、添田が「おなつ」と呼びかけた。

「倉五郎はここまで言っておる。そなたの父も帰縁を望んでいるというではないか。ここは帰縁を考えてはどうか」

濃い眉の下で、添田のどんぐり眼(まなこ)がぐっとまなざしを強める。

「許し合ってこそ夫婦ではないか」

倉五郎がなつの手をぐっと握りしめる。

「おなつ、頼むよ」

なつは反射的に倉五郎の手から自分の手を引き抜いた。

倉五郎がぽかんと口を開けた。なつは添田を見上げて告げた。

「少し、時間をいただきとうございます」

添田の渋い顔にも、倉五郎のとまどい顔にもかまわず、なつは寺役場を出た。下役が開けた木戸から境内に入るなり、足元の小石が飛ぶ勢いで奥に向かった。

本堂の正面にある階段を上がると、開け放した障子戸の向こうにはるの姿が見えた。その先、御本尊の前には慈白が座り、智栄が控えている。

なつが本堂に座って一礼すると、慈白が問いかけた。

「おなつさん、倉五郎さんとは帰縁したのですか？」

「いいえ、まだ」

顔を向けると、はるがなつをまじまじと見ている。そして、なつへと膝を進めた。

「どうしてそんな……帰縁するためにここに来たのでしょう？」

「先に、どうしても知りたいことがあるんです」

何も見のがすまい、となつははるの顔を見つめ、そして尋ねた。

「おはるさん、うちの人との間に、まだ何かあるんですか？」

「何かって」

とまどったのか、はるが探るようになつの顔を見る。なつは、倉五郎に金のことを尋ねたときの様子を話した。

「おはるさんにお金を融通してもらったことを聞いたのに、亭主はきっと別の何かと勘違いしてました。妙にあわてていたんです。声だけでなく、身振り手振りまで大きくなって」

今度はなつがはるに膝を進めた。

「昨日、おはるさんが泣いたのも、もしかしたら、亭主との間にまだ何かがあるからじゃないですか？」

はるがうつむき、じっと自分の膝を見つめた。

なつがさらに迫ろうとしたとき、はるはすべてを振り切るように顔を上げた。そして強いまなざしでなつを見た。

「いいえ。倉五郎さんとわたしの間には、もう一切何もありません」

はるは後ろに下がり、なつに向けて手をついた。そして深々と頭を下げた。

「おかみさん、本当に申し訳ありませんでした」

なつは呆気(あっけ)にとられてはるを見つめた。はるが初めてなつに詫びたのだ。

はるが顔を上げ、なつをまっすぐに見て続ける。

「これからわたしは倉五郎さんに執心切れの証文を書いてもらいます。金輪際、倉五郎さんと会うことはございません。寺役場に証文を納めたら、すぐにここを発って江戸に帰ります」

はるが向きを変え、慈白と智栄に一礼した。そして立ち上がり、表の階段に向かった。

「おはるさん、待って」

なつははるを追おうとした。智栄が「おなつさん」と後ろから引きとめる。かまわず追いかけようとしたとき、後ろで慈白が「お待ちなさい」と呼びかけた。

なつが振り返ると、慈白がなつを見上げている。そして凛とした口調で告げた。

「おなつさん、おはるさんが出て行く前に突き止めなくては」

「突き止める？」

なつが聞き返すと、慈白が「ええ」とうなずいた。

「やはり、おはるさんと倉五郎さんの間にはまだ何かある様子」

「では、慈白様も――」

「昨日のおはるさんの涙、あれは何かがおはるさんの琴線に触れたということです。そして今朝、智栄が気がかりなことを見たというのです」

なつが隣の智栄に向くと、真面目(まじめ)な顔でこくんとうなずいた。

「おはるさんが妙なことをなさったのです。昨日の今日ですから、気になって」

智栄が立ち上がり、「こちらへ」となつに呼びかけた。

本堂の正面階段を降りて、本堂の横から裏庭へと回った。並んで歩きながら智栄がなつに話す。

「おはるさん、毎朝お米をといで、そのとぎ汁を裏庭にまいていたでしょう？」

「ええ」

「ここに来て三日目から、毎朝欠かさず。お米をといで水に浸けたあと、とぎ汁を桶にためて運んでいくんです。そして、裏庭にまく」

智栄が「あの辺に」と前方を手で示した。庫裡の台所から茶の間あたりの壁沿いに、膝くらいの高さの茂みが続いている。

「こちらを向いてとぎ汁をまきますから、台所からおはるさんの顔が見えることもありました。とぎ汁をまくときのおはるさん、とても優しい顔をしていて。ときには切なそうにも見えたり」

無邪気な子どものような顔をして、細かいところまでよく見ているものだ。そしてそれを日々、慈白に伝えているのだろう。

前方の台所からふさと喜久の声が漏れ聞こえた。二人は今、台所で干した新ごぼうのささがきを煎っている。二人の耳を気にしたのか、智栄が声を落とす。

「それなのに、おはるさん、今朝は違ったんです」

「違った？」

なつが起き出したときには、はるはいつも以上に早く起きたのか、米をとぎ終えていた。だからてっきり、いつものようにとぎ汁を裏庭にまいたものだとばかり思っていた。

そう言うと、智栄が「いいえ」と眉をひそめた。

「おはるさんはお米にお水を入れてといで――そして、手を止めてそれをじっと見つめたんです」

「見つめた？」

「ええ。お米のとぎ汁は手早く流さなくては、おいしくなくなってしまいます。わたくしがおはるさんにそう言おうとしたとき、おはるさんが大きなため息を一つついたんです。はーっ、って。そして、とぎ汁をざっと流してしまったんです」

そのときの光景を思い出すように、智栄が視線を泳がせた。

「何だか、えいっ、と大切なものを捨ててしまうときのようでした」

「大切なもの……」

「ええ。そのあともといでは流し、といでは流し、とうとうすべてのとぎ汁を流して」

智栄はそのことを慈白に話した。そして慈白は、なつが寺役場に行っている間に、はるにその理由を尋ねたそうだ。

「おはるさんは、うっかりした、とだけ……。でも、あの涙のあとのことですから」

はるの瞳からこぼれた涙がなつの目に浮かぶ。

なつは茂みのすぐ前で足を止めた。

生えているのはほとんどが熊笹のようだ。鋭くとがった葉が生え重なっている。

「智栄様、おはるさんがとぎ汁をまいていたのはこの辺では」

「そうですね……。でも、熊笹などを、わざわざとぎ汁を与えて大きくしようとするでしょうか？」

「それなら花か、薬草でもあるのかしら」

なつは茂みの前にしゃがんだ。何かあるのではないか、と茂みの端から緑色の葉を見ていく。

智栄も、反対側の端で同じようにしゃがみ、茂みを見はじめた。

二人で茂みの両端から、しゃがんだまま少しずつ横にずれていく。日陰になっているので分かりづらいが、負けずに目をこらす。

だがそう大きい茂みではない。すぐに真ん中にたどりつき、反対側から来た智栄と並んだ。

「それらしいものは何も」

智栄が肩を落とす。

「こちらも……」

ここではないのか、となつが途方に暮れたとき、さっき慈白に言われたことが頭に浮かんだ。

——おなつさんになら分かるかもしれません。

おはるさんと同じ人を好きになったのですから。

なつはふたたびしゃがみ、すでに智栄が見た場所をもう一度見はじめた。

智栄が不思議そうに「おなつさん？」と呼びかける。なつは茂みの中をよくよく見ながら言った。

「わたしにしか分からないものが、あるかもしれないと……」

不意にぽつりと赤い小さな光が、なつの目にとまった。

熊笹に隠れて赤い実がひとかたまり生えている。他の植物にさえぎられ、ろくに陽が当たらないにもかかわらず、つややかに輝いている。

何か、と智栄がなつの隣に来てしゃがみ、そして赤い実を見た。

「ああ、へびいちごですね」

「おはるさんがとぎ汁をやっていたのは、もしかしたら、このへびいちごじゃないでしょうか」

「でも、へびいちごはただの雑草です。毒もないけれど味もないですし」

だから智栄はへびいちごが生えているのを見ても、何も言わなかったのだ。

「へびいちごにとぎ汁をやって育てたところで、何にもならないと思います」

「ええ。だとしたら何か、別の意味があるのかしら」

なつはへびいちごを一粒つみ取った。手のひらに載せて眺め、そして、はっと目をこらした。

この赤い粒には見覚えがある。


慈白に話すより先に、おはるに確かめたい。本堂に戻る智栄と分かれて、なつは境内の池に向かった。

かたむきはじめて色を濃くした陽射しが池にかかる石橋を輝かせている。風で震える緑色の水面が自分の心持ちのように見える。落ちつかなければ、となつが深呼吸を繰り返していると、やがて木塀の戸が開く音が聞こえた。

はるが境内に入ってくる。

本堂へと歩きはじめたはるが、池のほとりに立つなつに気づいた。そして、参道を進み、なつの元に来た。

「倉五郎さんと執心切れの証文を交わしました。すぐに江戸に発ちます」

「その前に、おはるさんに見てほしいものがあります」

「見てほしいもの？」

はるはとまどったのか、その場に立ちつくしたままだ。

なつははるに歩みよった。そして、はるの前に握った拳を出し、手のひらを上に向けてそっと開いた。

裏庭でつんだへびいちごの実が陽射しを受けて輝いている。はるの顔がわずかに引きつるのが見て取れた。

「おはるさんが毎朝、お米のとぎ汁をやっていたところで見つけたんです。へびいちごの赤いきれいな実が、たくさん生るように。そう思ってでしょう？」

はるがうつむく。なつはかまわずに続けた。

「おはるさんと新ごぼうのささがきをしたとき、わたし、うちの人の話をしましたよね。玉かんざしの話」

――一緒に出かけた先で大切な梅のかんざしを落としたとき。

――梅の玉かんざし。

あのとき、はるは涙を流した。倉五郎とは別れるから、と落ちつき払っていたはるが、初めてなつの前で動揺したのだ。

「おはるさんは、わたしの玉かんざしのことを何か知ってるんじゃないんですか？」

ややあって、顔を上げたはるが小さく笑った。

「へびいちごが生えてるなんて知りませんでしたよ。あそこにとぎ汁をまいてたのは偶然。そりゃあ、へびいちごの実は赤めのうに似てるかもしれないけど」

「どうして、玉かんざしの玉が赤めのうだと知ってるんですか？　わたしはおはるさんに、かんざしの石が赤めのうだとは一言も言ってません」

はるが小さく息を呑んだ。

なつは手の中でつぶれたへびいちごを、地面にそっと落とした。そして、はるに向きなおった。

「おはるさん。うちの人との間に何かわけがあるなら教えてください」

はるは目を伏せ、小さく首を振った。

「わたしは倉五郎さんとはもう、二度と会いません。もう、それで堪忍してください。倉五郎さんも寺役場で、おかみさんとやりなおすと言っていましたし」

「わたしだって、そうしたいです。でも——」

手のひらに残ったへびいちごの汁を指でなぞった。なつの心にも同じように染みができてしまったのだ。

「知ってるかもしれませんけど、わたし、うちの人とはおとっつぁんが決めた縁で……。女三界(さんがい)に家無し。離縁したいと実家に泣きついても、辛抱しろと叱られて帰された。すがれる人は誰もいなくて……江戸からここまで来るしかなかったんです」

はるも同じではないだろうか。日陰者の身であればなおのこと、頼れる人もなく、思い余って上州まで来たのだ。

「江戸から上州までの女一人旅、怖かったですよね……。お金もかかったし。これが最初で最後になるかもしれません。帰縁して子どもができてしまえば、わたしは駆け込みなど、もうとても……」

　なつは振りしぼるようにはるに告げた。

「わたしがこのままうちの人と帰縁して、江戸に戻って、もしも、わたしの知らない何かがあったら――わたし、怖いんです。戻れない道だから、怖くてたまらないんです。お願いです。本当のことを教えてください」

　はるが深い息をついた。

　そしてなつの前に手を出した。人差し指と親指を三寸ほど離す。

「倉五郎さんから、玉かんざしをもらったんです。このくらいの長さで、梅をかたどった彫り物の真ん中に、赤いめのうの珠がついた」

　なつの顔を見たはるが目を伏せる。

「やっぱり、おかみさんのものだったんですね」

「じゃあ、おはるさんは何も知らずに――」

「おかみさんからかんざしの話を聞いて……驚きました。どういうことなのかと……倉五郎さんに会ったときに聞こうと」

「じゃあ、さっき寺役場で聞いたんですか？」

「いいえ、やっぱり聞けませんでした」

はるが小さく息をついた。

「考えたんです。寺役場でそんな話をしたら、きっとおかみさんに筒抜けじゃないですか。それに、倉五郎さんはおかみさんに駆け込まれて、心を入れ替えたかもしれない。だとしたら余計なことを言ってはいけない、一生黙っておこうと決めたんです」

はるが深々と頭を下げる。

「申し訳ありません。知らなかったとはいえ、おかみさんの大切なものを二つも盗ってしまって」

なつの目にじんわりと涙が込み上げた。

瞼の裏に倉五郎の顔が浮かぶ。玉かんざしを無くして泣いたとき、なつに向けてくれた優しい笑顔が。

――かんざしの奴、きっと俺たちに当てられて逃げ出したのさ。

なつはまばたきで涙を押し戻した。泣くのはあとだ。

「おはるさんはどうして、うちの人と――」

「わたし、男の人とちゃんと付き合ったことがなくて。両親を早くに亡くして五人の弟妹の母親代わり。食い扶持も稼がなきゃならないし、そもそも、ご縁がまるっきり。年増の上に愛嬌もないし」

はるが苦笑いを浮かべ、思い出を映し出すように水面を見つめた。

「去年の秋、最初に木枯らしが吹いたころ、家の軒先が壊れましてね。お金がないから自分たちで何とかしなきゃ、ってんで材木屋さんに行ったんですよ。で、端っきれの板をもらっていたときに、仕事で来ていた倉五郎さんに声をかけられて。あの人、ぼろ屋の軒先だけじゃなく、戸口まで直してくれて、お礼も受け取ってくれなくて。何て親切な人だろう、って。それで――」

小さくなった声が「すみません」とつぶやく。

きっと倉五郎はあの人なつっこい笑顔で、はるに声をかけたのだろう。斜めにかたむけた決め顔に惹かれて、はるはなつと同じように恋に落ちたのかもしれない。

我がことのようになつの胸が痛くなる。はるは寂しげに続けた。

「倉五郎さんの家にも行きたいと言うと、親方の家で暮らしていると。もっと会いたいと言うと、寝る間もないほど仕事が忙しいと。そんなものだ、と思おうとしてました。それなのに……おかみさんが現れて」

なつが出合茶屋に入ろうとする二人を捕まえたときだという。

あのとき、なつは怒りにまかせてはるに向けて叫んだ。

――恥を知りなさいよ！

「待って、おはるさんは、あのときはまだ――」

「ええ。あのあと倉五郎さんが、実は今のは女房だと――」

なつは言葉を失った。

秋から正月明け――倉五郎は数カ月もの間、女房がいることを隠してはるを弄んでいたのだ。

「ひどい……」

気づくと、なつはつぶやいていた。倉五郎の裏切りを知ったときと同じ怒りが、ふつふつと胸に込み上げる。

なつの言葉を、はるは自分に向けたと思ったようだ。「本当にすみません」とまた頭を下げる。

なつははるに頭を上げさせ、そして尋ねた。

「亭主はおはるさんに、わたしのことを何と言っていたんですか？」

「それは……」

はるが困ったようにうつむく。なつはさらに迫った。

「本当のことを教えてください。どんなことだろうと、わたしは本当のことを知らなきゃならないんです。たとえむごいことだとしても」

なつの本気が伝わったのだろう。はるが遠慮がちに口を開いた。

「女房がいると知られたあと、倉五郎さんは言いました。……女房とは、親方に命令されて仕方なく一緒になった。世間知らずでわがままで苦労している。一緒にいて、一時たりとも幸せだったことはない、と……」

もう、前のような衝撃はなかった。代わりに着物が雨に濡れたときのように、ずんと全身が重くなる。

はるが首を振った。

「それはみんな、情女への甘言です。でもわたしは、それをうのみにしていました。信じたかったのかもしれない。倉五郎さんがおかみさんといて不幸なのだと。そしてわたしは……」

声を震わせたはるが細い両手をきつく握り合わせた。

「おかみさんさえいなければ……わたしは、そんな恐ろしいことまで考えるようになって……自分が怖くなって別れを決めました」

それで満徳寺に駆け込んだ。ところが皮肉なことに、なつが現れた。

「おかみさんがお試しのために駆け込んだと聞いて、わたしは……。おかみさんは何が不満なのかと。女房の座にあぐらをかいて、倉五郎さんを苦しめているくせに。倉五郎さんがお金に困っていたことも知らないくせに、と……」

情女のくせに、となつに責められることもつらかった。責められても仕方ないことは分かっていても、倉五郎を苦しめる女房のくせに、という思いが頭を離れない。

「おかみさんから倉五郎さんのことを聞かされるのも怖かった。倉五郎さんがおかみさんに向ける顔など知りたくないと……。だから、おかみさんには、なるべく近寄らないようにして……」

慈白が言っていたとおりだった。

――その人を通じて知ってしまうかもしれない。今まで見えなかったものを。

だが、はるの気持ちをなつが探ろうとした。

「新ごぼうのささがきを作ったあのとき、おかみさんに倉五郎さんとのことを聞かれて……。倉五郎さんを苦しめているおかみさんが、今度はわたしまでも苦しめようと……。わたし、とうとう我慢できなくなって、おかみさんにひどいことを。そして売り言葉に買い言葉でおかみさんがあの、赤めのうの玉かんざしのことをわたしに」

はるがなつに向きなおった。

「やっと分かったんです。倉五郎さんはおかみさんの宝物であるかんざしをくすねるような人だった。倉五郎さんがおかみさんについて言ったことは、みんな嘘だと。それだけじゃない、わたしのことも騙して……」

なつは思わず胸を押さえた。

はるがあのとき流した涙の意味が、胸に迫ってやりきれない。

「おはるさんは、何も知らずにあのかんざしを大切にしていたのですね」

「ええ」

はるが悲しげに息をついた。

「倉五郎さんが女房持ちって知って、別れたいと言ったら、倉五郎さんがあの玉かんざしをくれたんです。俺の真心の証だ、必ずおはると一緒になるから、その日まで持っていてくれと」

はるの声が小さく、低くなった。

「わたし、嬉しかったんですよ。そんなことを男の人に言ってもらえるのは、たぶんこれが最初で最後、一生に一度きりだから。でもそれは人の道に外れること。だからあの思い出を宝物にして、きっぱり別れよう。そう決めてここに駆け込んだんです」

はるが土の上に転がったへびいちごに目をやった。

「裏庭で赤めのうのようなへびいちごを見たとき、あの思い出がよみがえって。それから米のとぎ汁をやって、気持ちが揺らぐと見に行きました。倉五郎さんがくれたかんざしの思い出を怒りや悲しみで汚したらだめだ。今のうちに倉五郎さんときっぱり別れなければならないんだ、って……」

はるが顔を背けた。

「でも、わたしが大切にしていた宝物は幻。かんざしのことを知って、おかみさんもわたしも裏切られていたのだと分かって……あんまりだと……」

髷が小さく震えはじめる。く、く、と小さく喉を鳴らす音が聞こえる。横顔の頬に涙が流れるのが見えた。あごを伝い、雨粒のように着物の襟へと落ちていく。

なつの目にも熱い涙が込み上げ、頬をすべり落ちた。

はると同じように、なつが大切にしていたものもすべては幻だった。祝言の夜から始まった倉五郎との思い出。大切に抱きしめ、心を温め、ときにはすがった思い出を今、なつはすべて失った。

二人でどうにか涙を収め、本堂に行って慈白にすべてを話した。

慈白が智栄を使いに出し、ただちに添田たち三人の寺役人が本堂に駆けつけた。隣の間に控えるなつとはるの前、三人は御本尊を背に座った慈白の前に並んで座り、揃って深々と頭を下げる。

高雅に挨拶を受ける慈白を見て、なつはふさが教えてくれた噂が本当なような気がしてきた。

――慈白様は、実は徳川のお姫様なんだって。

智栄が三人にお茶を出し、なつとはるのそばに控えたところで、慈白が三人にかんざしのことを話した。

端に座った添田が眉をひそめ、慈白に尋ねる。

「倉五郎は、妻と浮気相手に同じ玉かんざしを渡したのですか」

「ええ。しかも、おなつさんも、おはるさんも、かんざしを無くしたのです」

さっき、はるがなつに打ち明けた。

――倉五郎さんと会っていたときに無くしてしまって。

いつの間にか抜け落ちてしまったようで。

倉五郎と出かけたとき。いつの間にか。そのとき、倉五郎に言われたことも同じだ。

――かんざしの奴、きっと俺たちに当てられて逃げ出したのさ。

寺役人が揃って首をひねる。添田が並べ上げる。

「似たような状況、同じ慰めの言葉。倉五郎は、おなつが落としたかんざしを拾い、おはるにやった。おはるもかんざしを落とし、そのかんざしを倉五郎は我が物に……？」

なつが気づかなかっただけで、倉五郎は金に困っていたに違いない。なつに十分な生活費を渡した上で遊んでいたのだ。茶屋に出かけて飯盛り女と遊ぶにせよ、はると出合茶屋で逢い引きするにせよ金がいる。

別れを切り出したはるをつなぎ止めたくとも、あいにく手元不如意。ならば、と、なつのかんざしに目をつけたのだろう。

今となっては倉五郎が空恐ろしい。よくもぬけぬけと嘘をつき通したものだ。倉五郎との帰縁などまっぴら御免だ。添田に顔を向けると、ちょうどこちらを見たところだ。

「しかし、かんざしというものは、そう簡単に抜けるものでしょうか」

慈白に視線でうながされた智栄が、なつを立たせた。なつを腕に抱き、背伸びして片方の手で後ろ髪に触れる。

慈白が三人にそれを示した。

「飾りかんざしなら、ああすれば抜きとることができましょう。抱かれた方は細かいことには気づかなかったはず。そうではなかったですか、お二人？」

寺役人が揃ってこちらに視線を向ける。なつは恥ずかしくなってうつむいた。横目で隣を見ると、はるも同じだ。

慈白は尼でありながら、かんざしを付けたり腕を回されたりしたことがあるのだろうか。それとも気が回るだけか。

顔を上げて慈白を見ると、ゆっくりと寺役人を見わたしたところだ。

「おなつの夫、倉五郎には、何やら仔細がありそうです。それを確かめるために、倉五郎とおはるが今一度会えるよう、お取りはからいを」

「なりませぬ」

　中央に座る寺役人の長、峯宗兵衛がぴしゃりと撥ねつけた。

「倉五郎とおはるはすでに執心切れの証文を交わしております。二度と会うことは許されません。慈白様のお頼みとあれど、こればかりは」

「話をするだけではありませんか」

　もう一人の寺役人がはるに向きなおり、じろりと睨む。

「そなた、かんざしの話はまことなのか？　もしや倉五郎に未練が生じて、なつとの間に水を差すようなことを告げるつもりではないのか。もしくは金、手切れ金をせしめようと」

　はるが頰を引きつらせた。慈白が冷ややかに尋ねる。

「この慈白が、駆け込み女に騙されていると？」

「とんでもない」

　あわてた峯が手を振って打ち消した。そして丁重に続けた。

「ですが証文を交わした以上、ことは江戸の寺社奉行が預かることになります。万が一、二人を会わせて不埒な事が起きては、江戸方に申し訳が立ちませぬ」

　続いて峯がなつに顔を向ける。

「かんざしのことならば、おなつ、妻であるそなたが倉五郎に直接問いただせば済むことではないか」

「あの人が――」

倉五郎がなつに本当のことを言うわけがない。つい声を上げたなつを、智栄がすかさず制する。

添田が「申し上げますが」と慈白に相対した。

「倉五郎は反省し、おなつに手をついて帰縁を懇願しております。もし何かありましても、知って何になるのか。双方が苦い思いをするだけではありませんか」

なつの目にくやし涙が込み上げた。

なぜ女はいつも我慢させられるのだ。自分とはるだけが苦い思いを嚙みしめなければならないのか。

もうすぐ父親がこの寺に来る。倉五郎が本当のことを言わない限り、なつは帰縁させられるだろう。父親に逆らって一人生きていくことなどできはしない。

おかみさん、とはるが身を寄せ、心配そうにささやいた。そのすぐあとに、前方で慈白の声が聞こえた。

「お三方。お口に合いませんか」

慈白の手が示したのは、寺役人たちの前にあるお茶だ。

三人は一口味わったきり、湯のみに手を付けていない。「苦いですか」と慈白が問う。

「これは、新ごぼうを干して煎ったごぼう茶です。野菜の苦味は体から毒を出してくれるといいます。天が我らに与えし薬。それは、毒はとどめておいてはいけないものだからです」

「はあ……」

首をひねった峯たち寺役人に慈白は告げる。

「毒がはびこるのは体だけではありません。疑いもまた毒。放っておけば、いつか心を滅ぼすでしょう」

慈白の声が凛と強くなった。

「この徳川満徳寺が夫婦の離縁、夫婦の帰縁を担っているのはなぜか。夫婦の間にいつしか生じてしまった毒を出し、双方を幸せに生かすためではありませんか。それを見過ごすなど、満徳寺をお護りくださる徳川様にも申し訳が立ちませぬ」

峯ともう一人の寺役人が顔を見合わせる。どちらもお手上げという表情だ。

添田がそこに身をよせ、声をひそめて話しかける。そのまま三人の寺役人は頭を寄せ合い、ひそひそ話を始めた。

結局、添田の口添えで、はると倉五郎の対面が叶うことになった。

翌日、下役が迎えに来て、なつとはるは境内から板塀を抜けた。寺役場の裏にある控えの間——狭く薄暗い土間で二人待つことになった。

土間の縁側を上がるとふすまがあり、さえぎられた向こうは寺役人が駆け込み女やその亭主と相対する座敷だ。

縁側で二人を迎えた添田が厳しい表情ではるに告げた。

「話が妙な方向に進んだら、話し合いは即打ち切りだ。よいな」

はるが緊張した面持ちで「はい」とうなずく。添田は続いてなつに顔を向けた。

「かんざしの件を確かめ、心おきなく帰縁するがよい」

添田が縁側から座敷に戻り、ふすまを閉める。

なつははるを見た。

はるは静かにたたずみ、ふすまを見つめている。小さく噛んだ下唇だけが、内心の緊張をうかがわせる。

なつは思い出して「ね」とはるに呼びかけ、ついで声をひそめた。

「おふささんが言ってました。添田様は、男前の閻魔様だって」

「まあ」

はるがくくっと笑った。初めて見るはるの笑顔は可愛らしい。

短い笑いが収まると、はるがなつに向きなおった。

「おなつさん」

少しこもった声が呼びかける。はるに名前で呼ばれるのも初めてだ。

「わたしは、倉五郎さんとの話し合いを終えたら、すぐに江戸に向けて発ちます」

言葉を探すようにはるが目を伏せる。

もう詫びは要らない。そう告げる代わりに、なつははるに向けて初めて微笑んだ。

「わたしね、やっと気づいたんです」

昨夜、ほとんど眠れず、同じように眠れずにいるはるの気配を感じていた。そのとき、なつは思い出した。はるが見せた涙を。

「あのとき、わたし、なぜか自分のことのように胸が苦しくなったんです。まるでわたしみたいだと思った……。それから少しずつ分かってきたんです。あなたはわたし。鏡に映ったわたしなのだと」

満徳寺に駆け込んだ日に、慈白がなつに言った。

――ご亭主はあなたを苦しめてばかり。

それを聞いて、なつは腹を立てた。慈白は尼だから男女の情が分からないのだと決めつけた。

だが、慈白の言うとおり、倉五郎はひどい男だった。なつは執着という毒に心を侵されて、何も見えなくなっていたのだ。

涙の雨から逃れてこの満徳寺に逃げ込んだ。雨が上がるのを待ちながら、倉五郎と距離を置き、夢中で作務に励んで心を休めた。慈白や智栄、駆け込み女たちのもとで湿った心を乾かした。

そして、やっと冷静にすべてを顧みることができた。

はるがなつを見つめ返した。

「わたしもおなつさんと同じです。もしも心の毒が抜けていなかったら、かんざしのことを察してすぐにおなつさんに言ってました。苦しめてやろう、って」

「まあ、こわい」

なつと同時にはるが苦笑いを浮かべる。本当に鏡を見ているようだ。

土間に下役が入ってきてはるを呼んだ。はるがなつを見つめた。

「さようなら。お元気で」

「おはるさんも、お元気で」

なつに頭を下げたはるが、下役について外に出ていく。

縁側に向きなおったなつはふすまに耳を寄せた。その向こう、座敷の下の土間で倉五郎が待ち、はるがそこに向かっている。

なつは縁側に上がり、ふすまに耳を押しつけるようにして中の様子をうかがった。

ややあって倉五郎とはるに話し合いの開始を告げる添田の声が聞こえた。昨日の自分と同じように、はるが倉五郎と並んで座っている光景が目に浮かぶ。

あのとき、久々に再会した倉五郎が別人のように見えた。いつも同じ言い訳をくり返すぞんざいさ、なつの父が味方だとちらつかせるずる賢さがはっきりと見て取れた。それも心の毒が抜けたからだ。

だから記憶の中のかんざしが心に刺さった。

ふすまの向こうで添田が呼びかける。

「倉五郎。本日そなたを呼んだのは、おはるが永久の別れを前に、そなたにどうしても確かめたいことがあるというからだ」

「わたしにくれた、赤いめのうの玉かんざし、覚えてますか？」

倉五郎がぶっきらぼうに「ああ」と答えた。

これが、一度は惚れて将来を誓った女への態度だろうか。なつは見えない倉五郎を睨みつけたが、はるは落ちついて問いを続ける。

「わたしがなくしたあの玉かんざしは、実は倉五郎さんが拾ったのではありませんか」

「は？　あのとき探して見つからなかったろ。それっきりさ」

「わたしねえ、この満徳寺に駆け込む前に江戸で見たんですよ。あの玉かんざしを付けた女を」

「ああ？」

「執心切れの証文を書いてもらって、これですっきり別れようと思ったんですよ。だけど、どうしても頭から離れなくって」

はるが声を張った。

「女房のおなつさんにならわたし、負けたっていい。でも別の情女に負けるのは許せませんよ。倉五郎さん、あのかんざしをどうしたのか教えてくださいな」

「何、馬鹿なことを言ってんだよ。俺にゃ別の情女なんていねえし、かんざしはおまえが勝手に無くしたんだろうが」

よくもそんな乱暴な口を。自分のことのように胸が痛む。

はるという鏡のおかげで、なつは倉五郎への執着を断ち切ることができた。倉五郎に騙され、ないがしろにされてきた自分を目の当たりにしたからだ。

――雨が上がるまでお互い助け合って暮らしなさい。

慈白がなつとはるを一つ屋根の下に住まわせたのも、そのためだったのかもしれない。

今、なつは鏡であるはると一緒に、倉五郎に立ち向かっている。はるが倉五郎に冷ややかな声で告げるのが聞こえる。

「分かりました。それならおなつさんに直接聞きます。赤いめのうの玉がついたかんざしを見たことがあるか、って」

添田が「ならぬ」と示し合わせた通りに口をはさむ。閻魔様は嘘をつくのは下手らしく、続く言葉もぎこちない。

「おはる、そなたは、もう寺には一歩たりとも、足を踏み入れられぬ」

「ならば添田様から、おなつさんに尋ねてくださいまし」

倉五郎が「おはる！」と怒鳴った。

「おまえ、いい加減に――」

「ああ、そうだ、わたしが外に出て、塀の向こうに叫びましょう。今の時間なら、おなつさんは境内にいるはず。ええ、今すぐに――」

「分かった！」

倉五郎が叫ぶようにさえぎった。

「別の情女なんていねえよ。かんざしはなあ、実は、金に困って……。おまえが喜んでるから返せとも言えなくて、まあ、黙ってちょいと借りたというか……。もちろん、おまえに返すつもりでいたさ」

「本当ですか？」

「あたりきよ。質屋に入れて、流れないように金を払ってるさ」

ああ、となつは息をついた。ついに本当のことを知った。胸をえぐる悲しみと、解き放たれたすがすがしさが一時に押し寄せる。

はるは「まあ」とあきれたように声を上げた。

「聞きました？　質屋に入れたそうですよ、おなつさん」

はるに続いて、添田がこちらへと呼びかける。

「おなつ、こちらへ」

なつはふすまを勢いよく開け放った。

倉五郎が土間で何ごとか、と伸び上がったところだ。その両目が大きく見開かれたのが、離れていても見て取れた。

添田が倉五郎に告げる。

「そのかんざしは、おなつがそなたのもとに嫁入りするとき、なつの父と母が持たせた嫁入り道具。つまり、妻であるなつの財産」

夫が妻の嫁入り道具に手を付けることは御法度だ。無断で質に入れた場合は妻からの離縁の申し入れが認められると法で定められている。

なつの父も、倉五郎が法を破ったとなればさすがに許さないだろう。

添田が今度はなつに尋ねる。

「おなつ。改めて尋ねる。倉五郎と帰縁するか。それとも離縁するか」

「わたしは、倉五郎と離縁いたします」

倉五郎に向けて、慈白を真似て付け加える。

「観念なさいませ」

土間で膝立ちになっていた倉五郎が、がっくりと座り込む。

その向こうで出口に向かうはるが、なつに振り返って淡く笑った。

小姑の根っこ

真夏の太陽が背を焼いているのに、胸乳（むなぢ）の間を冷や汗が流れる。しずは道の上で立ちすくんだまま、風呂敷包みを抱えた腕に力を込めた。

満徳寺の駆込門はすぐ目の前だ。駆け込みさえすれば、さんざん苦しめられた日々がようやく終わる。

それなのに、駆込門の前には夫の岩吉（いわきち）が立ちはだかっている。

門の脇にそびえる欅の木が影を落とし、岩吉のごつい顔を余計に恐ろしく見せる。胸の鼓動が激しくなり、しずの体を震わせた。

なぜ岩吉がここにいるのか。婚家からここまでは歩いて一刻半（いっときはん）（約三時間）はかかるというのに。

しずは額から流れる汗を払い、おそるおそる前に踏み出した。

いつでも逃げられるようにへっぴり腰で岩吉に呼びかける。

「あんた、どうしてここに？」

岩吉は返事をせず、じろりとしずを睨む。昨夜と同じだ。しずが泣きながら宣言したときと。

――あたしは離縁してこの家を出ます！

満徳寺は縁切寺。江戸のこの時代、女から離縁を切り出すなら縁切寺に駆け込むしかない。しずの行き先を岩吉が察したのも分かる。

しずは改めて岩吉の顔を見た。

この暑い中、岩吉は一刻半も歩いてしずを追ってきたのだ。もしかしたら――。

「あんた、あたしを迎えに……？」

岩吉は心を改めたのではないだろうか。しずがこの二年近く泣いて訴えてきたことが、岩吉の心にようやく届いたのかもしれない。

黙ったままの岩吉へと、しずがまた一歩踏み出したとき、欅の木陰からするりと女が現れた。

くるぶしが隠れる長い着物を痩せた体にまとい、派手な抱え帯――帯の下に巻く腰帯――でたくし上げているのは、義姉（あね）のひさだ。岩吉に歩みよると背を叩（たた）き、伸び上がって叱りつける。

「何やってんの。おしずに早く謝って」

「お義姉（ねえ）さん」

目を見はるしずに、ひさが油のようにねっとりとした視線を向ける。ほんのり紅を引いた薄い唇が得意げにまくし立てる。

「あたし見ちゃったのよ、今朝、あんたが家を出ていくのを」

ひさは二年前に夫に先立たれ、息子二人と一緒に実家（さと）――しずの婚家に転がり込んだ。そして今も一緒に暮らしている。

「昨夜（ゆうべ）、あんたたちが離縁がどうこうって言い争ってるのを聞いてたからね。あたし心配になって、岩吉を急（せ）かして追っかけてきたのよ」

しずはここに来る前、実家に立ちよった。その間に、ひさは岩吉と満徳寺に先回りしたのだ。

岩吉は、と見ると、そっぽを向いて丸太のような腕を組む。

「おしず、帰るぞ」

やっぱり。しずは小さく息をついた。今さら岩吉が変わるだろうなんて、期待したのが馬鹿だった。

「あたしは帰りません」

どうせしずは三十三の大厄。怖いものなどあるものか。

駆込門に向かって踏み出すと、ひさがぐいとしずに迫った。

「おしず、ちょっと待ってちょうだい。縁切寺に駆け込むなんて、そんな殺生な」

「お義姉さん、これは岩吉とあたしのことですから――」

岩吉がつかつかとしずに歩みよる。

「いい加減にしねえか。縁切寺に駆け込むなんて恥さらしもいいとこだ。俺を村中の笑いもんにする気か」

「あんたたちのあたしたちへの仕打ちは、とっくに噂になってますよ。いい？　あんたたちはそれほどのことをしたの」

半刻（約一時間）前に別れた娘の顔が目に浮かぶ。縁切寺に駆け込む前に、娘を泣く泣く実家に預けたのだ。

もう、泣くのはこれっきりだ。しずは岩吉とひさを睨みつけた。

「あたしは岩吉と離縁します。家を出て母娘（おやこ）二人で生きていきます」

「おしずったら、何てことを。後生だから離縁なんて止めてちょうだい」

ひさが出てもいない涙を拭い、汗ばんだ手でしずの荒れた手を握る。しずが振り払うと「ああ」と大げさによろめいた。

「ほら、あたしはこんな頼りない体なのよ」

頼りない体。今までその言葉を何百回聞かされたことか。それがひさの武器だ。

出戻った当時、ひさは心労で寝込んだ。亡き夫の看病疲れだ、と皆でいたわり、ゆっくり休ませた。

それから二年が経った今も、ひさは毎日ごろごろして暮らしている。働くどころか家事すらろくにやらない。

本当に体調が悪いのなら許せる。しかし、ひさは折々に気晴らしと称して一人で出ていく。亭主の墓参りをする。神社にお参りをする。そう言って出かけておきながら、家から歩いて一刻（約二時間）ほどの宿場町、深谷で遊んでいるのだ。

ひさは少女のころ町に奉公に出て、そのまま町の男と所帯を持った。すっかり町に馴染んでからの田舎暮らしは退屈なのだろう。義父と義母はそれを察してか、ひさの好きにさせている。

そのせいでしずの暮らしは一変した。

しずと、同い年の岩吉には娘が二人。上の娘はひさと同じように町に奉公に出ている。下の娘、みよは八つ。義父母も入れて五人、貧しいながらも穏やかに暮らしていた。だが、ひさと甥二人が出戻り、その食いぶちを賄わなければならなくなった。

義父母は今の畑仕事で手一杯だと言う。そこで岩吉は自分の畑に加えて近所の畑も手伝い、しずは寝る間も惜しんで機織りをした。

しかし甥二人は食べ盛り。その上、町育ちで畑仕事を嫌い、岩吉が手伝わせても足手まといになるばかり。

ひさはひさで、働かない上に義父母を通じて小遣いまでねだる。岩吉としずの負担は増すばかりだ。そして夫婦喧嘩が絶えなくなった。

——頼むから、お義姉さんに働くように言って。

ない。


——姉貴はつらいって泣くんだよ。仕方ねえだろ。

それがひさのいつものやり口だ。細面の顔に後れ毛を一筋二筋垂らし、大儀そうに息をついて目を潤ませる。岩吉はたくましいくせに、姉の泣き落としにはてんで歯が立たない。

だから昨夜、しずはついに心を決めた。そして今朝、みよを連れ、みよのためにこっそり貯めていたへそくりを持ち出して家を出たのだ。

しずは岩吉の横をすり抜けようとした。岩吉がその前に立ちはだかる。そして「帰るぞ」としずの腕をつかんだ。

ひさはひさで、しずが抱えた風呂敷包みを奪い取って抱え込む。どこが頼りない体だ。しずは懸命に岩吉の手を振り払い、ひさから風呂敷包みを奪い返そうとした。そうはさせじとひさが足を踏ん張る。着物の裾が割れ、色とりどりの花と結び文をちりばめた派手な柄の抱え帯が丸見えだ。

「おしず、もう金輪際、あんたに苦労はかけないから」

「返してください。返してったら」

「いい加減にしろ！　誰が離縁なんかしてやるか！」

岩吉が吠え、ついでしずをがっちり抱え込んだ。逃れようと暴れても、岩吉の汗が落ちてくるだけだ。しずが必死でもがいていると、前方から若い男の声が響いた。

「履き物を」

岩吉が声の方に顔を向け、動きを止めた。しずはその隙に力いっぱい岩吉を突き放した。そして右足から草履をむしり取り、えい、と駆込門に向けて投げつけた。

草履が敷居の上にぽとりと落ちた。小さく揺れ、ついで敷居の向こうに滑り落ちて見えなくなる。

いつの間にか門の向こうに立っていた小柄な男が、境内に向けて声を張った。

「駆け込みでございます」

男は敷居を越え、しずに歩みよると「中へ」とうながした。どうやら寺男らしい。身なりは百姓だが口調は役人のようだ。

待て、と岩吉が怒りの声を上げ、こちらに迫った。寺男はしずを背でかばい、岩吉に鋭いまなざしを向ける。

「女の持ちものが門をくぐれば駆け込み成立。帰って沙汰を待て」

「ふざけんな！」

岩吉がしずの腕を引っ張って寺男から引き離す。次の瞬間、寺男がその腕をしずからはがし、軽々とねじ上げた。

勢いよく突き放された岩吉が吹っ飛び、地面に転がる。

寺男は顔色一つ変えず、ひさに歩みよった。唖然として立ちすくんだひさの腕から風呂敷包みを取り上げ、しずに向きなおった。

「さあ、中へ」

しずは弾かれたように駆込門に向かい、夢中で敷居をまたいだ。

寺男が門戸に手をかけた。岩吉とひさとの間に、越えられない壁が築かれていく。

しずは安堵で崩れ落ちそうになるのを懸命にこらえた。

頭のてっぺんが陽射しで焼けるようだ。目が汗で痛み、うつむくと汗がぽとぽとと乾いた地面に落ちる。全身が汗みどろだ。

寺男について境内に向かう二つ目の門へと歩き出したとき、しずの目の前がすっと白くなった。ぐるりと天が廻ったかと思うと、次は目の前が真っ暗になった。


そよそよと風が頬を撫でている。

しずはぼんやりと目を開けた。板張りの天井が拡がっている。

全身が泥水に浸かったように重い。何とか首だけを上げたしずは、びくりと身をすくめた。

足元に天女が座り、うちわでしずに風を送っている。

ぼやけた目を細めると、洗いざらしの作務衣を着た尼僧だ。白絹のような柔和な顔が微笑む。

「ご気分はいかがですか？」

「え……あ、はい……」

畳に手をついて起きようとすると、額から何かが落ちた。濡らして畳んだ手ぬぐいだ。汗と砂ぼこりにまみれていた顔や手足は、きれいに拭かれている。

枕元に座っていた若い尼がしずを助け起こし、向かいに座る尼を示す。

「こちらはご住職の慈白様」

「しずと……しずと申しま……」

声がかすれた。せき払いをして喋ろうとするしずを、慈白が手で押しとどめる。そして、「智栄」と若い尼に声をかけた。

智栄が「はい」と立ち上がる。ぽっちゃりとした後ろ姿がいそいそと部屋を出ていく。それを見送ったしずは、ついでにあたりを見わたした。

おそらくここは満徳寺の本堂だろう。いくつかの小部屋が連なり、境のふすまを開け放して一つの部屋になっている。外の縁台につながる障子戸も開かれ、境内が一望できる。

慈白の後ろには御本尊を据えた須弥壇があり、その上の欄間に金色の紋が輝いている。しずが目を丸くして見入っていると、こちらを見ている慈白と目が合った。

黒く光る瞳がじっとしずを見る。髪を落としているから、余計に目鼻立ちの麗しさが際立っている。形のよい薄桃色の唇は柔らかな笑みをたたえている。

しずは満徳寺のある村に生まれ育ち、隣村に嫁いだ。だから満徳寺の噂は何度も耳にしている。徳川家に護られた大そう厳しい尼寺だと。

あわててしずが正座したとき、智栄が盆を持って戻ってきた。

智栄は慈白のそばに座り、盆の上に置いた錫（すず）の小さな水差しを手に取った。錫の器に中身を注ぎ、しずに差し出す。

しずがとまどっていると慈白が言い添えた。

「おしずさん。まずは、それをお飲みなさい」

器を受け取ったしずは短く声を上げた。器が冷たかったからだ。その中を見ると重湯のようなものが入っている。

慈白がうながすように、しずに向けたまなざしを強める。しずは器を口に運んだ。きりっと冷たい舌触りと優しい甘さが口の中に拡がる。喉を下って火照った体をすっと冷やす。

夢のようなおいしさに顔がほころんだ。それを見た慈白も微笑む。

「甘酒ですよ。錫の器に入れて井戸水で冷やしました」

「甘酒……」

すっかり味を忘れていた。かつては折々に甘酒を造り、家族で楽しんでいたのに。義姉一家に寄生され、忙しさと貧しさで手が回らなくなるまでは。

惜しみながらもう一口飲むと、慈白が錫の水差しを示した。

「お代わりもありますから、どうぞ遠慮なさらずに。甘酒は滋養があり、喉ごしも優しくて疲れた体を癒やしてくれます。今のおしずさんにはぜひとも必要」

慈白がしずの片手を取った。

「夏の暑さにあたっただけではないようですね。爪が欠け、色も悪い。眠りも足りず、食事も満足にとれていないのではありませんか」

しずの目にじわりと涙が湧いた。

慈白の言うとおりだ。婚家では日の出とともに起き出して食事の支度、掃除、洗濯、畑仕事の手伝い、つくろい物。そして機織り。

織り上げた布を届けに出る他はどこにも行かず、夜更けまでずっと機織り機に向かった。この二年で近所の人に驚かれるほど痩せた。

「あたしを心配してくれるのは娘のみよだけ。亭主や、舅姑（しゅうとしゅうとめ）、小姑やその倅（せがれ）たちは平気の平左（へいざ）であたしをこき使って」

「くわしく」

身を乗り出した慈白に、しずは縁切寺に駆け込んだ理由を話した。義姉一家の横暴で家族が犠牲になり、夫婦仲にもひびが入ったことを。

「娘のみよに髪飾りも買ってやれないのに、義姉はねだった小遣いで白粉(おしろい)や紅を買い込んで……半襟や抱え帯まで。それればかりか、甥たちにだけ菓子を買ってきたりもするんです」

「相当な方のようですね。駆け込み女をご亭主が追ってくることはよくありますが、小姑が追ってきたのは初めてです」

慈白の頬が淡く色づいた。

「ですが、おしずさんはどうして今？」

「今、とは？」

「おしずさんは二年という長い間、我慢をしてきたのでしょう。それなのに、とうとうこちらに駆け込んだ。何があったのですか？」

「娘の、おみよのことで……」

みよは明るく素直な娘だ。義姉が出戻ってからも、みよだけは以前と変わらぬ暮らしができるよう、しずは心を砕いてきた。

しかし義姉や義父、義母は、しずが忙しくて手が回らない掃除や炊事をみよに押しつけるようになった。

夫の岩吉に訴えても、おざなりな文句を義父母、義姉に言うだけ。自分は働きづめで疲れているからと、まともに向き合ってくれない。

だから甥二人までもが調子に乗った。自分たちがやるべき仕事を、おみよに押しつけて遊び回るようになったのだ。

——おみよは女なんだから言われたとおりにしてろ。

さすがにしずも腹に据えかね、義姉に直談判(じかだんぱん)をした。すると今度は義姉が言い出した。

——ねえ、おみよをもう奉公に出したら？

暮らしも楽になるし、おみよも先々いい男と出会えるかもよ。

そして昨夜、岩吉と言い争いになった。

「おみよはまだ八つなのに……！」

しずは錫の器を握りしめた。

「あの子だけは何としても守りたいんです。幸い、あたしは機織りで稼げます。おみよと二人でつましくても穏やかな暮らしを——」

胸がつまり、言葉を切ったとき、外から「慈白様」と呼びかける声が聞こえた。

振り返ると、寺男が階段を上がってきたところだ。縁側に膝をついて慈白に告げる。

「おしずの義理の姉と申すおひさが駆込門の前に。気分がすぐれない、と言い張って動きません」

「義姉が？」

「おしずにあと一度だけ、助けを借りたい、どうか呼んできてほしい、と、泣いております」

　まあ、と慈白が伸び上がるようにして駆込門の方を見た。

「慶蔵（けいぞう）、おひささんに言ったのですか？　寺役宿（てらやくやど）に行って休むようにと」

　寺役宿とは駆け込み女や夫の身内が、お取調べで満徳寺に来たときに泊まる宿だ。満徳寺では近所の百姓家が宿を務めていると聞いたことがある。

　寺男の慶蔵が「申しました」と答えた。

「ですが、おひさはあいにく持ち合わせがないと言っております」

　最後の最後まで。しずは唇を嚙んだ。そしていまいましい思いで懐に手を入れ、巾着を出した。

「恐れ入りますが、いかほどでしょう。あたしの手持ちで足しになるなら——」

　慈白が手を伸ばしてそれを押しとどめた。

「おしずさん、その必要はありません」

「でも、義姉がこちらにご迷惑をかけてしまいます」

　聞き取れなかったのか、慈白がわずかに眉をひそめる。繰り返すと、「迷惑」と確かめるように口にし、そして続けた。

「放っておきなさい」

続いて慈白は慶蔵に顔を向けた。

「おひささんに伝えてください。ここは駆け込み女を守る場所。夫方の身内が気やすく呼びつけることは許しませんと」

「はい」

慶蔵が境内に降りていく。その姿を見送っていると、慈白が「おしずさん」と呼びかけた。

「いつも、こんな風なのですか」

「ええ、いつも……恐れ入ります」

しずが恐縮して頭を下げると、慈白が小さく息をつく音が聞こえた。顔を上げると、慈白は静かに何ごとか考え込んでいた。

さっき慈白が口にした言葉を思い出した。

――ここは駆け込み女を守る場所。

菖蒲（しょうぶ）の花のようなたおやかな見た目でありながら、慈白は青竹のように芯が強そうだ。しずが慈白を見ていると、視線に気づいた慈白がしずをうながす。

「さあ、遠慮せずに全部お飲みなさい」

「はい」

しずは錫の器を手に取り、少しぬるくなった甘酒を口に入れた。

本来なら満徳寺に駆け込んだ女は、まず境内に面した寺役場で取調べを受けるという。しかし、しずは慈白から体を休めるように言われ、智栄の案内で庫裡に落ちついた。

本堂から延びた渡り廊下の先に庫裡はある。駆け込み女が寝泊まりする場所だ。智栄が寝間に布団を敷くというのを断り、しずは縁側に一人座った。

十畳の茶の間と九畳の寝間。そして今いる座敷は二つを合わせた大きさだ。狭い田舎家で義父母と夫、娘、そして義姉とその息子二人でひしめき合って暮らしていた身には広すぎて落ちつかない。

境内をぐるりと囲む板塀が、目の前の小さな中庭も囲んでいる。縁側に立って背伸びをすると、塀越しに境内が見える。赤い橋がかかった池、白い石灯籠が見える。畑と機織り機ばかり見てきたしずには、まるで別世界に来たような景色だ。

時は夕七つ半（午後五時）に近づくころだろうか。空の色が少し赤みを帯び、生ぬるい風が吹き抜ける。境内を囲む木々が風で揺れる音に混じって、奥の方から若い女——駆け込み女たちの話し声がかすかに聞こえる。

娘のみよはどうしているだろうか。寂しがってはいないだろうか。

両親には、夫の家族が来てもみよを会わせないよう頼んだ。両親の方もしずのやつれ具合を見て腹を立て、絶対に会わせないと約束してくれた。

あとは、しずがここで辛抱するだけだ。

明日に日延べされた取調べでは、どんなことを聞かれるのだろう。板塀の向こうに見える寺役場の屋根を見ていると足音が聞こえた。

智栄が大きなかごを抱え、台所から庫裡に戻るところだ。

「本当に、横にならなくていいのですか？」

「はい」

しずが笑ってみせると智栄がかごを置いた。くりくりした眼がしずの具合を確かめる。

「ご亭主が小姑の味方だなんて切ないですね」

「はあ……」

「悲しいですわ。どうして大切にしてくださらないの、あなたのおそばにいるのはこのわたくしなのに、と」

子どものような顔のませた物言いが可笑(おか)しくて、しずは思わず頬をゆるめた。それを見て元気だと思ったのか、智栄も笑ってかごをふたたび持つ。

「ゆっくり休んでください。お夕飯までは間がありますから」

「あたしも支度を手伝います」

しずが腰を浮かせると、智栄に肩を押さえられた。

「無理をしてはいけません。夕飯の支度は、他の方がしてくださいますから。今日は夕顔をいただいたので、それを」

この満徳寺は本山末寺を持たない一本寺。参拝にくる人はいないが、近所の百姓から採れたものをよくもらうという。

「かつてこの寺に駆け込んだ方々からも、折々にいただきものがありますし」

あ、と智栄が目を輝かせた。

「そうそう、もうすぐ土用でしょう？　ここでは土用の日に特別なお膳をいただくのですよ」

「お膳を？」

「ええ。酒肉五辛は寺法で禁じられていますけど、この寺ならではのご馳走を。楽しみにしていてくださいね」

休むようにと駄目押しをして、智栄がとことこと玄関に向かう。それを見送ったしずは、頭の中で日を数えた。

土用までまだ十日ほどある。それだけみよには会えないのか。

心に湧く雨雲を払おうと、しずは智栄の言葉を思い浮かべた。

――かつてこの寺に駆け込んだ方々。

その人たちはきっと、この寺で離縁を果たし、今は幸せに暮らしている。だからこの寺にお礼を持ってくるのだろう。

あたしもみよのために辛抱しよう。そのために体を休めて力を取り戻すのだ。

しずが柱にもたれて目を閉じたとき、奥から「智栄様」と呼びかける声が聞こえた。目を開けると二十歳そこそこと見える娘が奥から小走りで出てくる。

さっき智栄に紹介された、駆け込み女二人のうちの一人、喜久だ。目鼻立ちの小さい優しい顔立ちが「あら……」と眉を曇らせる。

「智栄様のお声が聞こえましたのに」

のんびりとした抑揚だ。育ちのいい町の女なのだろうか。白魚のような手が不安げに前掛けをつかんでいる。しずは思わず声をかけた。

「どうしたの？」

「智栄様が持ってきてくださった夕顔が……。夕顔を切らなくてはならないんですけど、わたしたち初めてで上手くいかなくて……。やっぱりもう一度智栄様に聞かなくちゃ」

喜久が玄関に向かう。しずは「待って」と呼びかけた。そして、よいしょ、と重い体を起こした。

「どれ、あたしがやるよ」

「いけません。おしずさん、お体がつらいのに」

「いいって。大丈夫だから」

しずは足を踏ん張って立ち上がり、喜久が出てきた奥に向かった。

台所に行くと、丸太のような夕顔の実が五個、台所の作業台の上に鎮座していた。どれも生まれたての赤ん坊くらいの大きさだ。

しずはてきぱきと薄緑の皮をむき、白い実はくるくるとかつらむきにした。腰紐のようになった夕顔を棒に掛けて台所の隅に吊るす。明日、陽に当ててかんぴょうにするためだ。切り落とした端は梅干しと煮て夕食に出した。

「おしずさん、夕顔の煮物、とってもおいしかったです」

夕食の後片付けを終え、縁側で足を投げ出して一休みしていると、喜久が隣に来てうちわを渡してくれた。くつろぎの時間だというのに、きっちり正座する。

二十歳になる喜久は、足利にある薬問屋の若奥様だという。夫の遊興三昧に耐えかねて、ここに駆け込んだそうだ。お嬢様育ちで料理はすべて使用人任せだったらしい。

「ここに来て四月近くになりますけれど、いまだに包丁を持ったり、ぐらぐら煮えた鍋をかき混ぜたりするのが怖くて。おなっちゃんに頼ってばっかり」

あら、と喜久の反対隣にもう一人の駆け込み女、なつがぺたりと横座りした。

「わたしだって丸ごとの夕顔なんて初めてよ。かんぴょうだって干したものしか知らなくて」

なつが指でひらひらとかんぴょうをつまむ真似をしてみせる。聞くと生粋の江戸っ子だそうだ。三月前にここに駆け込み、もう離縁を済ませている。

満徳寺には、心願成就や心を落ちつかせるために逗留するものもいるそうだ。駆け込み女も扶持料さえ払えば、離縁のあともここに残れるという。

といっても特別扱いはされず、離縁前の駆け込み女と一緒に作務に励む。数少ない楽しみはやはり食べることだ。

「お寺の中だけで暮らしていても、初めてのものを食べるとどこかに出かけたような気分になるわ。今日、おしずさんが作ってくれた煮物、本当においしかった」

夕顔の煮物は娘のみよも大好きだ。一回り年下の二人に喜ばれると、娘に喜ばれているようで嬉しさもひとしおだ。

「口に合ってよかったよ。心配だったんだ。田舎者の味付けだから」

なつと喜久は見た目からして町の女だ。白木のようなきめ細かな肌のつや。きれいに整えた眉。着物は地味でも、着物の下からちらりと見える裾よけは鮮やかな色づかいの洒落たものだ。

しずはと言えば、子を産み育て、なりふりかまわず働き続けて、陽や風雨にさらされた大木のようだ。ざらついてどっしりとした自分を顧みると、垢抜けた二人に気おくれする。

しかし、二人は年上のしずを屈託なく受け入れている。まっすぐに目を見て話し、明るく笑いかけてくれる。

みよもこんな風に朗らかに育ててやりたい。義姉一家が転がり込んでからというもの、みよの笑い顔を見ることがめっきり減っていた。

ねえ、としずは二人に声をかけた。

「駆け込み女はいつ離縁できるの？　いろいろあるんだろうけど」

しずは事情――駆け込みに至るまでの、義姉一家の横暴と、それを許す夫たち婚家のことを二人に話した。なつと喜久は「まあ」「ひどい」と声を上げ、我がことのように憤慨した。

なつが自分の離縁を思い出してうなる。

「わたしの場合は亭主が訳ありだったから……。おしずさんの実家は離縁に賛成しているんですよね？　実家も婚家もここからそう遠くないし、ご亭主が離縁を承知してくれれば早いんじゃないかしら」

「承知しなかったら？」

「そのときはもう少し時間がかかるかも。ここは簡単に離縁をさせてくれないんです」

「離縁をさせてくれないって、ここは縁切寺じゃないの」

「それでも。おふささん——この間までここにいた駆け込み女は、八カ月かけてやっと縁切りができたの」

「八カ月！」

岩吉の捨て台詞が頭の中で響き渡った。

——誰が離縁なんかしてやるか！

扶持料のことが心配になった。満徳寺の扶持料は少しずつ分けて払うことができるが、交渉が長引けば離縁がまとまる前に手持ちの金が尽きてしまう。

しずがついた深いため息に、喜久のため息が重なった。

「わたしも、いつになったら離縁できるのかしら……」

うつむいた喜久の肩をなつが抱く。

「少し辛抱してもきれいに別れなくちゃ。お喜久ちゃんには実家のご両親がついているじゃない。帰ってこいと言ってくれるのだから」

なつの声が少し低くなった。

聞くとなつの実家は商売をやっている上に兄夫婦がいる。なつが出戻ると何かと邪魔だと、なつの父親はここに残るよう言ったそうだ。それで、なつはいつ終わるか分からない尼寺暮らしをさせられているのだ。

「今のわたしは雨が止んだのに雨宿りをしているようなものなんです」

なつがしずにそう言って苦笑いした。今度は喜久がなつの背をさする。

しずは暗がりに目を向けた。

蛍が飛んでいる。光の粒が闇夜に細い筋を描いては消える。

あんな風にきらきらと輝く若い年齢で、なつも喜久もしずと同じくらいのつらさを背負っているのだ。

「おしずさん？」

顔を向けると、なつが心配そうな顔でしずを見ている。

「なんだかつらそう。大丈夫ですか？」

「やっぱり、具合が悪いのに、あんな大きな夕顔をたくさん始末してくださって」

喜久は申し訳なさそうに身をすくめる。しずはとっさに笑顔を作った。

「ちょっとぼんやりしただけだよ。料理だってあたしがしたかったんだから。料理は好きだからさ、いい気晴らしになったよ」

なつが「よかった」と顔をほころばせる。反対側の喜久も同じだ。婚家で大勢と暮らしていたのに、人の笑顔を見るのは久しぶりだと気づいた。

夜風に撫でられる頰のように、心がさらりと落ちついていく。

実家にいるみよも、しずの両親に守られて安心して過ごしていてほしい。頭上で光る細い月にしずは祈った。

　その翌日から、しずの離縁の交渉が始まった。

　まずは駆け込み女、しずが取調べに臨み、寺役人に離縁を望む理由を話す。正式にしずの寺入りが認められると、次は駆け込み女の家族が寺に呼ばれる。

　しずの婚家も実家も満徳寺から近いため、取調べの翌日にはしずの父が満徳寺を訪れ、しずに離縁の意志を確かめた。

　寺役場はそれを受け、次に妻方と夫方の話し合いを命じる。双方の親とそれぞれが住む村の役人が顔を合わせ、内済（ないさい）――離縁、もしくは帰縁に向けて話し合う。

　しずはその間ひたすら待つだけだ。尼同様、念仏を唱え、掃除や炊事などの作務に励む。といっても、婚家で寝る間もなく働き続けた日々と比べたら、骨休めをしているようなものだ。

　その分、娘のみよのことが絶えず心をちくちくと刺す。

　駆け込んでから五日目の昼前、しずは器を手に台所の裏口に立った。さっきまで高野（こうや）豆腐を浸けていた水を地面にまくと、あっという間にからからに乾いていく。

　器を調理台に戻し、代わりにざるを持って外に出る。

　太陽はじりじりと頭のてっぺんを焼き、足元の影は見下ろすごとに短くなっていく。

今日という一日も半ばに差しかかろうとしている。

みよは実家で元気に過ごしているだろうか、寂しがっていないだろうか——。

手ぬぐいで顔をぐいと拭ったとき、裏庭の畑の向こうに陽炎のような人影が見えた。

山桃の木の下に慈白がしゃがみ、熟して落ちた実を拾っている。一つ一つていねいに傷みがないか見て、手に持ったざるに入れていく。今日のように昼食の野菜を採ろうと裏庭に出ると、山桃を拾う慈白と顔を合わせるのが日課だ。

日除けの菅笠が白絹のような慈白の顔に優しい影を落とし、手甲を着けた手が優雅に弧を描く。山桃拾いなど数え切れないほど見てきたが、慈白のそれは風に揺れる花を見ているようだ。

なつが一緒に掃除をしながら教えてくれたことを思い出した。

——慈白様は、実は徳川のお姫様だって噂なの。

七つのときに、この尼寺に入れられたとか。

占い師に、この子は美し過ぎて国を滅ぼすと言われて。

あの噂は本当なのかもしれない。しずが慈白に見とれていると、菅笠がくるりとこちらを向いた。

慈白が立ち上がり、しずに呼びかける。

「おしずさん、こちらへ」

はい、としずが急いで向かうと、慈白が「暑いですね」と微笑みかけた。そう言いながら、慈白は汗ひとつかいていない。ぴしりと背を伸ばしてたたずむ姿は水鳥のように涼しげだ。

「食事の支度で火を使うのもうっとうしいはず。いつもご苦労様」

優しいまなざしでしずをいたわったあと、慈白はいつものように自分のかごから、しずのかごに山桃をひとつかみ入れた。

「山桃の季節もじきに終わります。感謝して味わいましょう」

「ありがとうございます」

もうそんな時期か、と山桃の木を見ていると、慈白がしずを木陰に誘った。

「おしずさん、気持ちは落ちつきましたか?」

昨日、しずの父が話し合いの結果を持って満徳寺を訪れた。そのあと、夕食の準備のために水汲みに出たとき、桔梗の花に水をやっていた慈白にそのことを話したのだ。

妻方と夫方の話し合いで、夫の岩吉は離縁を拒んだという。そして、父は岩吉の伝言を預かってきた。

――岩吉は近所の畑の手伝いを増やしてもっと稼ぐとさ。

そうすればしずも楽になるだろう、ってな。

「亭主は何も分かっちゃいません」

しずはついつい声を荒らげた。

許せないのは義姉が働きもせず遊び歩き、のうのうと暮らしていることだ。二人の甥の食いぶちまでこちらにおっかぶせて。

「いくら姉だからって、亭主はどうして義姉一家を野放しにするんだか……諭すか叱るかして働かせればいいんです」

慈白がしずをじっと見た。

「心当たりは？」

「物事は草木と同じ、必ず根があります。ご亭主にしろ、お義姉さんにしろ、何かそうする理由があるのでは」

「あたしに辛抱させれば楽だってだけですよ」

しずは婚家での食事時を思い出した。

義父母と岩吉、義姉と甥たちが座って飯をかき込み、しずはといえば、やれお代わりだ、やれこぼしたと立ち働かされる。

立ってかがんで、立ってかがんで——ねぎらいの言葉一つかけられないのは、それが当然だと思われているからだ。

「だからあたしは昨日、寺役場でお願いしたんです。早く呼状を出してほしいと」

呼状とは文字通り、夫を寺役場に呼ぶ書状だ。

妻方と夫方の話し合いが決裂したあと、寺役場は飛脚を出して夫に呼状を届ける。そして寺役場で夫を取り調べる。夫に非があった場合、あるいは夫婦のやりなおしがきかないようであれば、内済離縁を受け入れるよう説得する。

それでも夫が離縁を承知しなければ、次はお声掛かり——江戸の寺社奉行が介入して夫に離縁を迫る。つまり呼状が出るということは、離縁に大きく近づいたということなのだ。

それを思い出して、しずの声が自然に弾んだ。

「お役人様もあたしに言ってくださいました。呼状を出すと」

満徳寺は離縁をなかなかさせないというが、しずの場合はなつたちが驚くほど順調に進んだ。しずのやつれ具合が酷かった上に、駆け込みのときの夫や義姉の仕打ちを寺男の慶蔵が見ていたからだ。寺役人に報告が行き、離縁やむなし、となったらしい。

「早く離縁を済ませて娘に会いたいです」

顔をほころばせたしずに、慈白が静かに言った。

「草をちぎり取っても、根が残っていればまた同じ草が生えます。どうぞ、後悔のないように」

「大丈夫です。あたしの心には亭主への気持ちなぞ根っこ一本残ってやいません」

慈白は微笑んだだけで本堂の方に戻っていく。

しずも畑に向かった。艶やかなさやいんげんを見つくろい、かごに入れる。早く離縁したいと心せく。娘と暮らしたいという母心が入道雲のように湧き上がる。はぐれ雲のような憂うつがそれに続いた。


「ああ、おいしかった」

昼食のあと、後片付けをしながら、なつが満足そうに息をついた。

「高野豆腐のくずし煮は初めて食べました。ご飯とよく合って」

戻した高野豆腐を細かくして炒めてから、さやいんげんと煮たのだ。智栄もおいしいと食べてくれた。

喜久もしずに向けて「ごちそうさま」と笑いかける。

「お粗末さまでした」

しずが二人に短く答えると、なつと喜久が両横から顔を覗き込む。

「さすが、おしずさん」

「おしずさんがいてくれて本当にありがたいわ」

声が喉に引っかかり、体の奥へと落ちていく。しずは二人から離れて釜に向かった。

釜をごしごしと手荒く洗いながら、今朝からのことを振り返る。

朝一番の米とぎも、いつものようにしずがやった。二人がなかなか起き出さないからだ。ぼやぼやしていたら、本堂で行われるお勤めに間に合わなくなる。

そのあとの朝食の準備——米炊きと味噌汁作りは二人も手伝ってくれた。だが、昼食もしずが作った。このあとの夕食も、おそらくしずが作るだろう。

ここに来てから五日、毎日そうだ。二人はいつもしずが料理を終えるころに戻ってきて、盛り付けとお膳の支度だけをやる。

今日はあんたたちがお昼の支度ね、と今朝、二人にはっきり言ってみた。しかし心配になって昼前に台所を覗いたら、朝、しずが水に浸けておいた高野豆腐だけがぽつんと待っていた。

だから仕方なくしずは昼も料理をしたのだ。高野豆腐を細かくして煮たのは、味を含める時間がなくなったからだ。

婚家で八人分の料理をしていたときより、洗ったり切ったりははるかに少ない。とはいえ、赤の他人のなつ、喜久、智栄の口に合うかどうか考えながら作るから気持ちが疲れる。

思い返せば最初が悪かった。料理が好きだから、なんて二人に言ってしまっただけではない。

ここに来た次の日、寺役場に呼びだされた喜久が、庫裡に戻ってから長いこと泣いていた。寺役人に厳しいことを言われたそうだ。慰めるなつも、自分の傷心が重なったのかもらい泣きしていた。

それを見て気の毒になり、しずは夕食作りと翌朝の米とぎを黙って引き受けた。そこからずるずると、すべての食事を作るようになってしまったのだ。

年若い二人がつらい思いをしているのだから――そう思ってやってきたのに。

釜を洗うしずに、なつが本堂の方面を指差す。

「本堂の向こうで草取りをしていたら、あの方をお見かけしたの」

「口をきいたらいけないから、二人で懸命に口を押さえて」

喜久も、ふふ、とほくそ笑む。あの方、とは寺男の慶蔵のことだ。

この寺には飛脚が二人いる。一人はお呼びがかからないときは近くの農家で働いているという。慶蔵は寺の用心棒をつとめ、境内で建物や池、そして内塀と外塀の間にある畑の手入れもしているそうだ。

なつが喜久と流しで洗い物を始めながら呼びかける。

「おしずさんのせいですよ。あの方に胸がときめいたのは」

しずが気絶したとき、慶蔵が本堂まで抱えて運んでくれた。二人はそれを間近で見たそうだ。なつが嬉しそうにまた笑う。

「ここに駆け込んだときは緊張していて、あんなに格好いい方だとは思わなかった」

「近くで見たら素敵な方だったんですもの」

喜久もうっとりとあらぬ方を見ている。傷心どころか男にうつつを抜かして食事の支度はほったらかしなのだ。

「縁切寺の閻魔様みたいにおっかない方じゃないといいけれど」

「寺役人の添田様のこと？　まあ、おなっちゃんったら」

二人が肩を寄せ合って笑う。その背中を見ていたとき、しずの心にぞくりと震えが走った。

婚家でしずとみよを立ち働かせて、お膳に向かう義父や義母、義姉や甥たちの背中を見ているようだったからだ。

せっかく逃げてきたのに、ここでもまた。目の前が暗くなったとき、慈白に言われたことを思い出した。

――草をちぎり取っても、根が残っていればまた同じ草が生えます。

婚家と同じ辛抱をするなんてまっぴらだ。まだしばらくはここにいなければならないのだから。

一言、二人に釘を刺しておかなければと顔を向けたとき、遠くでかすかに人のざわめきが聞こえた。

何、となつが茶の間に上がり、喜久がそれを追う。何ごとかと、しずも二人を追った。

茶の間から座敷を抜けて玄関に向かう。外に出て、まぶしい陽射しで白んだ境内を見わたしたとき、前方、中門の向こうから男の声が聞こえた。耳をそばだてると、今度は甲高い女の叫び声が聞こえた。

「おしず！　おしず！」

胸を力一杯叩かれたような気がした。

なつと喜久が揃ってこちらを向く。しずは二人に告げた。

「あたしの義姉だ。義姉のひさ」

「おしずさんのお義姉さん？」

「あの、横暴だっていうお義姉さん？　前に追い払われたのに、また？」

中門からまた声が聞こえた。なだめるような男の声を、ひさの叫びがかき消す。

「おしず！　おしず、いるんでしょう!?」

しずが立ちすくんでいると、渡り廊下から智栄がやってきた。運んできたかごを足元に置き、転がるようにしずに駆けよる。

「おしずさん、大丈夫ですよ。慈白様とお役人様がついております。夫方の者は誰であろうと、ここには一歩たりとも入れません」

なつと喜久もしずに寄りそう。

「おしずさん、これで離縁は決まりじゃないかしら。あの様子じゃお役人様も離縁したい理由を重々分かってくださるわ」

「そうですよ。お義姉さんって恐ろしい方。本当に恐ろしい」

なつの言うとおりだと思いながらも、しずの身はすくんだままだ。なおも呼びかけるひさの声が、真夏だというのに全身を凍らせた。

中門の向こうの騒ぎが静まったのち、しずは寺役場に呼ばれた。

呼びに来た下役について境内から内塀を抜けると、寺役場の一角に添田万太郎がたたずみ、手ぬぐいで汗を拭っていた。

添田は三人いる寺役人の一人で、しずの離縁を受け持っている。男前の閻魔様、となつが呼ぶいかつい顔が、今日はさらにけわしく見える。

しずは添田に深々と頭を下げた。

「義姉のおひさが、大変なご迷惑を――」

よい、と言うように添田が片手を振ってさえぎった。

「おひさについて、そなたが話したことは真（まこと）のようだな。何としてでもそなたを連れ戻したいよう。大した執念だ」

添田はひさの見せかけの弱々しさに騙されなかったようだ。数多の駆け込み女と接しているだけのことはある。

「おひさは繰り返し訴えた。おしずにどうしても会いたい。おしずは大切な義妹、何としても離縁を思いとどまらせると」

「では、義姉がそこに……」

しずは添田が背にしたお腰掛けの入口を見た。

お腰掛けは、駆け込み女が自分の身内と面会するために設けられた場所だ。しかし、添田は「いや」と首を振った。

「夫方の家の者は、寺役場より正式に呼びだしたのでない限り、駆け込み女に会わせることはできぬ。ひさは門の外に待たせてある」

添田がお腰掛けの障子戸に歩み寄り、引き開けた。

中から子どもが転がり出る。

「おっかさん」

みよがしずに飛びつく。見知らぬ場所で一人待たされ、さぞ心細かったのだろう。細い両腕がしずの胴をぐいぐいと締めつける。

「おみよ……！」

しずはみよを受け止めながら、思わず添田を見た。

実家の両親に預けたみよがなぜ、ここにいるのだ。

添田は黙ってしずにお腰掛けを示す。しずは叫びだしたいのをこらえて、みよを優しく引き剝がし、お腰掛けに入った。

　中は木の縁台と今は火のない火鉢があるだけの、一坪ほどの土間だ。しずはみよを縁台に座らせ、汗と涙でぐしゃぐしゃになった顔を拭いた。そして改めてみよの顔を見つめた。

「おみよ、まさか、おひさ伯母(おば)さんに――」

　みよが大きくうなずいた。

「伯母さんがじいじとばあばのところに来てくれたの。みよに、一緒に帰ろうって」

「だけど、おみよ、帰ったりしたらまた、つらい目に遭うじゃないの。伯母さんや、弥平(やへい)と卯平(うへい)のせいでおまえは――」

　あからさまに言うのははばかられて、しずは口を濁した。すると、戸口に立って中を見ていた添田が「おみよは」と、いつもより少し柔らかい声であとを続けた。

「伯母上に家のことを押しつけられたり、従兄(いとこ)たちにご飯やおやつを取られたりするのではないか？」

　みよがうつむいた。そして、蚊の鳴くような声で何か言った。「ん？」と添田が聞き返すと、みよがおずおずと顔を上げた。

「おひさ伯母さんは、大変なの」

みよがしずの手をつかみ、しずを諭すように告げる。

「おっかさん、伯母さんは、つらい思いをしてからすっかり頼りない体になってしまったのよ。風に吹かれただけで倒れそうになることもあるんだって」

添田がみよの前にかがみ、両の口角をぐいと上げた。閻魔様は作り笑いをしたらしい。そしてみよに柔らかい口調で語りかけた。

「おみよ、伯母上はそなたの住まいからこの寺まで、この蒸し暑い中、元気に歩いてきたではないか。その上、そなたの母に門から何度も大声で呼びかけた。その達者な姿を、そなたも見ていただろう」

「伯母さんは、死ぬ覚悟でみよを迎えに来てくれたの。じいじとばあばの前でそう言って泣いていたわ。だからおっかさんを大声で呼んでくれたのも、きっとみよのためよ」

みよがしずに向きなおり、涙ぐんだ目で見上げた。

「おっかさん、一緒にうちに帰ろう」

「そんな、どうして……」

しずはまじまじとみよを見つめた。

みよは心優しい娘だ。しかし、ひさの大げさな言い訳をうのみにするほど鈍くはない。

婚家を出るときも迷わずしずについてきたのだ。

まさか。しずが息を吞んだとき、添田がみよに尋ねた。

「おみよ。そなた、もしかして父に会いたいのか」

みよがしずをちらりと見た。そして、うなずいた。

「おとっつぁんに会いたい」

「おみよ、何を言うの」

「おとっつぁんだって寂しがっているのよ。伯母さんがそう言ったわ」

みよはうつむき、そのまま顔を上げない。

しずは言葉を失った。

添田が立ち上がり、視線でしずを外へとうながした。二人で外に出ると、添田は障子戸を閉め、しずに向いて声をひそめた。

「どうする。おみよは、おひさの横暴を承知で帰りたいと申しておる」

「それは、おみよは生まれて初めて父とも母とも離れて寂しいからで――。離縁したら、きっとおみよを幸せにしてやれます」

添田は無言で障子戸へと顔を向ける。しずは畳みかけた。

「義姉の横暴は、先ほど添田様もとっくりご覧になったじゃないですか」

「目の当たりにしたからこそ、解せぬことがある」

険しいまなざしが、障子戸からしずへと向いた。

「おひさがそなたに執着するのは、我が子共々養ってもらい、家事雑事を押しつけるため。取調べのときにそなたからそう聞いた。だが、それだけだろうか」

何を言うのかととまどうと、添田が続ける。

「弱い犬ほど吠える。窮鼠猫を嚙む。おひさがそなたにこれほどまでに執着するのは、食い扶持のためだけだろうか。もしかすると、おひさの心の中には弱い何かがあるのではないか」

「そんな……」

「おみよは父を恋しがっておる。父から引き離すより先に、おひさの思いを汲むべきなのではないか」

言葉を失ったしずに、添田が駄目押しのように告げた。

「岩吉に呼状を出すのは、そのあとでもよかろう」

もう一度、実家にみよを送り届けたい。そう添田に懇願したが、外出はまかりならぬと撥ねつけられた。みよが添田に連れられ、泣きながらひさのもとに向かうのを、しずはただ見送るしかなかった。

下役が開けた木戸から境内に戻り、池のほとりにしゃがんだ。しずの心を映したように、空が灰色の雲で覆われて足元の影を薄くしていく。

さっきまで心を躍らせていた希望も同じように薄れていく。

――岩吉に呼状を出すのは、そのあとでもよかろう。

離縁に待ったがかかったということだ。

辛抱してお声掛かりにこぎつけたとしても、岩吉はそれでも離縁を承知しないかもしれない。そうなると、残された道は一つしかない。最初の取調べのとき、添田に聞かされた。

――夫が離縁を承知せず、それでも離縁したい場合は寺入りとなる。

二十五カ月、満徳寺から一歩も出ずに過ごすのだ。

二年と一月、みよに会うことができなくなる。

そればかりか、その間、みよはしずの実家には帰してもらえず、婚家で暮らすことになるだろう。しずの目が届かなくなれば、これまで以上にないがしろにされるに違いない。そんな風にはとてもさせられない。

水面に映ったしずの顔が風で揺れる。涙ぐんだみよの顔をしずは思い出した。

あたしさえ我慢すれば、みよは――。

ぽつり、と首筋に雨粒が当たった。

にわか雨が降り出したのだ。みるみるうちに雨足が強くなり、雨粒が叩く地面から土の匂いが立ち上る。

しずはあわてて庫裡に走った。玄関に駆け込んで奥に呼びかける。

「おなっちゃん、お喜久ちゃん」

座敷を抜け、茶の間から台所に降りた足が止まった。

作業台の上に赤芋茎(ずいき)の束が置いてある。

さっき下役に呼ばれたとき、ちょうど智栄が芋茎を運んできた。夕食の分を取り分け、残りをきれいにして裏庭に干すようにと、なつと喜久に言っていた。お願いね、としずも声をかけた。

しかし、作業台に置かれた芋茎は、収穫したそのままだ。吊るす紐もついていないし、夕食の分の下ごしらえすらされていない。

しずは裏口に走った。

「おなっちゃん、お喜久ちゃん」

裏庭を見わたしても誰もいない。

庫裡を飛び出し、渡り廊下を抜けて本堂に入ったが、そこにも二人はいない。もう一方の渡り廊下の前まで行ったが、気配すらない。

しずは片足で小さく床を踏み鳴らした。

どうせ二人はどこかで、作務そっちのけで寺男の噂話でもしているのだろう。

この数日心をちくちく刺していた何かが、今や釘のように太く膨れ上がって胸を突き刺す。

「おなっちゃん、お喜久ちゃん」

耳をすませても返事はない。もう一度小さく床を踏み鳴らしたとき、渡り廊下から静かな声が聞こえた。

「おしずさん、どうしましたか」

慈白が本堂に入ってくる。そしてしずと向かい合った。しずはひきつった顔を見られたくなくてうつむいた。

「おなつさんとお喜久さんが、芋茎の下ごしらえをするはずが、ほったらかしになっているものですから……」

語尾が震え、ぐっと口をつぐんだとき、慈白がさらりと告げた。

「ならば、おしずさんが代わりにやってあげればよいだけでは」

「よいだけ……？」

かっと胸に火がついた。

慈白は毎日のように昼と夕方、畑で野菜を採ったり井戸で水を汲んだりするしずを見ている。しずがいつも一人で食事の支度をしていることは察しているはずだ。

しずは慈白をまともに見返した。

「慈白様まで亭主や義姉と同じことをおっしゃるのですか」

ひさや岩吉がいつも言う。

——それくらい、なんてことないじゃないの。

——おまえがちっと我慢すれば済むのによ。

二人や義父、義母はそうやってしずの不満を小さく握りつぶす。小さなことを我慢できないしずが悪いのだと問題をすり替える。それが何より耐えがたいのだ。

「あたしばかり……あたしばっかり……」

しずの心にずっと淀(よど)んでいた思いが噴き出した。

「あたしは牛や馬じゃない。心があるんです。皆のために我慢させられるのはもううんざりです」

込み上げた涙を指先で払い、しずは慈白に迫った。

「慈白様はおっしゃいました。物事には根がある、と。ならば教えてください。なぜあたしばかりが耐えなければならないのですか。なぜ皆、あたしをないがしろにするのですか」

慈白は黙ったまま目を伏せる。しずに泣かれたときの岩吉と同じだ。

縁台や階段を叩く雨の音だけが本堂に響く。

しずの涙など、皆にとっては通り雨でしかないのだ。待っていれば止むと、皆、高をくくっている。

ふ、と息をつくと、目尻に残った涙がこぼれた。しずがそれをぐいと手の甲で拭ったとき、慈白が伏せた目を上げた。

「おしずさん、こちらに」

そして慈白は渡り廊下へとくるりと向きを変えた。

庫裡の反対側、本堂に向かって右手の渡り廊下の先には、庫裡より少し大きな建物がある。尼庫裡、となつが呼んでいた。

駆け込み女が掃除をするのは渡り廊下まで。なつも喜久も、尼庫裡に足を踏み入れたことはないという。もちろん、しずもだ。

慈白にうながされるまま尼庫裡に上がると、廊下がまっすぐに延びている。境内に面した側は木戸で、今は開け放たれて雨模様が見える。

慈白はしずを廊下の左、入ってすぐのところにある部屋に入れると、待っているように告げて出て行った。

しずはとまどいながら畳の上に座り、部屋を見回した。

六畳ほどの居間は、床の間に香炉が飾られただけの簡素な部屋だ。しかし、ほのかに漂う香だけで雅(みやび)な雰囲気が醸しだされている。

百姓家では縁のない清香に鼻をひくつかせていると、慈白が入ってきた。しずが居住まいを正すと、慈白が向かいに座る。

その後ろから、智栄が盆を持って入ってきた。

盆に載っているのは錫の水差しと器。ここに来た日、本堂で出されたものと同じだ。

智栄が盆を置いて下がり、慈白が器に水差しをかたむける。器に白い汁が流れ落ちた。それも、ここに来た日と同じだ。

慈白がしずに優雅な手付きで器を差し出した。

「どうぞ、召し上がれ」

「甘酒ですか」

慈白が微笑んで「どうぞ」と繰り返す。

しずに甘酒を飲ませてなだめようとしているのだろうか。慈白にまでないがしろにされているようでしゃくに障ったが、自然と手が伸びた。この間の味を思い出したからだ。

器を手に取り、錫のひんやりとした感触を楽しみながら口に運んだ。器の中身を口に含んだところで思わず慈白を見た。

「何か？」

慈白が微笑んで問いかける。

今、口の中にあるものは、この間飲んだ味と違う。あのときほど冷たくないからか。口の中のものを回して味わい、そして飲み込む。喉を通ったかすかな刺激にしずは気づいた。まさか、ともう一口味わった。

間違いない。

しずは器から慈白へと視線を上げ、遠慮がちに尋ねた。以前にも飲んだことがある。

「あの、これは……どぶろく、ではありませんか？」

「どぶろく？　とんでもない。おしずさんがここに来た日に言ったではないですか。満徳寺の寺法は、酒肉五辛を禁じていると」

慈白がにっこりと笑い、「さあ」と飲むようにすすめる。心なしか、白絹のような頬が淡く上気している。

「ですが慈白様、この味はどぶろくです」

実家でも婚家でもどぶろくを造っていた。といっても女は盆と正月、そしてお祭りのときに少し飲ませてもらうくらいだ。

どうしたものか、と器を置くと、慈白が言った。

「これは甘酒ですが、作るときに少々醸し過ぎてしまったようです。ですが甘酒は甘酒。気にせず召し上がれ」

「いえ、でも……」

どぶろくは嫌いではない。むしろ好きだと思う。いつか男たちのように存分に飲んでみたいとひそかに思っていた。

だが、ここは寺だ。

しずがためらっていると、慈白がすっと表情を消した。陶器のように冷たくなった顔がしずを見すえる。

「この甘酒となった大切な米は天からの恵み。少々醸し過ぎたというだけで、流して捨てろと？」

「とんでもない」

しずは器を持った。慈白の顔がまた白絹のように柔らかく優しくなり、「どうぞ」とうながす。

どうにでもなれ、としずは醸し過ぎた甘酒を口に運んだ。

さっぱりした甘さとほのかな酸味が口を満たす。ぐっと飲むと、心地よい刺激が喉を下る。全身に爽やかさが拡がる。

しずが思わず幸せな吐息を漏らすと、慈白が微笑んで水差しを手に取る。そして、しずの器にたっぷりとお代わりを注いだ。

「遠慮せずに召し上がれ。ご相伴に、あるお話をいたしましょう。御仏(みほとけ)によるありがたい教えの一つです」

　慈白がにこやかに話しはじめる。しずは器を手に耳をかたむけたが、難しい話でさっぱり分からない。

　だが慈白の涼やかな声は耳に心地よい。音高く地面を打っていた雨も、慈白の声に遠慮したかのように雨足を和らげていく。

　ちびちびと味わう「甘酒」が体をふんわりと軽くする。そして耳に流れ込む涼やかな声が、頭もふんわりと軽くしていった。


「おしずさん、おしずさん」

　鈴を振るような声が呼びかける。体がそっと揺すられる。

　しずが目を開けると智栄の顔が真上に見えた。畳に横たわって寝入っていたのだ。

　智栄が開けた障子戸の向こうに境内が見える。雨は止み、日はすっかり暮れている。

　しずは跳ね起きて智栄に詫びた。

「申し訳ありません、うっかり……」

「いいえ、暑いですものね。おしずさんは先日倒れたばかりですし、お休みが要ると慈白様もおっしゃいました」

「慈白様が……」

どぶろく、いや醸し過ぎた甘酒を飲みながら、慈白の語りを聞いていた。心地よくてつい船を漕いでいると、慈白が言った。

――少し横になられてはいかが？

箱枕まで出してくれた。見ると足元には蚊遣りまでつけられている。

眠気とどぶろくの余韻で頭が回らないまま、しずは急いで身なりを整えた。蚊遣りを消した智栄がしずをうながす。

「さあ、お夕飯に参りましょう」

「芋茎……！」

台所に置きっぱなしの芋茎をしずは思い出した。

今からでは夕食に間に合わない。青ざめるしずに智栄が告げる。

「そうです、今日は芋茎の煮物ですよ」

「煮物？」

しずが思わず聞き返すと、智栄が「ええ」と笑顔で答える。

まさか。しずは小走りで庫裡に急いだ。

座敷を抜けて茶の間に入ると、きちんと四人分の箱膳が並んでいる。台所を見ると、たすきがけに前掛けをつけたなつと喜久が鍋の前にいる。

そして、鍋からは湯気が上がっている。

手ぬぐいで汗を拭っていた二人が、土間に降りたしずに気づいて顔を向けた。しずはこわごわ二人に尋ねた。

「芋茎の煮物って、おなっちゃんとお喜久ちゃんが作ったの……？」

「はい」

なつが両手を見せる。芋茎のあくで指先が褐色になっている。

「おしずさんがいなかったから作っちゃいました。智栄様に作り方を聞いて」

予想外のことに立ちつくしていると、なつが表情を曇らせ、ちらりと喜久と目を合わせた。

「それで、作ったんですけど、何だか、ねえ……？」

「ええ、ちょっと……」

喜久が決まり悪そうにうつむく。何ごとかとしずは釜に歩みより、中を覗いた。

薄茶色の煮汁に切った芋茎が漂っている。切ったというより千切ったという方が似つかわしい。しずが菜箸でつまもうとすると、芋茎がぐしゃりと潰れた。

菜箸で追い回して何とか小皿に載せ、口に入れると舌で潰せるほど柔らかい。

なつが上目遣いでしずに告げる。

「あくが残るのが怖くて、何度も下茹でをしたら柔らかくなり過ぎてしまって……。生の芋茎を料理するのは初めてで、加減が分からなくて」

「それに皮をむくのが難しくて、気がついたら、ぼろぼろになってしまったんですの」

不格好に細かく砕けている理由が分かった。包丁で皮をこそげ落とそうとして失敗したのだろう。なつも喜久も申し訳なさそうに身をすくめている。

しずは煮物を飲み込んだ。

「大丈夫。おいしいよ」

「本当に？」

なつがじっとしずを見る。「本当」としずは請け合った。

「これはこれでいけるよ。あれだ、ええと、つるっと喉ごしがいいよ、うん」

二人がほっとしたように顔をほころばせる。しずは続けた。

「今日は冷やご飯を湯漬けにするのは止めて、これを汁ごと掛けて食べよう。さらさらと食べられて暑い夜にぴったりだよ」

二人が「はーい」と張り切り、いそいそとおひつと食器棚に向かう。

ご飯にかけるのだから、もう少し味が濃い方がいいだろう。しずは煮汁を軽く煮つめることにした。

これ以上柔らかくならないように芋茎を器に取り出しながら、しずの口元がひとりでにゆるんだ。

なつの言う通りだ。

――おしずさんがいなかったから作っちゃいました。

義姉のひさも、なつや喜久と同じだ。

やらなければ、しずがやってくれる。働けないと言えば、しずが稼いでくれる。だからやらなかった。

それだけのことなのだ。

「おしずさん？」

なつが不思議そうに横から顔を覗き込む。杓子(しゃくし)を手にいつしか一人笑っていたらしい。

何でもない、とごまかして、しずはふつふつと煮立ちはじめた煮汁をかき混ぜた。たちまち火照りはじめたしずの顔を、窓から吹き込む雨上がりの風が爽やかに撫でた。

二日後の夏の土用は、この夏一番かと思われるほどの快晴に恵まれた。

朝食を手早く済ませたあと、まずは土用の虫干しだ。なつと喜久と三人で、庫裡と本堂にあるすべての布団や座布団を干した。

庫裡と本堂をいつもより念入りに磨き終えたころには、布団も座布団も十分に陽の光を吸いこんでいた。厄よ飛んでいけ、と三人で張り切って布団を叩く。慈白に呼ばれたのか本堂にやってきた添田にじろりと見られ、はしゃぐ声を小さくした。

午後は土用のお膳の支度だ。智栄に教えられながら三人で手分けして支度にかかった。

大きな冬瓜（とうがん）を洗いながら、なつがしみじみとしずに言った。

「世の中にはこんなに大きい冬瓜があるのですね。ここに来てから初めて見る野菜が多くて」

なつは江戸っ子で年も若い。丸ごとの夕顔や生の芋茎を料理する機会など、これまでなかったのかもしれない。お嬢様育ちの喜久はいわずもがなだ。

「おしずさんは何を作ってもお上手だわ。本当に料理がお好きなのですね」

思えばここに来た日、しずは倒れたばかりだというのに、夕顔の調理を引き受けた。皆が止めるのも聞かずに。

——料理は好きだからさ、いい気晴らしになったよ。

あれでは二人に、料理が大好きなのだと思われても仕方がない。料理をしたいのだ、ならばやってもらおう、と。

——物事は草木と同じ、必ず根があります。

慈白が言ったとおりだ。そして物事の根は意外にたわいのないことなのだ。

庫裡の座敷でお膳を並べながら、しずは慈白に食ってかかったことを思い出した。

今日使うお膳と食器は裏庭の蔵から出した特別なものだ。あの雨の午後、なつと喜久は慈白に命じられて蔵で食器を出していたそうだ。

慈白はあえて二人の居場所をしずに教えず、みずからしずに向き合ってくれたのだ。

ここに駆け込んだ日、しずは義姉のために自分の財布を出して慈白に止められた。

——放っておきなさい。

しずは放っておけなかった。義姉のことだけでなく、なつや喜久が食事の支度をしないことも。

慈白はしずに「醸し過ぎた甘酒」を飲ませて、それを止めてくれたのだ。

おかげで、なつや喜久、智栄と楽しく土用のお膳を囲むことができる。しずは食前、仏にだけでなく慈白にも手を合わせた。

いつものとおり食事中会話はできないが、なつも喜久も目の輝きで喜んでいるのが分かる。

四隅を波のように細工した漆塗りのお膳に、金で縁取った蒔絵の皿と箸置き。しずは生まれてこの方、こんな贅沢な食器でものを食べたことがない。落としたらどうしようかと緊張しながら箸をつけた。

献立は宝石のようにつややかに煮上げた冬瓜の翡翠煮。厄を払うと言われているきゅうりの甘酢和え。旬のなすとみょうがのお吸い物。そして、土用のうなぎ丼。

といっても、ご飯に載っているのはうなぎもどき。豆腐の水気をよく切ったものを葛粉と混ぜ、板海苔に塗ってうなぎのように仕立てたものだ。焼いて甘辛いたれを絡める。

歯ごたえは本物には敵わないものの、見た目はそれなりに雰囲気が出ている。

さらに慈白から、錫の器に入れた冷たい甘酒が届けられた。なつと喜久の顔が幸せそうにとろける。

もしや「醸し過ぎた甘酒」ではないか。しずはおそるおそる口をつけたが、今日はここに来たときと同じ普通の甘酒だった。

食後には餅菓子が出され、皆で押しいただいて味わった。みよにも食べさせてやりたかった、と思いながら、しずは皆と夕食の後片付けを終え、行水を済ませてから座敷に向かった。

干した布団を積んでおいたから、座敷にもほんのり太陽の匂いが残っているようだ。吹き込む夜風が少しずつそれを薄めていく。

縁側になつ、喜久と座り、今年最後の山桃の実を食べながら、しずは二人に伝えた。

「明日、慈白様に伝えるよ。亭主と帰縁する、って」

え、と二人が食べる手を止め、まじまじとしずを見る。

寂しそうな二人の目を見ると、しずも胸がつまる。正直、気が重いのだ。屋根の下から雨降りの外に出ていくような気分だ。

それでもしずは笑顔を作り、二人につとめて明るく告げた。

「娘のことが心配だからさ。早く顔が見たいよ」

なつがぐっとしずを見つめる。

「でも……おうちのこと、大丈夫なんですか？」

「大丈夫。何とか辛抱するよ」

それでも二人は食べる手を止めたままだ。言葉が足りなかったようだと、しずはまた口を開いた。

「あたしさ、亭主をせっついたり責めたてたり、義姉や義父母にも頼んだり、泣きついたり、できる限りのことはしたつもりだった。でも、まだしてなかったことがあったんだ」

「してないこと？」

なつが聞き返し、喜久も首をかしげる。しずはうなずいた。

「やらない、ってこと」

寝る間もない機織り、きりがない家事。もしかしたら言われるがままにやっていた方が楽だったかもしれない。家中の怒りを買ってもやらないのは、さぞ揉めるだろう。でも、もう便利に使われはしない。この満徳寺での雨宿りでしずは学んだ。

「雨が降る外に出ていくなら傘を差せばいいんだ。あたしの心持ち、それが傘」

しずは慈白のおかげでようやく自分の傘を見つけたのだ。

「婚家の連中に何と言われようと、もう言いなりになるもんか。これからは、やらないことをやる。そして、できた時間でもっと娘や亭主と向き合う」

「そうなんですね……」

なつがようやく表情をゆるめ、喜久も続く。ほっとしたしずは、改めて二人をしみじみと見た。

年の離れた妹のような二人ともお別れだ。年齢も住む場所も家柄もまったく違う二人とは、きっとここに来なければ会うことはなかった。

そして、おそらくもう会うことはないだろう。

山桃の実のような酸っぱさが胸の奥から込み上げる。しずは声を張ってそれを振り払った。

「ま、帰る前に土用のお膳が食べられてよかったよ。おいしかったし、いい厄払いができた。あんなきれいな器で食べられるなんて、もうないかもしれないしさ」

話すうちに、しずは思い出して縁側を立ち、座敷に入った。

蔵から出してきた食器は明日戻すまでここに置いている。その中のお皿を一枚、しずは気をつけて持ち、二人のそばに戻った。

「ねえ、この柄さ、あんたたち何か知らない？」

しずは行灯のそばに二人を呼び、皿に描かれた模様を見せた。花と結び文をちりばめたような柄だ。

なつと喜久が目を細めて見入る。

「見たことがあるような、ないような……」

「この柄がどうかしましたの？」

「義姉がつけてる抱え帯の柄なんだよ。一年ほど前にどっかで買ってきて、毎日同じのをつけてるんだ。あたしをここまで追いかけてきたときもつけていたし、何か意味があるんじゃないか、と思ってね」

お腰掛けでみよと面会した日に、添田に言われた。

――おひさの心の中には弱い何かがあるのではないか。

おひさの思いを汲むべきなのではないか。

皿の模様は義姉の抱え帯の柄よりはるかに上品だ。だが見たときにすぐ、しずは義姉の抱え帯を思い出した。

「でもあたしは田舎女だから、洒落たものには縁がなくてね。あんたたちは町の人だから、何か知ってるかと思って」

「おしずさんのお義姉さんが身につけてるんですか……」

改めて模様に目を向けたなつが「あ」と声を上げた。

「お喜久ちゃん。ね、これってあれに似てない？」

「この結び文ね。わたしも気づいたけれど、そんなことってあるかしら」

真顔になった二人が揃ってしずに向く。何だろう、としずは座り直した。

翌々日の午後、しずはまた寺役場から呼ばれた。

下役に送られてお腰掛けに入ると、ひさが縁台に座って待っていた。話がしたいと添田に頼み、正式に呼びだしてもらったのだ。

しずはひさと間をあけて縁台に座り、体を向けて尋ねた。

「おみよは元気でしょうか」

「元気よ。昨日は冬瓜の煮物を上手に作ってねえ。あの子はあんたに似て料理の才があるわね。土用の虫干しもちゃんと全部やってくれて。働き者でいい子だわ。いい嫁になること請け合い」

ひさが帯をぽんと叩いて笑う。思ったとおり、しずがいないのをいいことに、みよに家事をたっぷりやらせているようだ。

もうひさの思いどおりにはさせない。しずは穏やかに切り出した。

「お義姉さん、あたし、岩吉と帰縁しようかって思いはじめたんです」

ひさがほっとしたように顔をゆるめ、声を弾ませる。

「そうなさい。それがいいわよ。おみよもあんたの帰りを待ち焦がれてるし。岩吉だって口には出さないけどそわそわして。今日、これから一緒に戻れたらさぞかし喜ぶでしょうよ」

「帰縁する前に、お義姉さんにお頼みしたいことがあります」

「大丈夫よ。岩吉だってもう怒ってやしないわ。あたしからうまく言ってあげるし――」

いいえ、としずは腹に力を入れた。

「お義姉さんに、起請文（きしょうもん）を寺役場に納めてほしいのです」

「きしょうもん？」

「簡単に言うと、お役人様の前であたしに誓ってもらうことです」

「はあ？　何を誓うのさ」

「これからは、お義姉さんと弥平、卯平の食いぶちは、お義姉さんたちが働いて自分で賄うと」

声を上げようとしたひさをすかさず押しとどめる。

「炊事洗濯掃除も、お義母さんとあたしだけじゃなく、お義姉さんにもしっかりやってもらいます」

「ねえあんた、何を言ってるの」

「もしも誓いが破られるようなことがあれば、すぐに離縁となり、あたしはおみよと二人であの家を出て行ける。ここは徳川様の後ろ盾がある寺。ここで誓った起請文には、それだけの力があるんです」

土用のお膳の翌日、慈白に帰縁のことを申し出たら、添田を呼んで起請文のことを教えてくれた。今は添田が寺役場で待っていてくれる。

まなじりを吊り上げたひさが、はっと気づいていつものように顔をゆがめ、哀れっぽい涙声を出した。

「そんな殺生なことを言わないでおくれ。そりゃあたしだって、働けるものなら……だけど、あんただって知ってるでしょう。あたしは働こうとすると具合が悪くなってしまうのよ」

「よく遊びに出かけているじゃないですか。一人で」

「あれは、あたしなりに少しでも早く元気になろうとして」

「お義姉さんには惚れ合った男がいるのじゃありませんか」

え、とひさが目を見開く。

しずはひさの抱え帯を手で示した。

「お義姉さんがつけている抱え帯の模様は、文紋(ふみもん)って言うんですってね」

文紋は結び文を模様にしたものだ。なつと喜久が教えてくれた。

——文紋は、縁結びの文様なんです。

好いた男と結ばれるように、って願いを込めて身につけるの。

ひさも町で暮らしていたときに文紋を知ったのだろう。

だが、ひさはすいと背を伸ばし、口元だけで笑った。

「何を馬鹿なことを言っているの。あたしに男がいるなんて」

「お義姉さん、さっき言ったでしょう。ここは徳川様の後ろ盾がある縁切寺なんですよ。お江戸の寺社奉行様もついてる。駆け込み女が訴え出れば、婚家の人間について調べ上げるくらい朝飯前ですよ」

ひさが絶句した。やっぱり、としずは内心で笑った。

寺役人に調べてもらったというのは嘘。かまをかけてみたのだ。どうやら、ひさに惚れた男がいるのは本当のようだ。

きっと甥たちの手前、遊びに出るふりをして隠してきたのだろう。縁結びの模様を身につけ、男と結ばれることを夢見ながら。

「それでやっと納得がいきましたよ。どうしてお義姉さんが、熱心にあたしを連れ戻そうとしたのか」

「それは、岩吉が意地を張っているから――」

「いいえ、あたしたちのためじゃありません。あたしが縁切寺に駆け込んで離縁ってことになれば、お義姉さんが困るから」

満徳寺の近くに住んでいるから知っている。どこかの嫁が満徳寺に駆け込めばたちまち村中の噂になる。きっとその家では嫁いびりが酷かったのだろうと。

しずと岩吉が離縁となれば、間違いなくひさのせいだと言われるだろう。ひさの男はそれを聞いてどう思うだろう。

男の親だってそうだ。ひさが弟嫁をいびり出したという噂を耳にしたら、ひさを息子の嫁に迎えることを許すだろうか。

男と結ばれることを願っているひさにとっては、しずと岩吉の離縁は、何としてでも避けたいことだろう。

「お義姉さん、どうしますか」

ひさはぐっと唇を嚙みしめ、目を伏せている。

――物事は草木と同じ、必ず根があります。

慈白の言葉が頭をよぎる。

この人も生きるのに必死なのだ。図太く見えても、ひさなりに実家住まいは肩身が狭かったのかもしれない。だから自分と子どもたちの安住の地を懸命に求めているのではないか。

しずは「お義姉さん」とひさに笑いかけた。

「あたしもお義姉さんがいいご縁を得て、弥平と卯平に頼もしい父親ができればこんな嬉しいことはないですよ。ですからその日まで、お互いにあの家で助け合おうじゃありませんか」

しずは縁台から立ち上がった。

「寺役場で、お役人様がお待ちです」

しぶしぶ、といった様子でひさも立ち上がる。

しずはお腰掛けの障子戸を開けた。外には雲一つない青空が広がっていた。

箱入り娘の呪い

井戸からつるべを引き上げて井桁に載せようとしたら手がすべった。履いている足袋(たび)に井戸水が降りかかり、宇多(うた)は思わず声を上げた。

濡れた足袋に包まれたつま先が秋風で冷えていく。自分の不器用さがまったく嫌になる。手を洗うこと一つ、すんなりできない。

おまけに太り肉(ふとじし)の不器量な女。宇多の取り柄は齢(よわい)十七の若さだけなのだ。

乾いた空気に湿っぽいため息を長々と吐き出したとき、宇多は自分に向けられた視線を感じた。

満徳寺の敷地を囲む林の手前、林と境内を隔てる竹垣の向こうに人影が見える。

ちょうど本堂の裏手に当たる位置だ。杉の木立の手前に誰かが立っている。宇多が目をこらしたとき、またあの声が聞こえた。

「見ておるぞ」

井戸の底から響くような低い男の声。いつもの声がなおも宇多に呼びかける。

「見ておるぞ。見ておるぞ」

宇多の手からつるべが落ち、井戸の底でくぐもった水音が上がった。

いつもの男だ。宇多を脅かし続けたあげく、この満徳寺まで追ってきたのだ。徳川満徳寺は縁切寺。徳川家に護られた男子禁制の寺だ。境内は内塀と外塀で二重に囲まれ、寺役人たちが厳しく目を光らせている。ここならあの男も追って来られまい。そう安心していたのに。

足がすくんで動けない。その間に男が竹垣の木戸を押し開け、裏庭に入ってきた。そしてまっすぐに宇多を目指して歩いてくる。

鬼のようにけわしい顔がこちらに迫ってくる。宇多は悲鳴を上げて地面にうずくまった。

誰か助けて、今度こそ殺されてしまう。

宇多が膝に顔を押しつけて震えていると、今度は後ろから女の声が「お宇多ちゃん」と呼びかけた。

振り返ると、庫裡からなつが駆け出してくる。宇多より二つ年上の駆け込み女だ。

「おなつさん」

男は手の届きそうなところまで迫っている。宇多がまた悲鳴を上げかけたとき、凜とした声がそれをさえぎった。

「何ごとです」

尼住職の慈白が本堂から降り立ったところだ。洗いざらしの作務衣をつけたたおやかな姿が足早にこちらにやってくる。

男が慈白に顔を向ける。宇多は叫んだ。

「慈白様、危のうございます――」

息が切れて宇多は胸を押さえた。

それでも聞こえたはずなのに、慈白は落ちついた足取りを崩さない。そして宇多の前に来て膝を落とした。宇多に手を貸して立ち上がらせ、ついで男を手で示す。

「この者は慶蔵。満徳寺の寺男で、寺役場の使いを務める飛脚でもあります。お宇多さんがここに駆け込んだとき、門で顔を合わせているのでは？」

宇多はおそるおそる男――慶蔵を見た。

陽に焼けた小柄な体軀（たいく）、膝丈の着物、冷ややかな表情を浮かべた細面の顔。見たことがあるだろうか。駆込門をくぐったのは昨日だが、緊張していたのかよく覚えていない。

宇多の解せない顔を見た慈白が正対する。

「境内は男子禁制ですが、寺役場の方と寺男だけは出入りを許されております。慶蔵には、炉に火を入れるための焚（た）きつけを用意してもらっているところです。そろそろ夜は秋冷えですから」

「だけど、その人はわたしのことをじっと見張っていたのです。竹垣の向こうから」

慈白が顔を向けると、慶蔵が淡々と答える。

「井戸端で声を上げたのが聞こえましたので、何ごとかと――」

「いいえ！」

宇多は慶蔵の言葉をさえぎって睨みつけた。

「あなたはわたしを脅かしました。見ておるぞ、見ておるぞ、と」

「お宇多さん、本当に、聞こえたのは慶蔵の声ですか？」

「何も言っておりません」

慶蔵がきっぱりと言い切る。

確かに、あの声とは少し違って聞こえる。もっと高く、もっと若い。いや、うまくごまかそうとしているのだ。いつものように。

謎の男は江戸で宇多をつけ回していたときも巧みだった。女中や奉公人にどれだけ警戒させても、その目をかいくぐって宇多に忍び寄った。決して尻尾をつかませなかった。

とまどう宇多をよそに、慶蔵は慈白にうながされて木戸に向かう。いつの間にか来ていた尼弟子の智栄が、ころりとした体で宇多を支える。

「お宇多さんはきっとお加減が優れないのですね。足袋も濡れてしまって冷たいでしょう。さあ、庫裡で一休みして――」

「慈白様、わたしは確かにさっき男の声を聞いたんです。見ておるぞ、と。昨夜(ゆうべ)もです。男は庫裡にまで入ってきて」

宇多は慈白と智栄、なつを順に見て、「本当なんです」と訴えた。

「夜中、寝間で物音がして目覚めたら、細く開いた扉越しに、あの男に呼びかけられたんです。見ておるぞ、見ておるぞ、と」

なつが宇多に「ねえ」と呼びかけた。

「昨夜、お宇多ちゃんにそう言われて庫裡の中も窓の外も、座敷から中庭も見たけれど誰もいなかったじゃない。わたしは今まで夜中に男の声なんて聞いたこともないし、他の駆け込み女も……お喜久ちゃんも」

お喜久、というのはここにいた駆け込み女だ。離縁が成立して、宇多と入れ違いのように出て行ったそうだ。

「お宇多ちゃんはここに来たばかりで気が張っているんじゃないかしら。ご飯もろくに食べないし、智栄様の言うとおり、お加減が悪くて――」

「嘘じゃありません！」

宇多はなつにすがった。

「わたしを付け狙う男がいるんです。江戸からわたしを追ってきたのです……！」

息が切れて言葉が続かない。宇多はもどかしくて涙を滲ませた。

どうして誰も信じてくれないのだ。この寺に駆け込んだときもそうだった。

四日前、宇多は江戸の深川(ふかがわ)にある婚家を飛び出した。上州の縁切寺に行くので探してくれるな、と書き置きを残し、駕籠(かご)を乗り継ぎ、三日かけて満徳寺にたどりついた。駆込門をくぐると寺男——たぶん慶蔵——に寺役場に連れて行かれ、土間のむしろに座らされた。座敷に現れた寺役人の添田万太郎が、宇多をじろりと見おろした。

「そなた、ずいぶん顔色が悪いではないか。座っているのも大儀な様子。いったいどのような——」

「三日も駕籠に乗り続けておりましたから」

宇多がぴしゃりとさえぎると、添田のいかつい顔に驚きが浮かんだ。

初めての一人旅で勝手が分からなかったことに加え、婚家を飛び出す何日も前から加減が悪かった。体がむくみ、手足がだるい。道中も休み休みとなり、二日で着くはずが三日もかかったのだ。

「すべては、婚家で受けた仕打ちのせいでございます」

宇多はきっぱりと言い切った。

添田はしばらく黙って宇多を見たあと、冷ややかにうながした。

「仔細を話してみよ」

宇多は下野(しもつけ)の大地主、高田(たかだ)家に生まれた。高田家は大量の手作米、小作米を扱い、江戸や宇都宮の商家と取引をしている。

半年前、十七になった宇多は高田家の当主である父親に命じられて嫁に行った。昔から父に言われていたのだ。

――一歳でも若いうちに嫁に出さねばな。

宇多のような不器量で何の取り柄もない娘は。

相手は十歳年上。高田家の取引先の一つである江戸の米問屋、三住屋の跡取り、磯右衛門だ。

箱入り娘で大人しい宇多が、江戸の商家に嫁ぐなんて――母は気をもみ、宇多は不安で泣いたが、父は自信たっぷりに言い切った。

――こんないい縁はそうないぞ。

三住屋は奉公人を大勢抱える富裕な商家だ。そして夫となる磯右衛門は、見た目こそぱっとしないものの、生真面目で仕事熱心な男だった。甘い言葉はくれないが、年若い宇多を気づかい、先々のことを真剣に話してくれた。

――私の代で三住の商売をさらに広げたい。

そのために、お宇多もしっかり頼むよ。

そして夫となった磯右衛門と舅姑、義弟と義妹二人、さらに炊事洗濯掃除を担う女中たちとの生活が始まった。

三住屋には客がひっきりなしに訪れた。取引先を始め、商売に関わる人たちや親族。さらに舅が町年寄——町役人の筆頭——を務めているからだ。酒食の接待はほぼ毎日。泊まり客も月に何度かあり、その世話は主人の妻の役目だ。

また、付き合いに欠かせない贈答品の用意もある。跡取りの妻となった宇多は、姑についてそれらを学び始めた。

乳母日傘で育ち、のんびり稽古事三昧だった箱入り娘には荷が重かった。三住屋に出入りする人々の顔と名前を覚えるだけでも一苦労だ。

舅は口が重い男で、宇多がしくじってももたついても何も言わなかった。その分、姑が二人分以上の文句を宇多にぶつけた。

——お茶をこんなに濃くしたら、茶葉がいくらあっても足りやしない。

——まあ、こんなに薄いお茶を出したら家の恥ですよ。

——落としたものを拾って渡す馬鹿がどこにありますか。

さっと新しいものを出してお渡しなさい。

言われてもっともなことばかりではある。

だが姑は常に口元に冷ややかな笑みをたたえている。おっとりとして不器用な宇多を嘲るように。

祝言から一月経つころには、宇多は夢の中でも姑に叱られるようになり、冷や汗をかいて飛び起きるようになった。

姑は少々厳しすぎやしないか。宇多が遠回しに夫の磯右衛門に訴えると言われた。

——商売人の家だから気ぜわしいところもあるだろう。

少しずつでいいから慣れていってくれ。

慣れるにしても何か、誰かがとっかかりになってくれればよかった。

女中たちは姑に叱られる宇多を見るうちに、「若奥様ぁ」と妙な節を付けて宇多を呼ぶようになった。小姑二人——磯右衛門の妹たちもあからさまに宇多を小馬鹿にした。

「義妹たちはどちらもわたしより年上。わたしが何も言い返せないのをいいことに、二人はわたしのやることなすこと、すべてにけちをつけるのです。『江戸ではね』『江戸流はね』と意地悪く」

「それは意地悪ではなく親切というものでは——」

添田があきれたような声を出す。宇多は「いいえ」と腿をつかんだ。

「今までのことはほんの序の口。もっと恐ろしいことが——」

そのとき後方の戸が開いた。

下役が寺役場に入り、「御免」と座敷に向かうと、添田に何ごとか耳打ちをした。

添田が「ほう」と宇多に顔を向ける。

「三住屋惣兵衛が、この満徳寺に来たそうだ」

「そなたの書き置きを見た磯右衛門に言われ、急ぎ江戸を発ったと――」

「三住の家は世間体を気にしているのです！」

「最後まで聞け」

添田が厳しい声になった。

「今は秋、米問屋を営む三住屋は一番忙しい時期ではないか。それにもかかわらず、奉公人でなく弟をよこすのは、三住の家の者が、心底そなたを心配しているからではないか。亭主だけでなく、舅、姑も」

「いいえ！」

宇多は身を乗り出した。

「先ほど言いかけましたが、三住の者たちは恐ろしいことをたくらみ、人にあるまじきことを始めたのです」

祝言から二月経つころ、宇多は喉がつまったような感覚を覚えるようになった。ときおり誰かの視線を感じることもある。

しかし、誰だろうと探してもいつも誰も見当たらない。

きっと気苦労が過ぎるのだ。宇多は自分にそう言い聞かせた。

ところが宇多は、姑に出された使いの帰り道に見てしまった。磯右衛門が同じ年ごろ

「義弟（おとうと）が……!?」

の女と茶屋の店先にいるところを。

垢抜けた美しい女だった。磯右衛門も、宇多が見たこともないほどの朗らかな顔で女と話していた。

宇多は座敷の添田をきっと見上げた。

「磯右衛門様が言うことには、その女は家族ぐるみで付き合いのある幼馴染み、久しぶりに会ったのだと。それは真っ赤な嘘です。田舎者のわたしにだって、二人が道ならぬ仲であることは分かります」

添田がうなった。

「それで、そなたは亭主が浮気をしておると――」

「そんな生やさしいものではありません！」

宇多は身を震わせた。

磯右衛門の「逢い引き」を見てからまもなく、宇多の体はむくみがちになり、ときおり手足がしびれるようになった。常に体が重だるく、寝込むようになった。

そして声が聞こえたのだ。

――見ておるぞ。

知らない男の声が宇多を脅した。それで宇多はすべてを察した。

「三住屋のはかりごとでございます」

るのです」

「わたしに毒を盛り、亡きものにして、あの幼馴染みを後添いに迎え入れようとしてい

「はかりごと？」

「そなた、自分が何を言っているか分かって――」

「間違いありません。わたしは三住の嫁に相応しくないからと、皆がぐるになって、わたしを亡きものにしようとしているのです。世間をはばかって、義弟にわたしを江戸に連れ戻させ、あの家の中でこっそり始末しようとしているのです……！」

宇多は土間にひれ伏した。

「お願いでございます。どうかわたしをお守りくださいまし。お助けくださいまし」

顔を上げると、添田は口を薄く開いたまま、宇多をまじまじと見ていた。

そのあと本堂で宇多を迎えた慈白の顔はどうだったか。気品に溢れたその顔は恐れ多くて見られなかった。

慈白の方はといえば、添田から届けられた取調帳を丹念に読み、宇多からも事情を聞いたあと、寺入りを許した。

――お宇多さん、まずはお体を治さなくてはなりませんね。

そのときと同じ穏やかなまなざしが、今も井戸端に立つ宇多をじっと見ている。

智栄は宇多の背にそっと手を回す。

「お宇多さん、もう安心してよいのですよ」

子どものような顔つきのくせに、まるで十も年下の者に呼びかけるような口ぶりだ。

「義弟の惣兵衛さんは、昨日のうちに満徳寺を発って江戸に戻られましたよ。さあ、庫裡へ――」

「いいえ、きっと義弟はひそかに手下をここへ残していったのです。だから声が聞こえたのです。見ておるぞ、と」

なつが半笑いの顔で宇多に告げる。

「ねえ、お宇多ちゃん。お宇多ちゃんをこっそり見張っている人が、『見ておるぞ』なんて呼びかけるわけがないじゃないの。わざわざ自分から見つかるような真似を――」

「わたしを脅すためだと言っているでしょう！」

なつも婚家の義妹たちと同じだ。生粋の江戸っ子であることを鼻にかけて、宇多の婚家の近所には何があるだの、どこそこの屋台がおいしいだのと、知識をひけらかす。何かと宇多を馬鹿にする。

慶蔵や智栄と同じように、なつも歌舞伎の隈取り（くまど）のような顔つきをしている。目尻と口の端が薄墨で描いたように吊り上がっている。きっと皆で宇多をあざ笑っているに違いない。

「わたしが何もできない田舎者だから……皆、わたしなんて簡単に丸め込めると――」

宇多は言葉が続けられずまた胸を押さえた。動悸が高まり、目の前が暗くなって足元がふらつく。

婚家で盛られた毒はこれほどまでにこの身をむしばんでいるのだ。くやし涙が込み上げたとき、柳のようにしなやかな腕が宇多を支えた。

慈白が宇多を受け止め、ついで胸に抱きとめる。

「おつらかったですね。婚家でたった一人、むごい仕打ちを受け続けて。その三住という家、断じて許せませぬ」

ほっそりとした手が優しく宇多の背をさする。

「お宇多さんのこの苦しみようを見れば、どれほど悪辣な所業であったか一目瞭然」

宇多は体を起こし、慈白を見つめた。

慈白の顔だけはなぜか、智栄たちのような隈取りがない。優しいまなざしが宇多をそっと包み込む。

宇多は泣きたいほどの安らぎを覚えて、思わず慈白にすがった。

「慈白様は、わたしの言うことを信じてくださるのですね」

「もちろんですとも」

慈白が力強くうなずいた。そして竹垣の外から焚きつけを運びこむ慶蔵を呼び止めた。

「境内に、お宇多さんを付け狙う悪しき者がうろついているようです。これ以上脅かされることのないよう、寺を護るお役人の方々に、夜回りを増やし、くれぐれも注意をと伝えてください」

　慶蔵がちらりと宇多を見た。そして、慈白に向かってうなずいた。

「はい。今から皆にそう申し伝えます」

「添田様にも、こちらに来るようにと申してください」

　そう慶蔵に言いつけて、慈白は宇多に向いた。

「もう心配ありません。ここは徳川様にお護りいただいている寺。何より、御仏がついております。及ばずながら、わたくしたちもお宇多さんの味方」

　心に張った氷が溶け、涙となって宇多の目からこぼれ落ちた。慈白が宇多の涙をそっと指で払う。

「お宇多さん、まずは離縁に向けて、少しずつでも体を治しましょう」

「でも、わたし、毒のせいで動くのもつらくて……」

「それでも、たまった毒を抜くために、少し体を動かした方がいいかもしれません。じっとしていたら体が凝り固まって毒が滞り、おそろしいことになってしまいます」

　それは大変、と顔を引きつらせた宇多に、慈白が持ちかけた。

「お宇多さんに少し、手伝ってもらいたいことがあるのですが、どうでしょう？　心がすいて気晴らしにもなると思いますよ」

宇多の心の中でまた火花が散った。

「わたしは何もできません」

料理も掃除もしたことがない。実家の母が、手が荒れるからと家事をさせなかった。満徳寺に来てからも、作務はほとんどなつに任せきりだ。

「足元もおぼつかないわたしに何ができると……」

「大丈夫。わたくしたちを信じてください」

観音像のような慈白の端整な顔が、神々しいまでの微笑みを浮かべて宇多を見つめる。そのまなざしについ引き込まれ、宇多は口まで出かかった文句を飲み込んだ。

そして宇多は慈白に言われるままに庫裡に戻った。濡れた足袋を履き替えてから台所に向かった。

木の丸い腰掛けを抱えた智栄が、宇多に気づいて微笑みかける。

「さあ、こちらへどうぞ。お宇多さんが座りながら作業できるように、腰掛けを用意しましたよ」

宇多は言われるがままに、作業台の前に置いた腰掛けに座った。智栄が今度は台に置いた桶を示した。

水を張った桶の中に栗が入っている。

境内には栗の木が七本あるという。この裏庭には二本。一本は境内で一番大きな栗の木だ。大栗の木と智栄は呼んだ。

「大栗の木から落ちた栗がこれです。まずは虫に食われていないか確かめるために水に入れました」

智栄は水面にいくつか浮いている栗を手早く取り除き、ついで一つを取って宇多に見せた。

「では、皮のむき方をお教えしますね」

「栗の皮ぐらいむいたことがあります」

宇多は智栄の手から栗を取り、指ではさんで力を入れた。しかし、割れない。首をひねると、智栄が別の栗を取って宇多に見せた。

「おやつに食べるような栗はしっかり茹でてありますけど、これはさっと茹でただけですから、まだ鬼皮が固いのです。まずは」

智栄が小刀を手に取り、栗の尻をすっぱりと切り落とした。

「こうやってお尻を切り落として、ここから鬼皮をむきます」

小刀を渡され、宇多はおそるおそる栗の尻を切り落とした。「そうそう」と智栄がうなずく。

「まあ、初めてなのにきれいに切れましたね。あら、もう鬼皮をむき終えたのですね。そうしたら、今度はこうして」

智栄が宇多から小刀を受け取り、栗の実の渋皮をむいてみせた。そして宇多に小刀を返す。

宇多は尻込みしたが、智栄にうながされてしぶしぶ小刀を受け取った。おっかなびっくり栗の実に小刀を当て、慎重に渋皮をむく。すり切れた布のような渋皮を落とすと、薄黄色のつややかな実が現れる。

不思議と気持ちが浮き立ち、口元をゆるめると智栄がいさめた。

「油断は禁物。怪我をしないように気をつけて」

「はい」

「ゆっくり、少しずつでいいのですよ。ああ、力を入れすぎると危ないですよ。手が滑ってしまいます。固いところに当たったら一度手を休めて、それから——」

「はい」

「実が欠けたら欠けたでいいですからね。まずは慣れるまで慎重に」

宇多は返事の代わりに新たな栗を取り、音を立てて尻を切り落とした。

智栄はお節介がすぎるのではないか。まるで婚家の義妹たちだ。田舎でお茶お花と花嫁修業をこなしてきたが、江戸の流儀はやはり違う。義妹二人に初めて会ったとき、宇多は洗練された立ちふるまいに圧倒された。

それが面白かったのか、年上の義妹たちは何かにつけて宇多に「江戸流」を教えた。そして物見遊山だ、芝居見物だと宇多を連れ回すようになった。しかし宇多は気おくれするばかりで一つも面白くなかった。

そしてあるとき宇多は、芝居の桟敷席で金平糖を入れた器を倒してしまった。金平糖が雨粒のように飛び散り、周りの客たちがいっせいにこちらを見た。恥ずかしさで身が縮んだのに、家に帰ってから、義妹たちは夫や舅姑にそのことを笑いながら話した。

——あらまあ、お宇多は主役を奪ってしまったのねえ。

姑が笑い、普段大人しい夫や舅までもが頬をゆるめた。給仕する女中たちも笑いを嚙み殺していた。思い出すとはらわたが煮えくり返るようだ。

宇多は栗の鬼皮を、えい、とはぎ取った。智栄が「お上手」と喜ぶ。

お上手。わたしにもとりえがあったのだ。

調子づいた宇多は栗の尻を小刀で切って鬼皮と渋皮をむくことを繰り返した。

薄黄色の実がすっきりときれいになると、慈白が言っていたとおり心がすく。宇多がむいた栗を桶に張った水に入れ、新たな実を手にとったとき、裏口の戸が開いた。

宇多が顔を上げると智栄はいつの間にか姿を消している。裏口から入ってきたのは慈白だ。

慈白は調理台に歩み寄り、宇多がむいた栗を見る。

「まあ、きれいになって。渋皮の筋一つ残っていませんね。お宇多さんは手先が器用なのですね。ていねいでお見事な――」

「智栄様が教えてくださいましたから」

「いいえ、それだけでは」

むいた殻や渋皮を集めた小山を、慈白は指差した。

「後片付けがしやすいようにむいた皮をきちんとまとめているのですね。お宇多さんは、とても細やかで気がきく方――」

「お世辞はやめてください」

声が震え、目が熱くなって宇多はうつむいた。

細やかで気がきいていたら、姑にいびられたりしていない。女中たちや義妹たちに笑われたりしていない。

山羊が鳴かぬよう干し草をあてがうように、慈白も智栄も宇多にお世辞を言えば大人しくなると思っている。そう言ってやろうと慈白に顔を向けた宇多は固まった。

さっきまで白絹のように柔らかだった表情が、今は白磁のように冷たく固くなっている。鋭い声が見えない小刀となって宇多に迫る。

「わたくしは御仏に仕える身。そのわたくしがお世辞を、言いかえれば嘘、偽りを申したと?」

「とんでもない……申し訳ありません」

気おされた宇多が謝ると、慈白が表情をふわりと和らげた。

「わたくしは齢七つのときからこの田舎の寺におります。それゆえ、言葉が足りぬきらいもありましょう。ですが、お宇多さんが細やかで気がきくというのは真のこと」

「でも、わたしなんて」

「お宇多さんが、お取調べのあとにお話ししてくださったお姑さんのこと、それがなによりの証しではありませんか」

何を言っているのだ、と首をかしげた宇多を、慈白がじっと見つめる。

「お姑さんの失礼な言葉を、事を荒立てまいと言い返すことなく受け止める。これはお宇多さんが細やかに気をつかうからでしょう」

「はあ……」

「お宇多さんはお姑さんよりも数段心が広い。つまりお姑さんよりはるかに優れた人だからではありませんか。そうでしょう?」

くる。

「はい……」

宇多はつられてうなずいた。

言葉よりも、慈白がまっすぐに宇多を見てくれることが嬉しい。自分がひとかどの人物にでもなったような気分だ。何より、こんなに美しい人にほめられると自信が湧いてくる。

つい口元がほころび、それを見て取った慈白も微笑む。

「細やかな気配りは料理に欠かせません。実りの秋はおいしいものがたくさん。この栗もそうですし、あちらも」

慈白が台所の一角を示す。むしろの上に赤い粒が広げて干してある。

「近所のお百姓さんがくださる小豆（あずき）です。とてもおいしいのですよ」

「わたしは、お豆は苦手で……」

「お豆というと、大豆やお豆腐も？」

「ええ、お豆はみんな……臭いのあるものは苦手なのです。そのことでも、江戸でいじめられて……」

「くわしく」

問われるまま、宇多は慈白に話した。

江戸に嫁いでからは、お膳に上る小魚や貝、佃煮（つくだに）にも閉口した。食べられないのに姑や義妹からは食べるように強いられた。宇多が拒むと、毎日のように宇多を小馬鹿にするようになった。

——ねえ、本当に食べられないの？　こんなおいしいものを。

——体にいいのにねえ。

もしや慈白もあきれたのではないか。宇多が顔を向けると、慈白は「そうですか」と小さくうなずいただけだ。

「でも、秋の恵みは小豆だけではありませんよ。きのこや柿やお芋、そして栗」

慈白が栗を手に取り、慈しむように眺める。

「なかでも裏の大栗の木からとれるこの栗は、えもいわれぬおいしさです」

慈白が寂しげな笑みを浮かべた。そして切なげなため息をこぼす。

「わたくしは、このお寺の中だけで暮らしておりますから……季節の味は、わたくしのたった一つの楽しみなのです」

白くしなやかな手が、握った栗を宇多に手渡した。

「その季節に、お宇多さんのような気がきく方が寺にいてくださるのは、まことに心強い限り。どうかよろしく頼みますよ」

戻ってきた智栄と入れ違いに、慈白は微笑みを残して裏口から出ていく。

大げさな、とあきれながらも悪い気はしなかった。宇多は残りの栗をきれいにむき、智栄に言われるがまま夕餉の支度も手伝った。

智栄は釜に宇多がむいた栗を入れて火にかける。

「普段は、ご飯は朝に一日分を炊くのですけれど、今日は特別に」

釜が炊き上がると、智栄が蓋を開けて見せてくれた。重い体で腰掛けから立ち上がって見に行くと、炊き上がったご飯に金色に輝く栗がちりばめられている。

智栄がおひつに入れた栗ご飯を茶の間に運ぶ。作務を終えてやってきたなつがおひつの栗ご飯を見て歓声を上げる。

「まあ、おいしそう」

「お宇多さんが栗をきれいにていねいにむいてくれたおかげですよ」

「まあ、そうなんですね。お宇多さん、すごいわ」

さっきの井戸端での疑いの目はどこへやら、なつがおもねるような声を出す。

ちらりとその顔を見ると、目の周りと口の周りの黒い隈取りがさらに吊り上がって般若(はんにゃ)のように見える。きっと内心ではまだ宇多のことを馬鹿にしているのだ。

早く三住屋との離縁を済ませてこんなところから出ていきたい。宇多は重い体を引きずって茶の間に上がった。

栗ご飯にしいたけのきんぴらを添えて夕餉の支度がととのった。炉を囲んだ箱膳の前で、智栄が手を合わせた。

「今年も重陽の節句を無事に迎えられたこと、そして秋の実りに感謝していただきましょう」

三人で手を合わせて食事が始まった。智栄が目ざとく宇多を見る。

「お宇多さん、召し上がれ」

「はい……」

宇多はしぶしぶ箸を取り、茶碗に盛られた栗ご飯を見た。

実家では玄米を食べていたが、江戸に嫁いでからはずっと白米を食べていた。柔らかく甘みが強い白米にすっかり舌が慣れている。

満徳寺でふたたび口にした玄米は固い上に穀物くさく感じる。体のだるさもあり、いつも二口三口食べるのがやっとだ。

なぜ玄米をついて白米にしないのだろう。栗ご飯だって、せっかくの金色に炊き上がった栗が茶色い玄米の間でくすんで見える。白飯だったらもっと美しく、もっとおいしいのに。

それでも玄米の中に見え隠れする栗は季節の味。慈白の楽しみであり、大げさに言えば生きるよすがなのだ。

――えもいわれぬおいしさ。

――わたくしのたった一つの楽しみなのです。

あれだけの美人でありながら、俗世を離れての寺暮らし。慈白も尼とはいえ、外の世界に思いをはせることもあるだろう。その心を満たすほどの味わいが、この栗にあるのだろうか。

いったいどんな味なのだろう。

宇多はご飯と栗を箸ですくい、口に運んだ。

ほっくりと炊き上がった栗は蜜に似た優しい甘さだ。醤油が玄米のくさみを和らげ、栗の甘さを引き立てる。

慈白が満徳寺の栗を楽しみにしている理由が一口で分かった。

嚙みしめると深い味わいが口に拡がる。栗の甘味がもたらすわずかな粘りと、玄米を嚙んだときのぷちぷちと弾ける感触が楽しい。実家で食べていた栗ご飯の味を思い出させる。

玄米の歯ごたえを楽しんでいると、智栄が宇多に声をかけた。

「お代わりもありますよ」

気づけば手にした器の底が見えている。頬を赤らめながら、宇多は礼を言って智栄に茶碗を差し出した。

それから五日目の早朝、寝間で布団を上げていた宇多は、また視線を感じた。

手を止めて顔を向けると、なつが帯を締める手を止めて宇多をまじまじと見ている。宇多が身構えたのを感じたのか、なつは「いいえ」と持った帯の端を振った。

「お宇多ちゃんがお布団を上げているから。ここに来たときはお布団を畳むのもつらそうだったのに」

そうだった。これまでは体がつらくて布団の上げ下ろしをなつにやってもらっていたのだ。

きりりと帯を締めたなつが、「よかった」と続ける。

「お宇多ちゃん、元気が出てきて。夜もよく眠れているようだし。昨夜は朝まで一度も起きなかったんじゃない？」

「ええ……。ここに来てから初めてです」

あれから追っ手は現れず、声も聞こえない。慈白が境内の見回りを厳しくしてくれたからだろう。

おかげで宇多は徐々に眠れるようになった。今朝はとりわけ、ぐっすり眠れたからむくみも取れ、絶えずだるかった手足もすっきりした。

本堂で朝のお勤めを終えてから、朝餉の支度に取りかかる。作務も少しずつこなせるようになっている。

もっとも、智栄やなつに手取り足取り教えてもらいながらだ。まだ味噌汁に入れるきのこの切り方ひとつ、教えてもらわなければできない。

それでも智栄はいつものようにていねいに教えてくれ、褒めてくれる。

「まあ、とってもきれいに切れましたね。すっかり上手になって。まだこちらで料理をするようになってからたったの五日だとは思えません」

「智栄様やおなつさんが上手に教えてくださるから……」

「まあ、お宇多さんったら嬉しいことを言ってくださいますね」

「朝からお宇多ちゃんのおかげで幸せな気持ちになれたわ」

上機嫌で汁に味噌をとかす智栄と、炊き上げた玄米をほぐすなつの横顔を、宇多は順にうかがった。

智栄やなつの方こそ五日前とはがらりと変わったではないか。宇多を見下すように吊り上がったまなじりと口角が下がったように見える。笑いに含まれたあざけるような響きも消えた。

きっと慈白が智栄やなつを諭して宇多をいじめるのを止めさせたのだろう。

宇多は気分よく玄米と味噌汁の朝餉を平らげ、なつと一緒に掃除を始めた。慈白が言ったとおり、体を動かすとますます気が晴れる。

昼餉もきれいに平らげ、終わると宇多は大小のかごと曲げ火箸を持って裏庭に出た。

智栄に頼まれたのだ。

まずは裏庭に二本生えている栗の木の一つ、大栗の木の下に行った。木の下で枯れ葉に混じって落ちている栗のいがを一つ一つ見ていく。

いがぱっくりと口を開けていたら、火箸で中の実をつまみだし、かごに入れる。これは智栄が昨日教えてくれた。

いがから実がすぽっと外れると気持ちいい。とったいがは大きなかごに入れる。乾かしてあとで焚きつけにするのだ。

身をかがめていくつか栗を拾っては、天を見上げて腰を伸ばす。

爽やかな秋晴れの空は澄みきり、空気がからりと乾いている。昼間はまだ陽射しが暖かくて心地いい。

いがに入った三つの栗を引き出すと、幼いころ、亡き祖母と栗拾いをしたときのことを思い出す。祖母は宇多に、同じいがに入った三つの栗を見せて言った。

――このいがは家で、栗は夫婦とその子ども。

宇多もいつかお嫁に行って、こんな風に仲良く暮らすんだよ。

不意に胸が締めつけられ、宇多は火箸でつまんだいがを取り落とした。

わたしはもう嫁いでいる。そして、縁切りのためにここに来た。

駆け込み女はまず、実親と話し合うという。宇多の親もそろそろ満徳寺に来るころだろうか。

胸がざわざわと落ちつかなくなり、宇多はいがを入れたかごがまだ一杯にならないうちに作業を止めた。

本堂の裏にある、焚きつけを入れておく木の囲いに行き、かごの中身をあける。そして大栗の木に戻ろうとしたとき、足が何かを踏んだ。

見ると、枯れ葉にまぎれて小さなざるが落ちていた。宇多が踏んだせいで縁が折れてしまっている。

どうしよう、と宇多が立ちすくんだとき、離れたところから男の声が呼びかけた。

「どうした」

寺男の慶蔵が本堂横を回って裏庭に来たところだ。いぶかしげな視線が宇多の足元を見る。

目をこらすと、小さなざるが落ちていたあたりに熊手もある。やりかけの作業を中断して置いていたのではないか。宇多は恐縮して頭を下げた。

「申し訳ございません。うっかり踏んでしまって——」

「よい。放り出していたのがうかつだった」

慶蔵は淡々と告げ、ざると熊手を手早く拾い集める。本当に怒っていないのかと、宇多は慶蔵の横顔を見た。

五日前の怖い顔とは別人のように、慶蔵は穏やかな顔をしている。おどろおどろしかった顔の薄墨もきれいに消えている。

まるで今朝の智栄となつのようだ。五日前とはがらりと違う。

来た道を戻る慶蔵を見送り、宇多はあたりを見わたした。

目に映る景色も薄い垂れ幕をめくったかのように違って見える。いつの間にか葉の色を変えた木立に気づいたときのようだ。

景色だけではない。とまどいで握った右手も、立ち尽くしている足も、しっかりと力を取り戻している。それらがにわかに胸に迫る。

もしかしたら、変わったのはわたしの方ではないだろうか。

宇多が思わず両手で自分を抱いたとき、今度は本堂から慈白が現れた。

慈白は宇多に歩み寄り、そしてじっと宇多を見た。

「お宇多さん、どうしました？　ぼうっとして」

「わたし……何だか、妙な心持ちなのです」

「妙とは？」

凛としたまなざしを受けて身がすくんだ。何か言わなければ、と焦るが言葉が見つからない。

母の声が聞こえてくる。

──しっかりお話しなさい。

いい年をして、そんな風に引っ込み思案でどうするの。

宇多は幼いころから臆病で大人しくて、両親にもどかしい思いをさせていた。今の宇多は、まるで実家で両親と暮らしていたときのようだ。

慈白が気づかわしげに宇多の顔を見つめる。

「もしや、離縁のことで何か心配ごとでも？」

「離縁……」

そうだ、わたしは離縁をするために縁切寺に駆け込んだ。三住の家から、亭主の磯右衛門から逃げ出したのだ。

離縁。どうしてそんなことをしようとしたのだろう。

何て大それたことをしようとしているのだろう。

駆け込んだときのことを思い出そうとしてもはっきり思い出せない。皆の顔をくすませていた薄墨が、今度は宇多の記憶を濁らせている。

怖くなって体が震えだした。いきなり見知らぬ場所に放り出されたようだ。両手で口を押さえる。

「わたし……わたしは……」

「わたしは？」

「どうして、ここに……」

震えが止まらなくなった宇多に、慈白が腕を回し、優しく肩を抱く。

「お宇多さん、大丈夫。大丈夫ですよ」

こちらへ、と慈白に導かれ、宇多は裏庭を横切った。

本堂に上がり、御本尊の前に行く。慈白が須弥壇を背に座り、宇多を向かいに座らせた。そして、穏やかな目で宇多をじっと見た。

「お宇多さんがこの寺に駆け込んだときも、お取調べのあと、こうしてお話を聞きましたね。お宇多さんは、婚家である三住屋の皆につらく当たられた。いじめに耐えかねて離縁を決意した、と」

「はい……」

答えが尻すぼみになった。

言った記憶はある。それなのに、本当に自分が言ったという実感がまるでないのだ。

「もう一度尋ねます。お宇多さんは、婚家の皆さんにどのような仕打ちを受けたのですか？」

「仕打ち……」

宇多は言いよどんだ。

布団の中で隠れて泣いたり、眠れぬ夜を過ごした。気分が悪くて起き上がれないこともあった。くやしくて叫びたいのを手の甲をつねって耐えたこともあった。

だが、何をされたかということがぱっと思い浮かばない。

懸命に記憶を探り、宇多は夫の磯右衛門に訴えたことを思い出した。

――お義母様がわたしを馬鹿になさるのです。

――義妹たちがわたしを見下すのです。

「皆は……わたしに意地の悪い言葉をぶつけました」

「どのような？」

宇多は婚家での日々を思い出した。口の重い舅には何も言われたことがないが、姑や義妹たちに言われたことがぽつぽつと思い出される。

――お宇多、ほら、ちゃっちゃとやっとくれ。

――お宇多ちゃん、それは違うわ、こうするのよ。

ごくごくありふれた言葉だ。意地悪だったとあげつらうのはためらわれる。

もっと他に何かあったはずだ。宇多が懸命に探していると、慈白が静かに告げた。

「人は疲れていると苦味を強く感じるといいます。相手にそのつもりがなくとも、苦い思いを味わわされたと思い込んでしまうことも」

「いいえ、わたしは本当につらくて、くやしくて……そうでなければ、婚家を飛び出すなどという、大それたことはとてもできません」

「あなたを追いつめたのは、婚家の皆さんではありません」

慈白がぴしりと告げた。

「お宇多さんは、江戸わずらいだったのだと思います」

「江戸わずらい？」

聞いたことのない病の名を繰り返すと、慈白がうなずいた。

「玄米を食べていた者が、江戸に来て白米ばかりを食べるようになるとかかる病、それが江戸わずらいです。手足がしびれ、体がむくんでくる。ささいなことを疑い、やたらと怒るようになる。あるいは気がふさぐ」

そんな、と宇多は思わず慈白に食ってかかった。

「慈白様は、わたしが婚家の人間にいじめられたというのは思い込みだと……江戸わずらいのせいで怒りっぽくなったり気がふさいだりしただけで、何もなかったとおっしゃるのですか」

「ここに来てから数日、三食玄米を食べて、調子が快くなったというのはそういうことではないでしょうか」

言葉を失った宇多に、慈白がさらに告げる。

「江戸わずらいが酷くなった者は、ありもしない何かを見聞きするようにもなるといいます」

「ありもしない何か……？」

――見ておるぞ。

あの声も、付け狙う視線も病ゆえの幻だったというのか。

宇多は激しくかぶりを振った。

「病だなんて……。婚家の皆もわたしと同じように三食白米を食べていました。わたしよりもずっと長く――生まれたときから」

「お宇多さんは豆が苦手で食べないのですよね。それでも何ともなかったのです」

お宇多さんは食べものの好き嫌いが激しかったと言ったそうです。義弟の惣兵衛さんも寺役人の添田様に、江戸わずらいになりやすいのです」

確かに、婚家の人間は宇多が食べられない豆や小魚、貝や海藻をよく食べていた。

――ねえ、本当に食べられないの？　こんなおいしいものを。

――体にいいのにねえ。

記憶の中の姑や義妹たちの顔からも黒いもやが消えていく。

利根川(とねがわ)の渡しのように宇多をここまで運んできた舟、信じ切って身を預けていた舟に穴が空いて沈みかけている。舟の穴から冷たい水が流れ込み、宇多の足元から冷たい震えが立ち上る。

しかし、宇多は船縁(ふなべり)に必死でしがみついた。

「磯右衛門様は、別の女と……幼馴染みで、家族ぐるみの付き合いだっていう女と逢い引きをしていたのです」

「添田様が、そのことを義弟さんに確かめてくれました。磯右衛門さんは幼馴染みの方に、お宇多さんの相談相手になってほしいと頼んでいたそうですよ」

「わたしの、相談相手に……？」

「ええ。お宇多さんは江戸に誰一人知り合いがいないし、姑や義妹たちには話しづらいこともあるだろうから、と」

宇多は息を吞んだ。それを見た慈白が次の間に呼びかける。

「智栄」

いつの間にか控えていた智栄が、風呂敷包みを持って進み出る。そして宇多の前に風呂敷包みを置いた。

慈白が宇多に視線で包みを示す。

「義弟さんから預かったものです。お宇多さんが落ちついてから見せた方がいいと思い、預かっていました。開けてご覧なさい」

宇多はおそるおそる風呂敷をほどいた。

中に入っていたのは宇多の着物だ。慈白がうながす。

「手に取って、よくご覧なさい」

宇多は着物を改めた。嫁入りのときに持ってきた着物の一枚だ。

実家も嫁ぎ先も裕福とはいえ、着物は一年を通じて着回す。夏は裏地を外して単衣にし、冬は裏地をつけて袷にする。

今、手にしている着物は宇多が嫁入りするとき、単衣にして持ってきたものだ。それなのに裏地がつき、薄い綿まで入っている。

「こちら上州は江戸より北の地。ただでさえ体がつらいお宇多さんが、もっと具合が悪くなっては大変。そう言って、お姑さんはこの着物に裏をつけ、綿を入れてくださったそうですよ。夜なべまでして義弟さんの出立に間に合わせたとか」

宇多は着物を見つめた。

駆け込んだ日、寺役人の添田に言われたことを思い出す。

――今は秋、米問屋を営む三住屋は一番忙しい時期ではないか。

――弟をよこすのは、三住の家の者が、心底そなたを心配しているからではないか。

体がすうと冷えた。

豆をまくような音が小さく聞こえ始めた。降り出した小雨が本堂の屋根を打っているのだ。

その雨が宇多をますます冷やす。体の中で燃えさかっていた炎はもはや跡形もなく、見えるものすべてをゆがめていた陽炎も消え失せていた。

本堂を出た宇多は、渡り廊下を歩いて庫裡に向かった。手前で立ち止まり、しとしとと降り続ける小雨を見ながら、ここに来た日から今までのことを思い返した。

ぼんやりとかすんだ記憶の中から聞こえてくるのは、喧々と声を荒らげた己の声ばかり。そうさせた原因は思い出せない。小石か砂利のように、記憶の川に沈んでしまっている。

わたしは何とみっともないことばかりしていたのだろう。

庫裡に入った宇多は、姑の心づくしの着物を寝間に大切に置いた。そして茶の間に向かった。

台所を覗くと、釜に向かっているなつが「おかえりなさい」と顔を向けた。夕餉の支度をしているのだ。

宇多は手を洗って前掛けをつけ、こわごわなつに歩み寄った。

なつにも声を荒らげ、不機嫌をむき出しにし、布団の上げ下ろしまでさせた。思い出すと顔を覆いたくなる。

釜で何かをことことと煮ているなつが宇多の顔を見た。

「どうしたの？　青い顔をして」

「おなつさん、申し訳ありません」

宇多は深々と頭を下げた。そしてなつに江戸わずらいのことを一息に話した。

なつは驚くことなく、宇多に頭を上げさせた。

「慈白様がお宇多ちゃんにそのことを話したということは、もう、お宇多ちゃんは大丈夫だということね。よかったわ」

「おなつさんは知っていたのですか？　わたしが江戸わずらいだと」

「ええ。ほら、お宇多ちゃんがここに来た次の日、裏庭で誰かが自分を付け狙っていると言ったあと。慈白様がわたしを本堂に呼んで教えてくれたの」

慈白は宇多が駆け込んだ日の夜に、江戸わずらいであることに気づいたそうだ。智栄から、宇多が夕餉に出された玄米をほとんど食べなかったと聞いたからだ。

駆け込み女の中には、江戸からはるばるやってくる者も多い。以前にも宇多と同じように取り乱す駆け込み女がいて、その女もやはり江戸わずらいだったという。

そのときのことを踏まえ、慈白はなつに頼んだ。

――お宇多さんが何を言おうと騒ごうと、とにかく受け止めましょう。

真綿でくるむようにして、日が過ぎるのを待つのです。

三食、玄米を食べ続ければ、やがて身も心も回復するでしょう。

宇多は裏庭で騒いだあと、生栗をむいたときのことを思い出した。慈白が宇多に大げさなほど、しみじみと言っていた。

――この栗は、えもいわれぬおいしさ。

――わたくしのたった一つの楽しみなのです。

そんな風に言われれば、どんなものかと興味がわく。つられて宇多は栗ご飯を口に入れ、それをきっかけに食欲が戻った。三食、玄米を食べるようになり、おかげで江戸わずらいが治った。

それまで、なつは神経をとがらせた宇多を刺激しないよう、つとめて明るく接し、優しく作務を教えてくれたのだ。

「おなつさんには、本当に申し訳ないことを――」

「謝らなくていいの。病だったのだから仕方ないわ。わたしも実家にいたころ、江戸わずらいになった人を見たことがあるの。本当に怖い病気。お宇多ちゃんの命が助かってよかった」

なつが微笑み、ついで真顔になって切り出した。

「お宇多ちゃん、これからどうするの？」

「慈白様は、明日また話そうと……」

離縁の話は宇多が落ちつくまで棚上げになっていた。これからのことを思うと、また手足がすくむ。

宇多の内心をおもんぱかったのか、なつが明るく告げる。

「お宇多ちゃんに罪はないじゃないの。婚家の方々も、江戸の人なんだから江戸わずらいの恐ろしさは重々承知のはずよ」

三住屋は米問屋だ。宇多が江戸わずらいではないかと、うすうす察していたのではないか。

そういえば一度、姑に玄米を食べるよう言われた。「体にいいから」と勧められた。

しかし、宇多は聞く耳を持たなかった。なぜわたしだけ、と泣き騒いだ。

「今さら、三住の家に戻りたいなんて言い出したら、お役人様も……」

寺役人、添田のいかつい顔を思い出しているとなつが「ああ」と笑った。

「添田様なら大丈夫よ。縁切寺の離縁をさせない閻魔様だもの。それに、意外と優しい人みたいよ。おしずさん――前にここにいた駆け込み女が言ってたわ」

それでも。宇多は夫とその家族を思い出した。

皆、田舎出の宇多が江戸暮らしに、商家の妻という役目に慣れるように、あれこれと口をはさみ、世話を焼いてくれた。

――ほら、ちゃっちゃとやらないと。

――これが江戸流なのよ。

善意からの言葉。それを投げ捨てた。その言葉尻をつかまえて、何気ない語調に神経をとがらせて。

「わたしは取り返しのつかないことを……。わたしなんて、何をやっても不器用でうまくできなくて……おまけに性根曲がりときたら、とても許してもらえるとは」

「そんなことを言わないで。お宇多ちゃんを大切に思うから、婚家の方々も義弟さんをよこしたり、着物を託したりしてくれたのよ」

「でも……」

なつが小さく笑った。

「わたしはね、亭主の情女(いろ)を許したわ」

「ご亭主の……？」

宇多は目を見はった。

亭主の情女ということは、なつが離縁するきっかけになった女ということだ。しかし、なつはほがらかに笑う。

「おはるさんという方なんだけど、どういう皮肉か、ここでばったり出会ってね。慈白様の助けを受けて、心を割って話をしたの。最後には、おはるさんとわたしで手を組んで、わたしたちを騙していた亭主をやっつけたわ」

「よく、まあ……」

感心する宇多の前、なつは雨音が続く天井に顔を向けた。

「わたしね、亭主の浮気っていう雨から逃げて、ここに駆け込んで。雨宿りを続けながら何人も駆け込み女を見てきたわ。で、知ったの。人の心って思いがけない方に向くことがあるんだ、って」

「思いがけない方……」

「そうよ。一度は憎らしい、許せないと思った相手でも、理由があって、すまないと心から思っているのであれば、許せることもあるんじゃないかしら」

それに、となつが続ける。

「お姑さんもご亭主も、お宇多ちゃんを大切に思ってくれている。お宇多ちゃんも戻りたいと思ってる。それなのに、すれ違ってしまうなんて悲し過ぎるわ」

なつが窓の外を示した。小雨が降りつづけている。

「今回のことは、お宇多ちゃんの婚家に降った雨なのよ。雨が上がればきっと虹が見えるわ」

窓外が薄明るくなっていく。雨足が弱まり、雨雲を通して陽が射したのだ。

そのとき、茶の間に智栄が現れた。

「夕ご飯の支度はできましたか」

「はい、ただいま」

なつが茶碗を並べ、おひつのご飯をよそい始める。宇多は釜に向かった。

今日のおかずは豆とひじきの煮つけだ。豆と海藻の匂いがほのかに立ち上る。宇多は逃げ出したいのをこらえてぐっと息を止めた。そして煮つけを小皿に盛り付けた。

茶の間で智栄となつと手を合わせ、お膳に向かう。また息を止めて豆とひじきを口に入れる。

一口嚙むと温かいだし汁とともに、柔らかい豆と磯くさいひじきの味が口に拡がる。宇多は顔をしかめながら、祈りを唱えるようにちまちまと嚙みしめた。

そして翌日の午後、早くも宇多は寺役場に呼ばれた。

下役に連れていかれたのは、お腰掛けと呼ばれる一坪ほどの土間だ。障子戸を開けると、縁台に座っていた実家の母が「まあ」と立ち上がった。

「お宇多、おまえ、本当に大丈夫なの？　お役人様から聞いたけど、江戸わずらいっていう病だったんですってねえ。まあ、可哀想に」

母は宇多を隣に座らせ、撫でたりさすったりして無事を確かめたあと、ほっと息をついた。

「十日ほど前に、三住屋から書状が届いたのよ。お宇多の様子が日に日におかしくなっていく。たわいのないことで泣き出したり、かんしゃくを起こしたり――」

「やめて」

恥ずかしさでうつむくと、母がため息をつく。

「本当に元に戻ったようね。まったく、あっちもこっちも心配させて」

「おっかさん、あっちもこっちも、って――」

「三住からの書状を受け取ってすぐに、こちらの満徳寺さんからも飛脚が来たのよ。おまえが駆け込んで縁切りをしようとしていると。もう、度肝を抜かれて、おとっつぁんが急いで三住屋に向かって」

嫁がせて三月で娘が飛び出したのだ。父は平身低頭で謝ったに違いない。胸がぐっと痛くなり、お宇多は母に頭を下げた。

「おっかさん、本当にごめんなさい。わたしも三住の皆さんには重々お詫びをするわ」

母が「お宇多」と目を丸くした。

「おまえ、帰縁したいというの？」

「ええ。わたしは三住の家に戻りたいの。おっかさん、おとっつぁんに頼んで、そのように取りはからってくれないかしら」

縁切寺に駆け込んだあとは、離縁や帰縁の交渉は親に任せることになっている。実家と婚家の親同士で話し合い、話がまとまったら寺役場に伝えるのだ。

しかし、母は首を振った。

「最初っから、あたしは反対だったのよ。おまえを江戸に嫁がせるなんて。しかも商家の跡取りの女房だなんて、おまえみたいな世間知らずには荷が重すぎるのは分かりきったことじゃないの」

「そんなことないわ。三住の皆さんは、今も、とても気をつかってくださるの。この着物もお義母さんが夜なべして直してくださったんですって」

宇多は身にまとった着物を母に示した。まだ少し暑いけど着ている。宇多をしっかり包んで守ってくれそうだからだ。

「三住の皆さんがどれほどわたしによくしてくれたか、今になってしみじみと思い出すの。だからわたし、一生懸命つぐなって、そして嫁として——」

「おやめ」

母がぴしりと宇多をさえぎった。

「三住とは離縁して、家に戻るの」

「わたしは心を入れ替えて、やり直したいと思っているの」

「おまえは内気な子だから、三住に戻ったところでまた、同じように苦労するだけじゃないの」

「もう大丈夫よ。わたし、お豆だってひじきだって食べるわ」

子どものようなことを言って、と母が苦笑いした。

「お宇多。おとっつぁんも、離縁して戻るのが一番いいと言っているのよ。お宇多はまだ若いのだし、おとっつぁんとおっかさんが、必ずまたいい嫁ぎ先を見つけてあげる。今度は下野のどこか、家から近いところでね」

「いいえ、わたしは三住の家に戻りたいの。磯右衛門様を支えて、お家を支えられるようになりたいのよ」

三住屋の信頼を取り戻すのだ。そうすれば、皆が嫁いだばかりのころのように温かく包んでくれるだろう。

「ね、おっかさん」

宇多が畳みかけると、母が黙り込んだ。

重い石が載っているかのように、母の口が開きかけては閉じる。そして、その重石が宇多の胸に落とされた。

「実はね、三住の方から、お宇多を離縁すると言ってきたのよ」

「え……」

宇多は無意識のうちに着物の袖口を握った。

「嘘よ。三住の家は、わたしを連れ戻そうと惣兵衛さんにあとを追わせて——」

「惣兵衛さんと入れ違いに、おとっつぁんが江戸の三住屋に着いたのよ。そうしたら磯右衛門さんもお義母さんも、まずはお宇多が落ちつくのを待って、話をしたいと言ったそうなの。でもね、お義父(とう)さんが……」

「お義父さんが……？」

物静かで無口な舅は、家の中のことは姑に任せきり。口出ししたと聞くのは初めてだ。

母が言いづらそうに続けた。

「祝言からたった三月で家を飛び出して、実家に帰るならまだしも、縁切寺に駆け込むなんて、と……」

江戸わずらいうんぬんの前に性根の問題だ。商売をやっている家に恥をかかせるような女は跡取り息子の女房にはしておけない。舅は父にそう言い放ったそうだ。

「そこまで言われるとおとっつぁんも腹を立てるじゃないの。娘をそんな風にしたのはそっちじゃないか、傷物にして突き返すとはどういうことだと食ってかかって――」

母が風呂敷包みを開いた。

宇多に差し出したのは書状だ。宇多が開くと事書（表題）が目を射る。

――離別一札之事(りべついっさつのこと)

「おっかさん、これは離縁状じゃ……」

青ざめた宇多に母が告げる。

「お宇多。おまえは三住の家とはご縁がなかったの。もう、きっぱりとあきらめなさい」

書状の墨文字がみるみるうちにぼやける。まぶたにしがみつくのをあきらめた涙が宇多の頬をすべり落ちた。

母のもとでひとしきり泣いてから、宇多は境内に戻った。慈白に離縁されたことを話し、ついで庫裡に行ってなつと智栄に顚末を話した。

憤慨したなつが手にしたかごを音高く調理台に置く。

「ひどいわ、本人に一言も話もさせずに決めてしまうなんて」

なつがかごから木桶にあけた小豆が雨のような音を立てる。

結局、宇多は晴れているのに雨が降っていると思い込んで雨宿りに逃げ込んだようなものだ。心配してくれた婚家の皆を置き去りにして。

智栄はもらい泣きでべそをかいている。

「思いを残したまま引き裂かれてしまうなんて……何とつらいこと。あちらにもご事情があるのでしょうけれど……」

慈白にも本堂で言われた。

――江戸は今年米が足りずに、米問屋の方々は大変なご苦労をされているとか。

あちらのお家も余裕がなかったのかもしれませんよ。

忙しく立ち働いていた夫や舅、姑の姿が脳裏に浮かぶ。

もう、今さら何を言っても始まらない。宇多は智栄となつに改めて頭を下げた。

「短い間ですが、お世話になりました。ご迷惑をたくさんおかけして……」

智栄となつが宇多を気づかって作り笑いを浮かべる。

「お宇多さん、心が落ちつくまでもう少しここにいたらどうでしょう？　ほら、おなつさんのように」

「そうよ。お宇多ちゃん、それがいいわ」

なつが木桶をかたむけ、小豆を宇多に見せた。

「帰るにしてもせめて、この小豆を食べてからでいいじゃない。お豆は苦手だって言ってたけど、これはとってもおいしい小豆だそうよ。今夜、一晩かけて煮るの」

確か、慈白もそう言っていた。

――とてもおいしいのですよ。

――季節の味は、わたくしのたった一つの楽しみなのです。

しかし、なつはもう一度二人に頭を下げた。

「母が待っていますから」

傷心の今は、何を食べても味など分かりはしない。

宇多は裏庭に出て井戸に向かった。たらいに水を出し、泣いて汚れた顔をごしごしと洗う。

濡れた顔を上げ、両手を振って水を払った。そして気づいた。

手ぬぐいがない。うっかり台所に置いてきてしまった。

顔からしたたり落ちる水滴が襟を濡らす。濡れた顔で立ち尽くす、間抜けな自分の姿が見えるようだ。

新たな涙が湧いて、水滴と一緒に宇多の頰を流れた。

「お馬鹿さん」

宇多は自分に向けて吐き捨てた。

不器量な上に不器用、何もできない上に間抜けときた。こんなだから婚家から縁を切られた。家に置いておく価値が何一つないから。

また声を上げて泣きじゃくり始めたとき、ふいに声が聞こえた。

「見ておるぞ」

宇多は思わず泣き止み、あたりを見回した。

誰の姿も見えない。

手で顔の水を払い、大栗の木の下まで歩いた。こわごわ竹塀の向こうを見わたしてみたが、誰もいない。

昨日、本堂で慈白に言われたことを思い出した。

——酷くなると、ありもしない何かを見聞きするようにもなると。

いや、江戸わずらいは治ったのだ。玄米も豆も食べている。驚きで手足がすくんでいてもむくみはない。

ふたたび誰かが宇多に呼びかける。

「見ておるぞ」

江戸わずらいが治って頭がはっきりしたせいか、以前とは少し違って聞こえる。おどろおどろしかった響きやこだまのような余韻が消え、普通の男の声だ。

「見ておるぞ」

宇多はぞくりと身を震わせた。

「誰なの？　誰？」

夫でも舅でも、実家の父でもない。でも、この声はどこかで聞いたことがある。

必死で記憶を探っていると、不意に後ろから肩に手をかけられた。宇多は悲鳴を上げ、思い切り相手を振り払った。

きゃあ、と悲鳴を上げて地面に尻餅をついたのはなつだ。そばに宇多の手ぬぐいが落ちている。台所から持ってきてくれたのだ。

「ごめんなさい……！」

宇多があわてて助け起こそうとすると、なつがまた声を上げた。後ろ手に地面についた右手をそっと宇多に示す。栗のいががなつの手のひらに深々と刺さっていた。

なつの手のひらに刺さったいがを智栄が慎重に抜いて薬を塗った。痛みでなつが顔をしかめるのを宇多は身の縮む思いで見守った。つづいて智栄はなつの手に布を巻き、夕餉の冷やご飯を、なつが片手で食べられるようおむすびにした。夕餉を終えると、宇多と一緒に釜に湯を沸かした。今夜の作業のためだ。

なつが利き手を傷めた以上、宇多が代わるしかない。慈白が楽しみにしている小豆でもあるのだ。智栄に伝言を頼み、母に御用宿で一晩待ってもらうことにした。

釜に湯が沸くと小豆をさっと煮てあくを取る。そして小豆を流しに置いたざるにあけた。まだ固い小豆がつやつやと輝きながらざるに落ちていく。

その輝きに見とれて鍋をうっかりかたむけすぎた。宇多がはっと鍋を上向きにすると、弾みで熱湯のしぶきが小さく手に飛んだ。

また、あの声が聞こえる。

「見ておるぞ」

智栄が横から宇多の顔を見る。

「どうかしましたか？」

「え……いえ」

智栄やなつにはとても言えない。まだ幻の声が聞こえるなどとは。これ以上みっともないところを見せたくない。

黙って煮こぼした小豆をまた鍋に入れ、水瓶から水をくみ入れてことことと煮る。

智栄に言われたとおり、半刻ほど煮てから皿に取り、柔らかくなったことを確かめた。念のため、なつの口に入れて確かめてもらってから、火を止めた。

小豆を置いて冷ましていると智栄がやってきた。

「冷めましたか？　あちっ、と一瞬触れるくらいの熱さまで」

宇多がおっかなびっくり小豆に触ると、淹れ立てのお茶を触ったような熱さになっている。

もう少しだけ冷まして智栄に確かめてもらうと、「次は」と智栄が木の器を差し出した。尼庫裡——本堂の向こうにある、尼たちが暮らす庫裡から持ってきたもので、白い粒が入っている。

「米麹ですよ。これを茹でた小豆に混ぜて」

言われた通り、小豆に木べらで米麹と少量の塩を混ぜ込んだ。一回り大きな鍋に熱い湯を入れ、その中に小豆と米麹を入れた鍋を置く。

智栄が満足そうにうなずいた。

「あとは、この温度を一晩保つこと」

智栄を手伝って、炉のそばに二重にした鍋を運んだ。この秋初めて火を入れた炉では、やかんの湯が沸いている。

宇多に智栄が教える。

「ときどき小豆の温かさを確かめて、冷めてきたら鍋を少しだけ火にかけて、外側の鍋に入れたお湯を温めてください。小豆が冷めてしまったら、すべてが台無しです」

「はい……」

「あと、小豆がまんべんなく温まるようにときどきかき混ぜて。寝ずの番になりますよ。わたくしがいられたらよかったのですけれど、あいにく今夜は庚申の日で」

庚申の日は厄払いの儀式を行うのだそうだ。慈白とともに夜を徹して火を灯し、念仏を上げるという。

「ですからお宇多さん、お任せしてもよいですか」

「ええ……」

不安だが嫌だとは言えない。なつが炉に寄ってくる。

「智栄様。わたしも起きていますから」

「起きているのはかまいませんが、決して手出しをしてはいけませんよ。怪我をした手で熱いお湯を扱って、こぼしたり落としたりしたら大変です」

「おなつさん、寝てください」

　どうせわたしは眠れないだろうから、と心の中で付け加えた。それでも渋るなつに微笑んでみせる。

「わたしは大丈夫です。明日は家に帰るだけですから。おなつさんは明日も作務があるじゃないですか」

「そうねえ……でも、お宇多ちゃんが眠くなったら起こしに来て。話し相手がいるだけでも違うと思うの」

　はい、と空元気で答え、寝支度に向かうなつを送り出した。

　話し相手ならもういる。見えない話し相手が。

　炉の灰の中で赤く燃える炭をぼんやり見つめながら、宇多は宙に向かってつぶやいた。

「見ているだけじゃなくて、何か言って」

　泣き疲れたせいか、それとも聞きなれてきたのか。幻の声はもう、それほど怖くない。それよりも誰の声なのかが気になる。

　幻からの返事を待ちながら、ときどきかたわらに置いた鍋の小豆の温度を確かめる。冷めてきたら湯を入れた鍋ごと火にかけて温める。

　温めすぎてもだめだという。手早く下ろそうとして鍋が揺れ、炉ばたに水が飛ぶ。

するとまたあの声が聞こえる。

「見ておるぞ」

いったいどこの誰の声だろう。親類縁者、婚家と実家の奉公人、近所の人——頭の中で矢継ぎ早に思い浮かべる。ほのかに憧れた兄の友だち、いつも愉快な話をして笑わせてくれた行商人——。

「見ておるぞ」

厳しい声が頭の中で響いて目を覚ました。うっかりうたた寝をしかけていたのだ。

小豆を指で確かめると冷めかけている。すぐに炉に鍋をかけ、火が絶えないように炭を足す。

それを際限なく繰り返すうちに、だんだん要領が分かってきた。

湯煎の鍋を温めて小豆をかき混ぜてから壁にもたれてうたた寝をする。がくんと頭が落ちて目を覚ますと、ちょうど小豆が冷めたころだ。また鍋を炉にかける。

うっかり寝過ごしそうになると、幻の声が起こしてくれる。

「見ておるぞ」

はっと起き出して、また鍋を火にかける。

それを繰り返すうちに、壁や屋根の隙間からほのかな光が射し込み、座敷や台所の窓が白んでくるのが見えた。どうにか朝まで鍋の番を務められたのだ。

柔らかな光がくすんだ砂壁に淡い線を描き、何だか宇多を祝福しているようにも見える。炉の中では、静かに燃える炭が呼吸をするように赤みを増したり引いたりしている。

宇多ははっと目を覚ました。

いつの間にか炉のそばで横になって、本格的に寝ていた。飛び起きて目で鍋を探すと、火から下ろしたところにそのまま置いてある。

「いけない、どうしよう……！」

炉の火は消えてしまっている。

目を離すなと言われたのに――宇多が泣きたい思いで鍋に手を伸ばしたとき、「わたくしが」と止める声が聞こえた。

智栄が台所から上がってくる。「よいしょ」と両手で鍋を持ち上げ、ぽかんと見ている宇多を見てくすりと笑う。

「まあ、お宇多さんったら寝ぼけているみたいですね」

そのとおりだ。ようやく頭がはっきりしてきた。

今さっき、儀式を終えた智栄が来て鍋の番を代わってくれた。そして少し眠った方がいいと言われて横になったのだ。

智栄は徹夜で灯明を上げたからか、少し瞼が重そうだ。それでも二重鍋を台所に移し、かまどで沸かした湯を足している。

もう少し寝ていていい、と言われたが、冷たい水をかけられたように目が覚めてしまっている。井戸端に行って顔と口を洗ってから朝餉の米をといでいると、なつが起き出してきた。

手はだいぶ楽になったという。鍋を覗いた智栄が二人に呼びかける。

「そろそろいい頃合いかもしれません」

智栄が鍋の小豆をほんの少しさじで小皿に取り、手を合わせて口に入れた。

林檎のような頰がくいと上がる。

「お二人も味を見てごらんなさい」

「寝ずの番をしたお宇多ちゃんから」

なつが身を引いて宇多に順番を譲る。

宇多が智栄に差し出された小豆を口に入れると、じわりと滋味が拡がった。ついで優しい甘味が舌を包む。

「甘い……お砂糖を入れていないのに」

まるであんこのようだ。なつも小豆を口に入れ、「ん」と声を上げた。

「本当ね、とっても甘いわ」

「これは麴あんこ、米麴で小豆を発酵させたものです。お粥が米麴で醸されて甘酒になるように、小豆も甘くなるのです」

智栄が「ん」と力を入れて小豆が入った内側の鍋を取り出した。

「このままゆっくり冷ませばもっと甘くなりますよ」

そして智栄は本堂で朝のお勤めを終えたあと、慈白に弾んだ声で報告した。

「今年の麹あんこは、これまでで一番の出来です。とっても甘くて」

「まあ、よろしいこと」

慈白の顔に花が咲いたような笑みが浮かんだ。なつが慈白に告げる。

「お宇多ちゃんのお手柄です。小豆を煮こぼすところから寝ずの番まで、全部一人で担ってくれたんです。ね、智栄様」

「ええ。ていねいに小まめに温度を見てかき混ぜてくださったから、おいしく甘くできたのです。お宇多さんが一心に取り組んでくださったから」

「いえ、そんな……」

宇多は居たたまれなくなって口をはさんだ。

慈白が宇多に問いかけるようなまなざしを向ける。宇多はおずおずと慈白に告げた。

「わたしなんて……わたしは、ただ、智栄様に言われたとおりにしただけで……何もできませんし」

「何もできない？」

慈白が口元をほころばせた。

「言われたとおりにしたからできた。それは言いかえれば、教えてもらいさえすれば、できるということではありませんか？」

宇多は息を呑んだ。

慈白が優しく微笑んで続ける。

「言われたことを忠実に、ていねいにこなせる人がどれだけおりましょう。お宇多さん、自分は何もできないなどと思ってはいけません。できないのではなく、しなかっただけ。あなたにできることは、まだまだたくさんあるのですよ」

ふわりと胸が温かい。慈白にもらった言葉に加えて、目の前の器がほかほかと湯気を立てている。

宇多のお膳に器を置いた智栄がにこりと笑いかける。

「さあ、お宇多さん、召し上がれ」

朝のお勤めを終え、智栄となつと朝餉を終えたところだ。なつが後片付けに台所に向かいがてら、智栄が置いた器を見る。

「まあ、おいしそうな栗ぜんざい」

温めた麴あんこの汁に、大粒の栗が見えかくれしている。

本来は昼にいただくはずだった。だが、宇多の母が御用宿で宇多を待っている。陽が高くならないうちに、母と出発しなければならない。

そこで宇多だけ先に食べるようにと、慈白が気づかってくれたのだ。なつと智栄が台所から宇多に声をかける。

「朝ご飯のあとに栗ぜんざいをいただくなんて、少しせわしないわね」

「もう少しおいて、麴あんこが落ちついてからご馳走できればよかったのですが」

「いいえ、これで十分です」

——できないのではなく、しなかっただけ。

慈白のあの言葉で、宇多はやっと身も心も爽やかな朝を迎えることができた。宇多はつやつやと金色の光を放つ栗は、人生の新たな旅立ちを祝う宴にぴったりだ。

大粒のほっくりと煮た栗と優しい甘さの麴あんこが合わさって、えもいわれぬ味をかもし出す。小豆とはこんなにおいしいものか。ずっと食わず嫌いだったなんて、と後悔する。頰が落ちそうなほどの美味だ。

実家に帰ったらさっそく作ってみよう。きっと、家族も奉公人もこの味に目をむいて驚くだろう。そして——次は自分のやりたいことを探すのだ。

栗ぜんざいをありがたく食べ終えて手を合わせる。器を台所に運ぶと、智栄が器に入れた小豆を見せてくれる。

「慈白様が、少し持たせるようにと」

「まあ、嬉しい」

渡りに船、と受け取ろうとして、うっかり器を倒してしまった。小豆がこぼれ、にわか雨のような音を立てて拡がる。

あわてて智栄と両手を広げ、袖で小豆を食い止めた。散らばった小豆を拾い、智栄が用意してくれた布袋に入れる。あれ、と宇多は耳をすませた。

「お宇多さん、どうしました?」

「あの声が聞こえてこないのです。ここに来たばかりのときに、わたしが騒いだ、わたしを見張っていた誰かの声です」

――見ておるぞ。

「わたしが何かしくじるたびに、見ておるぞ、って。昨夜も居眠りしそうになると……。それなのに、今朝からは一度も」

昼餉に使う麩を水に浸けていたなつが口真似する。

「『見ておるぞ』。なんだか役者が見得を切るみたいね」

「ええ。睨みをきかせたような口ぶりで――」

宇多は小豆を布袋に入れる手を止めた。そして、口の中で繰り返した。

「役者……」

まだ新しい記憶が、心の底からふわりと浮かび上がってくる。

宇多は思わずなつと智栄に呼びかけた。

「思い出しました。誰の声だったか」

祝言から二月経ったときに聞いた覚えがある。

今思えば江戸わずらいがひどくなり、何かといえば泣いていたころだ。ふさぎ込む宇多を義妹たちが芝居見物に連れ出してくれた。気晴らしをさせようとしたのだろう。

しかし、宇多にとっては生まれて初めての芝居見物。しかも大名や武士、奥女中、大店の家族などの金持ちが集まる桟敷席。芝居茶屋の者につききりで世話をされるだけでも恐縮する。

その上、周りに座った江戸娘たちは華やかな振り袖に身を包み、粋な振るまいで宇多を圧倒した。

落ちつかない上に、江戸わずらいでむくんだ手足がどうにもだるい。何度も座り直しているうちに、宇多はうっかり菓子入れを倒してしまった。

金平糖が弾んで散り、周りの江戸娘たちがきゃあ、と声を上げた。場内の客たちがいっせいにこちらに顔を向ける。

芝居に水を差された不満のうなりがあちこちから湧き起こった。舞台の上の役者たちまでもが動きを止めてこちらを見た。

どうしていいか分からず泣きそうになった宇多の前、主役の人気役者がどんと足を踏み鳴らし、ついで宇多をまっすぐに指差した。そして台詞めかして言い放った。

――見ておるぞ。

場内が笑いに包まれた。

役者は素知らぬ顔で芝居に戻り、観客は皆舞台に見入った。しかし宇多はうつむいて二度と顔を上げられなかった。

耳の奥で宇多に呼びかけていたのは、あのときの声だ。

――見ておるぞ。

役者は冷や水を浴びせられた舞台を盛り返そうと機転をきかせ、大げさにああ言ったのだ。落ちついた今なら分かる。

だけど宇多にはつらすぎた。そして江戸わずらいが手伝って、心の奥底に記憶を沈めてしまった。

「あの声は、もしかしたら、わたし自身の声でもあったかもしれません」

冷静沈着な夫、姑、奉公人たち、粋で華やかな義妹たち、そして夫の美しい幼馴染み。

皆と自分を引き比べて、わたしは駄目だ、気がきかない、何もできない田舎者だと胸を痛めてばかりだった。

そのいらだちが幻へと形を変えた。江戸わずらいの力と役者の声を借りて、自分自身を責め立てる声となったのではないか。

宇多は智栄となつの前で苦笑いした。

「わたしは自分で自分に呪いをかけていたのかもしれません」

「でも、もう呪いは解けたのですね」

智栄が顔をほころばせ、小さな麻袋を手渡してくれる。中で小豆が雨粒のような音を立てた。

雨は宇多の心の中で降っていたのだ。そして、今はきれいに晴れ上がり、希望という名の虹が現れた。

ここに来たおかげで分かったからだ。自分は何もできないんじゃない、しなかっただけなのだと。

胸の中で慈白が宇多に微笑む。

——あなたにできることは、まだまだたくさんあるのですよ。

第四話

継母の呼び名

まさか、この門を再びくぐることになるとは――。

満徳寺の駆込門をくぐった勢は、しみじみと境内を見わたした。

晩秋の境内は三年前と変わっていない。よく晴れて澄んだ空気が景色をくっきりと鮮やかに見せている。赤城おろしと呼ばれる上州の木枯らしが、枯れた葉を引きずって乾いた音を立てる。

三年前、勢はこの駆込門から必死の思いで寺に逃げ込んだ。夫の手が届かぬようにと心の門をもぴしゃりと閉ざした。

駆込門の次は中門が待っている。瓦葺きの屋根を勢は見上げた。午後の陽射しで細長い破風板が剃刀の刃のように鈍く光っている。

あのとき、震える手で握りしめた剃刀の柄の冷たさ、涙にかすむ目で見つめた銀色の刃がまざまざと思い出される。

中門をくぐると参道の先には藁葺き屋根の本堂がある。そこに向かって歩きながら、勢はこの寺で過ごした時間を思い返していた。

＊

「お勢殿。やはり、そなたをここで受け入れるわけにはいかぬ」

寺役人の添田万太郎が勢に言いわたした。

満徳寺の薄暗い本堂の奥、少し離れた隣に座った添田の顔も翳って見える。ときおり赤城おろしが障子戸を小さく鳴らす。

勢は前日に満徳寺に駆け込み、寺役場で添田に取調べを受けた。問われるまま身の上を明かして離縁を願った。そのあとは寺の庫裏で一晩過ごし、今、本堂に呼ばれている。

添田が苦虫を嚙みつぶしたような顔で続ける。

「そなたの夫、桐生直秀殿はこの上野国白井藩の役方。武士ではないか。武家の者が離縁を望む場合、縁組と同じように主君に届け出をする決まりだ」

取調べのときも添田に同じことを言われた。勢も同じ答えを返した。

「ですが、夫は離縁を許してくれないのです」

直秀と勢は互いに二度目の縁組となる。半年前に祝言を挙げた。

婚家である桐生家での暮らしに耐えかね、勢は実家に戻った。だが中には入れてもらえなかった。桐生家に帰って詫びろと父に突き放された。

――おまえはもう二十三ではないか。

離縁も二度目となると次の片付け先を見つけるのが大変になる。

行き場がなくなった勢は仕方なく、祖母の形見の帯留めを質に入れて金を作った。そして満徳寺の扶持料に充てたのだ。

勢は睨むように添田を見返した。

「ここは駆け込み寺。離縁を望む女を助けてくれる場所と聞いております」

勢は隣の添田から正面に向きなおった。

須弥壇を背に、満徳寺の尼住職、慈白が静かに座っている。

頭巾を被った頭が問いかけるように勢へと向く。頭巾と同じくらい色白の顔がこちらをじっと見る。勢は慈白に向けて続けた。

「夫が離縁を承諾しないとき、妻がこの寺に二十五カ月とどまれば離縁ができると聞きました。わたくし、ぜひともそうさせていただきとうございます」

黒く光る瞳がじっと勢を見る。形のいい唇が動き、澄んだ声が告げる。

「お勢さん、ただとどまればいいというものではありませんよ。駆け込み女が寺入りをすれば、尼同様の暮らしをすることになるのです。この境内から一歩も出られず、数多の楽しみを禁じられ――」

「覚悟の上でございます」

勢が声を強めて言い切ると、添田があきれたように息をつく。

昨夜一緒に過ごした駆け込み女によると、添田は陰で「男前の閻魔様」と呼ばれているらしい。縁切寺の役人でありながら、なかなか離縁をさせないからだ。

果たして、添田は勢から慈白へと顔を向ける。

「慈白様。お勢殿の夫、桐生直秀殿は、私の古い友人です」

夫の直秀と添田、そして勢の九歳上の兄は白井藩の藩校でともに学んだ仲間だ。三人は互いの家を行き来していたから、勢は幼いころから直秀や添田と顔を合わせていた。

慈白は小さくうなずいただけだ。すでに勢から聞いているからだろう。しかし添田はかまわず続けた。

「桐生殿が藩校の教師となってからも付き合いは続いております。ですがここ数年、桐生殿は藩校での講義に加えて私塾を開き、さらに」

言い方を考えたのか、添田が一瞬言葉を切った。

「三年前、先妻の光子(みつこ)殿が病の床についたと聞いてから、皆で申し合わせて桐生家を訪ねるのは控えるようになったのです」

勢が前の夫に離縁されて実家に戻ったころの話だ。

光子が寝ついたあと、桐生家の女手は直秀の母だけとなった。勢は兄に頼まれ、桐生家に通って家の中のことを手伝うようになった。

勢は「恐れながら」と添田に切り出した。

「わたくしが桐生の家に出入りしていた三年間、添田様は一度もいらっしゃることはなかった。ですから夫とわたくしの間にあったことなどご存じありますまい」

「確かにそうだが」

添田が勢のななめ後ろに顔を向けた。

二十歳を超えたばかりとおぼしき若い男が野良着姿で控えている。昨日、勢を駆込門で迎え入れた寺男だ。添田が慈白に告げる。

「今朝方、慶蔵を桐生家へやりました。家の様子を見るようにと」

慶蔵が添田にうながされ、若さに似合わぬ落ちついた声で話し始める。

「桐生直秀殿はすぐに私を招き入れ、その上、苦労をねぎらってくださいました」

いかにも直秀らしい。

妻が縁切寺に駆け込んだとあれば夫は世間に面目が立たないもの。人目をはばかり、使いを裏口に追いやる家も多いと聞いている。

だが直秀は誠実な男だ。といっても弱腰ではない。学問への情熱を人一倍持ち、努力を重ねて私塾を開くところまでこぎつけた。

何事にも真摯に向き合う姿勢とほがらかな人柄で、教え子だけでなくその親からも慕われている。先妻の葬儀には直秀のためにと驚くほどの人数が参列した。

添田が慶蔵に尋ねる。

「桐生殿のご様子は」

「面やつれし、ご心労の様子。まずは家内は元気かと確かめた上でおっしゃいました。どうか話だけでもさせてほしい。家内に戻ってきてほしい、と」

勢の背に慶蔵の言葉が突き刺さった。

戻ってきてほしい。直秀の低く優しい声が勢の心の中で繰り返す。肉厚の顔が浮かべる穏やかな笑みが勢の脳裏に浮かんだ。

慈白がこちらを見ている。気取(けど)られまいと、勢が頬の引きつりを抑えていると慶蔵が続ける。

「桐生殿はこうも申されておりました。家内には子どもたちのことで苦労をかけて申し訳ない。どうにかできるように力を尽くすゆえ、と」

直秀と先妻の光子の間には二人の子どもがいる。上の子は十歳になる千代(ちよ)、下の子は七歳になる直継(なおつぐ)だ。

直秀の母は家の中のことと長男の直継の世話にかかりきりだった。桐生家の手伝いに通い始めた勢は、当時七歳だった千代の世話を任された。

最初は複雑な思いだった。前の婚家から離縁されたのは子どもができなかったからだ。それでも病床の光子、そして直秀の母や実家の母に聞きながら、勢は精一杯千代の身の回りを整えた。

その甲斐あって、千代だけでなく直継までもが勢になつくようになった。光子の病状がいよいよ重くなってからは、勢は直秀の母と子どもたちに請われて桐生家に泊まり込むようになった。

光子が世を去ったあと、義母が後添いに勢を選んだのも子どもたちのことが大きかっただろう。

「わたくしは何も分かっていなかったのです」

勢は声を強めた。

「気楽な手伝いだから務められていたと。後添いになることが、あれほど大変で面倒なことだとは……。わたくし、ほとほと嫌になったのです」

慶蔵が「ですが」と口をはさんだ。

「桐生殿の母上や奉公人たちに話を聞きましたところ、お勢殿は家を出る直前までかいがいしく皆の世話をしていたと。子どもたちのために好物の芋ようかんを作りおき、桐生殿が私塾で使う座布団を縫い上げてから出たと」

添田がじろりと勢を見た。

「お勢殿。ほとほと嫌になったという言葉と食いちがうではないか」

勢が言葉につまってうつむくと、慈白が静かに口を開いた。

「はたからでは分からない事情もありましょう。添田様、わたくしたちは、外面だけはいい夫に苦しめられた駆け込み女を、たくさん見てきたではありませんか」

勢は思わず顔を上げた。

「いいえ、わたくし、夫からそのような非道な仕打ちは一切受けておりません」

慈白が勢に顔を向ける。勢は高くなった声を少し低めた。

「夫とは反りが合わない、ただそれだけでございます」

「なるほど」

察した、というように慈白が小さくうなずいた。捨てきれぬ未練を見抜かれたようで、それを打ち消そうと勢はきっぱり告げた。

「旦那様がわたくしに戻れと簡単におっしゃるのは、わたくしの気持ちがまるで分かっていないという、何よりの証でございます」

「だがしかし――」

「わたくし、ここを追い出されたら命を絶つ覚悟でおります」

勢は言い切った。その本気を見て取ったのか、添田の顔がさらにゆがむ。

ややあって、慈白が勢から添田へと顔を向けた。

「添田様、お勢さんはお武家の方ではありますが、ここは他の方と同じように、ひとまずこちらで過ごしていただくのは」

「しかし」

「ここには心願成就のために来た方もいらっしゃいました。それと同じだと思えばよいではないですか」

穏やかだがぴしりと慈白が言い切った。


結局、慈白の取りなしで添田はいったん引き下がった。

しかし、それからも勢は待つしかない。実家の親が離縁を許さない以上、桐生家が——直秀が離縁の決意をするまでは、勢はどうすることもできないのだ。

翌日の昼前、庫裡の縁側を水拭きしながら勢は溜息をついた。

最初の夜を一緒に過ごした駆け込み女は翌朝出て行った。今、庫裡で寝起きする駆け込み女は勢一人だ。

あたりは静まり返り、枯れた葉が木の枝で、土の上で、からからと乾いた音を立てるのが聞こえる。

手が切れそうなほど冷たい水で雑巾を絞り、赤くなった両手を交差させて手首で温めていると、待つつらさがまた込み上げる。

唯一の望みは義母だ。家事と子どもたちの世話に音を上げ、勢を離縁して新しい妻を迎えるよう直秀に命じてくれるかもしれない。

勢は気をまぎらわそうと力を込めて縁側を磨いた。一時も早く話し合いが進んでほしい。離縁が叶わぬのならさっさと寺入りと決めてほしかった。

出ていった駆け込み女は言っていた。

——寺入りなんて、牢屋に入るようなものよ。

二十五カ月、この寺で暮らさなければならないのよ。

だが、勢にしたら牢屋に閉じ込められるのはむしろありがたい。境内をぐるりと取り囲む板塀が直秀と自分の間に立ちはだかってくれる。

雑巾を水で絞り、広げてまた縁側を拭く。寒さで勢の手はひりひりとかじかみ、鈍い痛みが走る。

寒くなると直秀はよく手が痛むとこぼした。書き物で手を使いすぎるからだ。勢が温湿布を差し出すと、直秀は喜んで手に巻いた。

直秀がいたから、勢は心を込めて桐生家の手伝いを続けたのだ。

幼いころから兄の友人である直秀をひそかに慕っていた。直秀が妻を迎えたとき、そして十六になり、親に決められた相手と結婚することになったときは泣き明かしたものだ。

四年後に桐生家の手伝いを始めたときも気持ちは同じだった。限られた時間だと分かっていながらも、直秀のそばにいられるのが嬉しかった。

そして精一杯尽くしているうちに直秀の母に頼られるようになり、間もなく直秀の髪を結う役目まで担った。

光子からも言われたものだ。

――髪結いは、わたくしがやらねばならないお役目なのに。

お勢さんはお元気でうらやましいわ。

病が進むにつれて、光子はたびたびふさぎ込むようになった。

女の気持ちの揺れ動きに答えはない。光子が気がふさいで涙すると直秀は困り果て、勢に助けを求めた。その度に勢は直秀の嘆きを受け止め、光子を辛抱強くなだめた。

光子の涙だけではない。桐生家の親戚付き合いも、奉公人たちのことも、子どもたちのことも、いつしか直秀と勢は二人で立ち向かうようになっていた。何かあれば真っ先に相談し、つらいときは励まし合った。

あくまで幼馴染みの仲ではあった。だが、二人で話をしていると、勢は折々にそれ以上のものを感じるようになった。

髪結いのときに固い髪に触れるだけ。着物を着せかけるときも体に触れないようにと気を配っている。それなのに、あたかも一つの着物を二人の体に掛けているように、二人の間の空気が濃くなっていく。

まるで心が通じ合っているような——いや、気のせいだ。そう自分を戒め、勢はつのる思いを打ち消し続けた。気のせいではなかった、と分かったのは直秀の後添いとなり、祝言の夜を二人で過ごしたときだった。

勢は目の前の縁台をぐいと拭いた。

こんな風に記憶も拭き取れればいいのに。

長年、ひそかに抱えてきた直秀への思いがはからずも叶った。生まれて初めて温かな衣ですっぽりと包まれるような喜びを知った。

そしてそれを半年足らずではぎ取り捨てることになった。

体が凍えると死ぬ。なのにどうして心が凍えても死なないのだろう。

勢が冷え切った指先を固く握りしめたとき、澄んだ声が聞こえた。

「どうしましたか」

顔を上げると、いつの間にか慈白がそばに立っていた。

慈白はじっと勢を見つめている。慈白が近づいたのも気づかないほど、思いに沈んでいると察したのだろう。

直秀との間のことは、駆け込んだ日に慈白に話している。くわしく、と言われてすべてを打ち明けた。まだ未練を引きずっていると思われたかもしれない。

勢はそれを打ち消そうと、きっぱり答えた。

「いいえ、何も」

ふむ、と慈白が小さくうなずいた。

「それでは」

慈白の声が合図だったかのように、庫裡の入口から老尼僧が入ってきた。庫裡に出入りして駆け込み女たちの作務や食事の監督を務めている尼だ。

さらにその後ろに風呂敷包みを持った若い女が続く。

慈白は勢を立ち上がらせ、若い女と引き合わせた。

「今日からここで一緒に暮らしてもらう、おさとさんです」

「さとでございます」

小柄で、見たところまだ十五か十六。若さではちきれんばかりの肌がつやつやと輝いている。

丸い瞳と鼻は幼さを残しているが、結った髪は髷ではなくそのまま下ろされ、首の付け根あたりで切り揃えられている。

切り下げ髪――武士の後家だ。

勢はさとをまじまじと見た。

奇妙なのはさとの表情だ。まるで咲きほこるお花畑を見ているかのように、うっすらと笑みを浮かべている。

　さとが勢に見つめられて不思議そうに小首をかしげる。勢は急いで会釈をした。

「勢と申します」

「お勢さん、よろしくお願いいたします」

　さとがしとやかに頭を下げる。きっちり巻かれた反物のように、きりりと引き締まった動作だ。武家は武家でも桐生家よりはるかに格が上——旗本あたりの娘ではないか。

　慈白の指示で老尼僧がさとを連れて寝間に向かう。それを見送っていると、慈白が勢に向いた。

「お勢さんに頼みがあります」

「わたくしに？」

　聞き返すと、慈白が声を落とした。

「おさとさんはまだ十六になったばかりです。ここだけの話ですが、旦那様を亡くされて、三日前、この寺へ」

「後家さんなのですね……。それでは、出家されるのですか？」

　出家——尼になるということだ。武家の女が夫に先立たれて尼になるというのは、ない話ではない。身分の高い女であればなおさら。

　しかし慈白は微笑んだだけでそれには答えず、先を続けた。

「わたくしの元で過ごしていただいていましたが、しばらくこちらで暮らしていただくのもよろしいかと。お勢さんもお一人でいらっしゃいますし」

「はあ……」

「きっとおさとさんは寺の暮らしで分からぬことも心細いこともありましょう。ですから、お勢さんにおさとさんのことを見守ってほしいのです。そして、見張りも」

「見張り？」

「ええ。何ごともなく過ごしているか」

　七つも年下の女をどう見張れというのだろう。それに、今は自分のことで精一杯で、誰かと言葉を交わすのもおっくうだ。

「わたくしのような者に務まるかどうか……」

　やんわり切り出すと、慈白がすっと真顔になった。

　念入りに薄墨で描いたような眉がわずかに寄り、その下の黒い瞳が色を濃くする。通った鼻筋の下で唇が一文字に引き結ばれ、まるで怒れる観音像だ。美しい陶器が割れて鋭くとがったようにも見える。

　勢は気おされ、つい答えていた。

「わたくしにできる限りのことはいたします」

　怒れる観音像が一瞬にして天女に変わった。温かい微笑みがふわりと勢を包む。

「どうか、よろしくお願いしますね」

午後、にわかに雨雲が立ちこめて空が一面灰色になった。

勢は急いで庫裡の軒下につるした干し柿を台所に運んだ。老尼僧から、くれぐれも雨に当てないようにと言いつかっている。小雨くらいなら軒先でも大丈夫だというが、これから来る雨はかなり強そうだ。

運び込むのをおっとりと見ていたさとが、干し柿を珍しそうに見て言う。

「まあ、干し柿にも雨宿りが必要なのですね」

「ええ。雨に当たると干し柿はだめになってしまうんだそうですよ。水気で傷んでしまうから」

調理台に干し柿の紐を並べ、次はまだ固い柿を二人で一つずつ揉み始めた。これは日課だ。降り始めた雨の音を聞きながら、傷めないように気をつけて柿を揉む。勢が隣を見ると、さとはおっかなびっくり干し柿をつまんでいる。勢と同じように、ここに来るまで干し柿作りなどしたことがなかったのだろう。

干し柿を揉むことだけではない。昼餉に湯漬けを食べるときも、さとは茶碗に飯をよそうのもおぼつかなかった。上げ膳据え膳のお姫様だったのがよく分かる。様子をうかがうさとには見張っていなくてはならないような事情があるのだろうか。

勢に、さとが微笑みを向けた。

「お勢さん、あの、この白柿は――」

「白柿？　ああ、ころ柿……干し柿のことですね」

「ええ。いろいろな呼び名があるのですね」

微笑みを深めたさとが「あ」と声を上げた。

さとが干し柿のかけらを勢に見せる。爪が食い込んだのか、柿の端がちぎれたようだ。

「お勢さん、これ、どうしましょう」

「捨ててしまいましょう」

勢がかまどを示すと、さとはためらった。

「せっかくの柿なのに……もったいないです」

さとがかけらを口に入れる。微笑みがぴくりと引きつった。顔をそむけて柿のかけらを口から出し、かまどに放り込む。

「この柿は、まだ渋いのですね」

「ええ。まだ熟していませんもの」

「そうなのですね。これからは気をつけて採まなくては」

能の面をぺたりと張りつけたような微笑みが、さとの顔に戻っている。勢は出会ったときのように、その微笑みをじっと見た。

さとは若くして嫁ぎ、十六になるやならずで後家になった。そして実家になにがしかの事情があって尼寺にやられたのだろう。

そして尼になり、一生田舎の尼寺で暮らす。親に命じられれば逆らうこともできまい。お姫様にとっては何とむごいことだろう。心がとりとめもなくなってしまうのも不思議はない。

さとを見張るように、と言った慈白の意図がようやく分かってきた。

「お勢さん」

気づくとさとが両手で干し柿をえいえいと揉みながら、勢に目で問う。揉み方はこれでいいのかと聞きたいのだろう。

「よろしいのではないでしょうか。わたくしも不慣れなものでよくは」

「はい」

さとが次の干し柿に手をかけながら尋ねた。

「お勢さんは、いつ、このお寺に?」

「一昨日」

「あの駆込門から駆け込んだのですか」

「ええ」

くりっとした瞳が続きを待つように、勢をじっと見ている。勢は手元に目をやった。

「わたくしは後添いだったので。いろいろと」
「大変なことがおありだったのですか？」
大変だったのだろうか。
ひそかに慕っていた直秀の妻になれて夢見心地だった。何があろうと乗り越えられる、と喜びでいっぱいだった。

──お勢さん。

継子、千代が呼びかける可愛い声が、今も耳から離れない。

勢が桐生家に出入りするようになった三年前、千代は七つだった。大らかな弟とは正反対で、内気な母親っ子だった。そして母親の代わりに勢を頼りにするようになった。

光子の病が悪化し、勢が桐生家に泊まり込むようになってからは、千代は眠れないときに勢の布団にもぐり込むようになった。母親はどうなるのかと不安に震える千代を慰めるのも勢の役目だった。

光子が亡くなったときは、千代は食事もとらずに泣き続けた。ようやく口にしたのは、勢が手ずから与えた卵粥だった。

──お勢さん。

千代が呼びかける声が、向ける笑顔が宝物だった。恵まれることのなかった子どもの代わりに、いつしか千代を我が娘のように慈しんでいた。

「お勢さん？」

黙ってしまった勢に、さとが微笑みかける。勢は止まった手をまた動かし、口だけでさとに答えた。

「過ぎたことです」

さとの実家には及ばないにしても、桐生家も武士の家。家の恥を外の者にさらすわけにはいかない。しかし、さとはなおも尋ねる。

「もしかして、今もおつらい思いを――」

「詮索はお控え遊ばせ」

つい口調がきつくなり、さとが真顔になった。勢はたじろいだ。お姫様に何という物言いをしてしまったのだろう。

しかし、さとの顔にはすぐにまた微笑みが浮かんだ。

「すみません。ぶしつけに」

叱られても笑っているのか。勢が少々薄気味悪くなったとき、茶の間から老尼僧が台所に降りてきた。

「お勢さんに文が届きましたよ」

分厚く巻いた紙を差し出された勢は目を見はった。

表書きは直秀の文字。夫からの文だ。

受け取るとずしりと重い。ざらついた紙に触れたとき、なぜか夫の腕の感触を思い出した。

老尼僧が戻っていったあとも、文を手に立ちつくしている勢にさとが問いかけた。

「お勢さん、読まないのですか？」

勢が黙って文をかまどの火にくべようとすると、さとが微笑んだまま勢の手からそれを奪った。

「いけません。読まずに焼いてしまうなんて」

「返してください」

「文は気持ちでございます。捨ててしまうなんてあんまりです」

さとが文を抱え込んだ。はずみで少しほどけた巻き紙が帯に見える。

今の勢はまるで全身を帯で締め上げられているようだ。早く、早く断ち切らなければ息がつまって死んでしまう。

勢は作り笑顔をさとに向けた。

「分かりました。読むだけ読みます」

さとの手から文を受け取り、たもとに入れる。それを見て安心したのか、さとの微笑みが深くなった。

分かっていない、と勢は心の中で嗤（わら）った。

この文を受け取ったのは読むためではない。

干し柿を採み終えたあとは庫裡の座敷で針仕事だ。

勢はさとに、別にやることがあるからと言いおいて座敷を出た。来たばかりのさとには嘘だと分かるまい。

茶の間から台所へ抜け、勢は台所の端にある扉を開いた。

庫裡の端から突き出した形の小部屋は湯殿だ。入ってすぐは脱衣所。引き戸を開けると手前が板張りの洗い場になっている。その奥に檜(ひのき)で作られた湯船がある。

洗い場と脱衣所の間との扉を突っかい棒で閉めきり、勢は奥に向いた。

板張りの洗い場はからからに乾いていても鈍く艶がある。無数の駆け込み女たちの脂が染みこんでいるのだろう。

洗い場の両側にある小さな窓からは雨上がりの陽が射し込み、板の壁と床に照り映えて薄明るい。

勢はたもとから夫の文を出し、巻いてある紙を開いた。

懐かしい夫の文字から目をそらす。すばやく裏返し、端を細長く引き裂いた。そして親指と人差し指でていねいにこよりを作る。

次に木の床が乾いているのを触って確かめてから文を伏せて広げた。そして帯に手を差し入れた。

二つ折りの剃刀を出す。婚家を出るにあたって身だしなみのために持ってきたものだ。開くと刃が鋭く銀色に光った。

勢は唇を噛みしめ、刃を見つめた。

夫と縁を切るにはこうするしかないのだ。縁を切らなければあの家を守ることはできない。

勢が後添いに入ると知った日から千代は別人のようになった。お勢さん、お勢さん、と何につけても勢に甘えていたのが、ぴたりと口をきかなくなった。

喪が明けてすぐに父親が再婚し、勢が後妻になった。そのことに抗っているのだ。あれだけ勢になついてくれていたのに。

千代は勢を手伝いの者としては慕っても、継母となるとそうはいかないのか。母の後釜に座ったことが気に入らないのか。

勢は眠れないほど悩み、いっそ身を引こうかとも考えた。思い切って直秀に相談すると、強く言われた。

――私にも、この家にもおまえが必要なのだ。千代もきっとすぐに落ちつくさ。

しかし直秀と勢が祝言を挙げてから、千代はますます取り付く島がなくなった。義母は勢がいなくなったら大変とばかりに肩入れし、たびたび千代を諭した。

――お千代、お勢を母上とお呼びなさい。

――今はお勢がおまえの母。仲良く暮らさなくては。

千代の弟、直継はといえば、勢をあっさり継母として受け入れた。もともと祖母に育てられたようなもので、病弱な母との関わりが薄かったからだろう。

それらが逆に千代の心をかたくなにしたのではないか。

千代は勢と一切口をきかず、勢の心づくしのおやつや贈りものにも見向きもしなかった。無理をして母と呼ばなくてもいい、と勢が告げても変わらない。見かねた夫が千代を諭すと泣き、叱るとますます自分の殻にこもった。

そして、それだけでは済まなかった。

心を切り裂くような記憶を振り払い、勢は震える手で髪からかんざしを引き抜いた。きっちり結っていた髪がいくつかの固まりとなって肩に、背に落ちる。もつれた髪を懸命に手でほぐした。

駆け込んだ日の夜、共に過ごした駆け込み女から教わった。

――今すぐに離縁をする方法が一つだけあるんですって。

それは、髪を切ること。

　長い髪をばっさり切り落とし、こよりでたばねて慈白に差し出そう。そのために湯殿を選んだ。外では風で髪が散ってしまうし、庫裡の中では見とがめられる。

　ほぐし終えた髪をうなじのあたりでつかむ。鏡はないがかまわない。どんな見てくれになろうと知ったことではない。

　勢は握った手の上の髪に剃刀をあてがった。

　手が冷たくこわばり、剃刀が落ちて床で音を立てた。ああ、と小さく声を上げて剃刀を拾い、また髪にあてがう。

　これで夫との縁も切れる。直秀への思いも一緒に切り捨てるのだ。

　旦那様、さようなら。

　手に力が入らない。無理に動かすと手が震える。

　早くなさい、と自分を叱りつけたとき、壁に何かがごつんと当たる音がした。息を呑んだ弾みに手から剃刀がまた落ちる。音がした方に顔を向けた勢は声を上げた。

　格子をはめた窓の向こうから、さとがこちらに微笑みかけている。

　顔が引っ込んだかと思うと、湯殿の戸が開く音がした。脱衣所と洗い場の境目の引き戸がどんどんと叩かれる。

「お勢さん、お勢さん」

　あまりの勢いに、扉にかませた突っかい棒がずれて落ちた。すかさずさとが引き戸を開け、中に飛び込んできた。

「お勢さん、いけません」

さとが床に目を走らせ、すばやく剃刀を拾った。

勢は取り返そうとさとに詰め寄った。

「それを返してください。わたくしが何をしようとあなたに関係ないでしょう」

「いいえ、お勢さんに何かあればわたくしがおとがめを受けます」

どういうことかと目を見はった勢の前で、さとが剃刀をたたむ。

「わたくしは慈白様から言いつかっているのです。お勢さんに何ごともないよう、しっかり見張るようにと」

「はい？」

狐につままれたような心持ちで、勢はさとに尋ねた。

「おさとさん、それはどういうことでしょう」

「慈白様が、わたくしにお勢さんを見張るようにと。離縁がとどこおってご心痛のようだからとおっしゃって」

「待ってください。わたくしも、おさとさんを見守るようにと慈白様から言いつかったのですよ」

「お勢さんも？」

さとの微笑みが引きつった。そのとき、庫裡から老尼僧の声が聞こえた。

「お勢さん、おさとさん、お夕飯の支度を始めますよ」


夕餉を終えて二人だけになり、勢はさとと茶の間で炉ばたに座った。

炉にかけた鉄瓶から二つの湯のみに白湯を注ぐ。片方をさとに渡すと「いただきます」と受け取った。顔には相変わらず微笑みが張りついている。

勢は改めてさとに切り出した。

「おさとさん。わたくしの剃刀を返してくれませんか」

続いて勢は婚家でのいきさつをさとに話した。離縁するために髪を切りたいということも。

「今すぐに、桐生の家と——夫と、縁を切らなくてはなりません。わたくしはもう、そうするしかないのです」

そう言って勢は継子、千代とのいきさつも話した。

勢は離縁を思いとどまってから、千代の心をほぐそうとさらに努力した。しかし、千代は勢を拒み続けた。

弟の直継、義母や叔母たち、女中までもが千代のかたくなさにあきれ、千代はどんどん家の中で孤立していった。

そしてある日、千代は家を出たまま夕餉の時間になっても帰ってこなかった。近所総出で捜し回る大騒ぎになった。

幸い、夜更けになる前に千代は見つかり、家に連れ戻された。だが、悪びれる様子のない千代に、夫が初めて手を上げた。千代は泣き崩れ、そして倒れた。泣きすぎて息がうまくできなくなったのだ。

そして勢はたまらず縁切寺に駆け込んだ。

「このままわたくしが妻であっては、あの家がだめになってしまいます。二度と戻れないように、ばっさりと断ち切るしかないのです」

「髪を切ってでも……」

さとの微笑みが翳った。

「お勢さんは本当に大切なのですね、旦那様やお子さんたちのことが」

勢は黙って両手で湯のみを包んだ。大切だと認めたら、せっかくの決心が鈍ってしまうだろう。

同じように手で湯のみを包んださとの顔に、ふわりとまた微笑みが浮かぶ。勢は思わずその顔を睨んだ。

「何がおかしいのですか」

「いいえ……すみません。わたくしはおかしいのではありません。笑いたくなどないのに、顔が勝手にこうなってしまうのです」

「勝手に？」

「ええ。もうずっと。旦那様を亡くしたころから」

おかしな話だと勢が首をかしげると、さとは話し始めた。

祝言からそろそろ一年というときに、さとの夫は大雨に打たれたのがきっかけで床についてしまった。まだ幼いさとはどうすることもできずに、ただ泣いてばかりいた。

そうしたら夫が言ったそうだ。

「おさとが泣いているとこちらまで悲しくなる。だから泣かないでくれ、いつも笑っていておくれ、と旦那様が……。それからは、どんなにつらくても、いつも笑顔で旦那様のそばにおりました。わたくしが旦那様にできることは、それしかなかったので」

微笑みに寂しげな影が落ちた。

「旦那様のおとむらいのとき、皆が変な顔でわたくしを見ました。わたくしはおとむらいのときにも、こんな風に笑っていて……笑うまいとしても、顔が自然にこうなってしまうのです。それればかりか、泣くこともできなくなっていて……」

勢はさとが目を伏せるのを見た。

十六になるやならずで夫が死に向かうところを目の当たりにしたのだ。さとはどれほど不安で心を痛めたことか。何もできずに病人のそばにいるつらさは、直秀や千代を見てよく知っている。

だから、亡き夫の言葉が、さとの呪縛となってしまったこともよく分かる。

――泣かないでくれ、いつも笑っていておくれ。

さとが湯のみを口に運び、そして続ける。

「実家の事情で、父上からこの尼寺に入るよう言われました。こんなわたくしを見たからか、慈白様は、このあとのことは、おさとさんが落ちついてからにしようと言ってくださいました」

慈白が勢に、さとを見張れと言った理由がようやく分かった。

さとがぼんやりと炉に目を向ける。

「わたくし、よく分からなくて。これからどうすればいいのか、何をすればいいのか。尼になって仏の道に入ることも、正直、怖くて」

伏せた目が、じりじりと燃える炭に向いた。

ふわりと赤く飛んだ灰がすぐに消えて見えなくなる。それをさとが目で追う。

「ときどき思うのです。あんな風に……わたくしも、ふっと消えてなくなってしまえばいいのにと」

寂しげな顔を見ていられず、勢は目を伏せた。

夫を亡くした上に、髪を落とし仏門に入る——みずからの意思ならまだしも親に強いられた道だ。さとの顔に張りついてしまった微笑みの奥で、どれほどのものが渦巻いているることか。今は痛いほど伝わってくる。

さとがたもとに手を入れた。取り出したのは直秀からの文だ。

「お勢さんのご主人がお勢さんを思っていらっしゃるのは、この文の厚さを見れば分かります。お千代さんも……お勢さんが駆け込み寺に入るほどのお気持ちだと知ったら、お千代さんのお心が変わるやも」

「いいえ、そんな簡単には——」

「わたくし、もったいないと思うのです」

ささやくように小さくなった声が続ける。

「代われるものならいっそ、わたくしがお勢さんに……」

さとが微笑んだままうつむく。

勢は言葉なくそれを見た。

思えば正反対な二人だ。さとは尼になって髪を落とさねばならない。勢はみずから髪を切ろうとしている。夫や継子たちとの縁までも。

直秀の文が炉ばたに置かれている。勢は黙ってそれを手に取った。

——お千代さんのお心が変わるやも。

わずかな希（のぞ）みにすがってしまう自分が、勢は悲しかった。

三日後の昼前、庫裡にいる勢を下役が呼びに来た。

下役について境内を歩きながら、勢は夫、直秀の文に書かれていたことを思い出した。

――千代も此度（こたび）の事深く受け止めている由

――共に打開の道探らんと願いおり候

板塀に穿たれた木戸をくぐり、隣接した寺役場に向かう。下役が引いた木戸から思い切って中に入り、勢は薄暗い土間を見わたした。

土間に敷かれたむしろに座った直秀がこちらを向き、確かめるように勢の顔を見つめている。

その隣に座っているのは千代だ。勢と視線がぶつかると弾かれたように目を伏せる。

勢の胸の中で希みと恐れがないまぜになった。

なぜ、千代まで来てくれたのか。父に命じられていやいや来たのか、それとも千代がみずから望んで来たのか。

下役にうながされ、勢もむしろの上に座った。千代を間に直秀と三人並ぶ形だ。直秀が千代の向こう側から心持ち伸び上がるようにして勢に呼びかける。

「お勢、達者で安心した」

千代は父とは反対に身を縮めるようにうつむいている。寺役場など初めてのはず。きっと怯えているのだ。

勢が千代に声をかけようか迷っていると奥の襖が開いた。座敷に添田が出てくる。添田は古い友人である直秀に小さく会釈をすると、書記に開始の合図をし、ついで土間に並ぶ三人に向き直った。

「此度は娘のお千代も交えて話し合いたいと桐生殿の希望。まずはお千代、正直に今の気持ちを申してみよ」

千代はうつむいたまま身じろぎもしない。直秀が勢に向く。

「お勢が家を出たことを、お千代も深く受け止めて考えた様子。お千代、まずはお勢に詫びを」

千代は口をつぐんだままだ。夫が「お千代」とうながす。

それを見た添田が勢に顔を向け、厳しく告げた。

「お勢殿。お千代が口を閉ざすこの有様、そなたのせいだとは思わないか」

千代が驚いたように横目で勢を見る。直秀が座敷の添田に「待ってくれ」と呼びかけた。だが添田はかまわず勢に畳みかける。

「そなたは桐生殿とお千代が争うのが耐えがたいと家を出た。しかし後添いとなった以上、不退転の覚悟でお千代と向かい合うべきではなかったか。どうだ」

「それは――」

勢が言葉につまると、添田がさらに声を厳しくする。

「此度の駆け込み、そなたはお千代のせいだと申しているも同じ。そのことでお千代がどれだけ心を痛めたか察するに余り有る。そのこと真摯に受け止めるがよい」

ついで添田は千代に顔を向け、一転して優しい口調になった。

「お千代、遠慮することはない。今言いたいことを、この私に向けて全部吐き出すがよい。私はそなたの味方としてここにおる」

勢が直秀に顔を向けると視線がぶつかった。直秀も勢と同じことを察したようだ。添田は千代が口を開きやすいように、勢にわざと厳しく当たったのではないか。

果たして、千代がようやく顔を上げた。そして、添田に向けて蚊の鳴くような声を絞り出した。

「千代は……ここに入りとうございます」

「ここ？」

「はい。この、満徳寺に」

千代が小さく息を吸いこみ、そしてきっぱり言った。

「尼になりとうございます」

「お千代、何を言う」

直秀が娘の反乱に面食らっている。千代はかまわず父に訴える。

「千代はこのお寺に入って尼になります。母上の供養をして生きていきます。だから……お勢さんは家に戻って」

「お千代、馬鹿なことを言うな」

父親に叱られると千代は初めて顔を上げ、勢をまっすぐに見た。

「千代さえいなければ、父上も直継もおばあさまも、お勢さんも、皆仲良く暮らせるでしょう」

「お千代」

打って変わって厳しい声で呼びかけた添田に、千代がびくりと身をすくめた。

添田が目をむき、千代に身を乗り出す。

「そなたに尼寺の何が分かるというのか。尼寺は逃げ場ではない。尊い役目を果たす場、御仏に仕える道なのだ。それを軽々しく口にするとは不届き千万」

千代がわっと泣き出した。直秀が懸命に千代をなだめる。

勢はどうすることもできずに、ただそれを見ているしかなかった。

結局何一つ解決しないまま、取調べは打ち切りとなった。

寺役場を出て木戸をくぐる。後ろで木戸が閉まる音がすべての終わりを告げる。勢はいたたまれずに境内を奥へと向かった。

庫裡に入り、台所に出ると、慈白とさとが前掛けをつけて作業台を囲んでいる。さとが相変わらず微笑みながら勢に問いかける。

「お勢さん、旦那様やお千代さんとのお話し合いは終わったのですか？」

どう答えていいのか分からずに目を泳がせていると、慈白が軽やかに呼びかけた。

「話はおいおいにして、まずはこちらを手伝ってくださいますか」

作業台の上にある大きなざるには、柚子(ゆず)がいっぱい盛られている。まるまると実り、つやつやと金色に輝く柚子の一つを慈白が手のひらに載せて勢に見せる。

「以前、こちらにいらした方がたくさん持ってきてくださったのです。お庭で採れたからと。ほら、香りのよいこと」

慈白が今度は皮をむきかけの柚子を取り、勢に差し出す。うながされて勢は香りを吸いこんだ。

爽やかでほろ苦い香りが鼻孔から流れ込む。かすかな刺激が全身に広がり、寒さと緊張で強ばった体を優しくほぐしていく。

心地よくて二度、三度と吸いこんでいると、慈白が微笑んだ。

「柚子の香りは人の気持ちを落ちつかせるそうですよ」

さとが「まあ」とむきかけの柚子を顔の前にかざす。

「本当ですね。皮をむいていたら、何だか今までになく気持ちがゆったりします」

「お勢さん、柚子の皮をむいてください。皮を煮て掃除に使います。中身は塩漬けに」

慈白に言われて勢は手を洗い、二人と一緒に柚子の皮をむき始めた。

包丁で柚子の上下を切り落としてから、固く張った皮をむく。刃を立てると柚子の香りが立ち上る。むいた皮を広げると、漂う柚子の香りがますます濃くなる。

柚子の香りを吸いながら皮をむくうちに、言葉がぽろりと口をついて出た。

「お千代さんが、こちらに入りたいと言うのです」

さとが手を止め、目を丸くした。

「こちら？　この満徳寺に？」

「ええ。お千代さんは尼になりたいと言うのです。だから……だから、お勢さんは家に戻って、と」

「まあ……」

さとの微笑みがぴくりと引きつった。慈白も柚子をむく手を止める。

勢は二人に、直秀や添田の驚きようと、話し合いが打ち切りになったことを告げた。

淡々と告げようとしても、どうしてもため息がこぼれてしまう。

「驚きました。そこまでわたくしはお千代さんに嫌われているのかと……。まだ幼いのに、尼寺に入ってでも、わたくしと暮らすことを拒みたいなんて……」

「尼寺に入ってでも……」

慈白が首をかしげた。

「お勢さんは今、家を出て縁切寺に入り、離縁すると言っているではないですか。それなのになぜ、お千代さんはわざわざ尼寺に入ると？」

それもそうだ、と気づいたが、すぐに思い出した。

「尼になって、亡き母の供養をしたいとお千代さんは」

さとが「そんな」と目を伏せた。

「お千代さんは本当にお母上のことが好きだったのですね……」

柚子にうっかり爪を食い込ませたのか、さとが声を上げて目を押さえた。柚子の汁が飛んで入ったようだ。

「痛っ……痛たたた」

それでも顔は微笑んでいる。

――いつも笑っていておくれ。

さとの亡き夫も罪なことを言い残したものだ。遺言という名の足かせ――そう思ったとき、勢の心にも鋭いしぶきが飛んだ。

もしかして。もしかしたら。

あのときの千代の声が聞こえる。

——お勢さんは家に戻って。

勢は手にした柚子を作業台に置き、慈白に向いた。

「すみません」

返事を待たずに勢は茶の間に上がり、玄関に走った。

そのまま境内に飛び出し、参道をつき進む。そして木塀に駆け寄り、寺役場に続く木戸を叩いた。

すぐに下役が木戸を開けて顔を見せる。勢は飛びつくように尋ねた。

「桐生様とお千代さんは」

「もうとっくに帰った」

「お千代さんに話があるのです」

「添田様に伝える」

「今でなければ……！」

木戸を飛び出そうとする勢の前に下役が立ちふさがる。押し戻そうとする下役に必死で抗っていると太い声が聞こえた。

くなった。

「慶蔵」

下役の向こうで通りかかった添田が、傍らの慶蔵に外を顔で示す。

慶蔵が外塀に向けて駆け出す。そしてひらりと身を躍らせ、板塀を跳び越えて見えなくなった。

勢は添田の命でお腰掛けに入った。

広さ一坪ほどで木の縁台があるだけの小さな土間だ。駆け込み女が身内と面会するときのために設けられている。

手を口に当て、じっと縁台に座って待つ。やがて障子戸越しに人影が見え、勢は身をこわばらせた。

障子戸が小さくきしみながら開く。勢は立ち上がった。

障子を開けた下役が「入れ」と後ろに呼びかけて退く。千代が現れた。慶蔵が追いついて呼び戻したのだ。

迎えた勢を見て、千代がすぐに目を伏せた。

「入れ」

下役が重ねて千代にうながす。千代がうつむいたまま、ようやく中に入った。

そのすぐ後ろで障子戸が閉まる。

そのまま動かない千代に、勢は優しく呼びかけた。

「お千代さん、すみませんね、呼び戻したりして。こちらに来て座ってちょうだい」

それでも千代は動かない。じっと身を縮めて立ち尽くしている。

勢は思いつき、立ち上がって千代に向けて手を差しのべた。

「お千代さん。この香り、分かりますか」

千代が鼻で小さく吸いこんだ。気づいたのか瞼が上がる。

「分かります？」

「……柚子」

蚊の鳴くような声で千代が答える。

柚子をいくつかむいた勢の手には香りが染みついている。千代を待ちながら勢が手を口に当て、吸いこんでいた香りだ。

千代がようやく縁台に歩み寄り、勢と間を置いて座った。千代も柚子の香りのおかげで、少し心がほぐれたかもしれない。慈白のおかげだ。

勢も縁台に座り、ついで千代に体を向けた。

「お千代さんは尼になりたいと言いましたね。この満徳寺、尼寺に入り、奥様――お母上の供養をして生きると」

千代がうなずく。勢は思い切って続けた。

「もしも……もしも、見当違いだったらすみません。お千代さんはもしかしたら、亡くなったお母上のことを気にしているのではないですか？」

うつむいていた千代の顔が弾かれたように上がった。まじまじと勢を見つめる。やはりそうだったのだ。

床について長かったから仕方ないことだが、亡き前妻は病が進むにつれてたびたびふさぎ込んだ。

——お勢さんが子どもたちの世話をするのがうらやましいわ。

——私だって、元気だったらお千代や直継にいろいろしてやれるのに。

生前のそれを千代も聞いていたとしたら。

「お千代さんは、わたくしに甘えたり、仲良くしたり、いろいろしてもらっては、お母上が悲しむ——そう思っているのではないですか？」

夫を亡くしたさとが、夫の言葉に縛られて微笑みを消せなくなったように。

母親を失った悲しみの中で、千代の心に生前の母親の言葉が重くのしかかっているのではないか。幼い心をがんじがらめにしているのではないか。

「だから、お千代さんは尼になるなどと言い出した」

慈白が引っかかったとおりだ。

――お勢さんは今、家を出て縁切寺に入り、離縁すると言っているではないですか。

それなのになぜ、お千代さんはわざわざ尼寺に入ると？

勢のことが好きで嫌い――千代にはどうしようもなかった。精いっぱい考えたのが、尼になって桐生家を出るということだったのだ。

千代は一文字に口を引き結び、じっと前を見ている。

言い過ぎただろうか、違っていただろうか。

勢が不安になったとき、ようやく千代が口を開いた。

「母上が亡くなる少し前……みんな出かけて……千代だけが母上のおそばにいたときに、母上が……」

千代が言いよどむ。勢が待っていると、やがて千代が続けた。

「母がこの手でおまえを育てたかった。もっといろいろしてやりたかった。お勢さんがおまえや直継の世話をしているのを見ると、もどかしくてせつなくて胸が張り裂けそうだ。そう言って身も世もなくお泣きになって……」

千代も涙声になった。

「母上が、かわいそうで……お勢さんは、悪くないのに……母上の、あのときのお顔が浮かんで……どうしても、どうしても……」

ぽとぽとと涙が膝に落ちる。千代が涙でかすれた声を絞り出した。

「ごめんなさい……」

しゃくり上げる千代に向けて勢は膝を進めた。腕を伸ばし、千代を引き寄せて抱きしめてやりたい。けれど勢はかろうじて自分を押しとどめた。

それは母親がすることだ。

代わりに勢は、明るく千代に告げた。

「いいんですよ。勢は知っています。お千代さんがお母上のことが大好きで、大切にしていたのを、よーく知っています。この三年、ずっとお千代さんのことを見てきたんですから。だから、ね、もういいんですよ。何にも悪いことはないんですよ」

千代の泣き声が高くなる。

抱きしめる代わりに、勢は千代の細い腕を着物の上からさすった。手についた柚子の香りが少しでも千代に届き、その心を和ませてくれるよう祈った。

「お母上の言葉のせいだったのですね……」

その夜、夕餉を終え、炉ばたで向かい合ったさとに、勢は千代とのことを話した。さとがしみじみと目を伏せた。

「わたくしは、お千代さんの気持ちが分かります。亡くなった人の言葉を何度も何度も思い出してしまう。そのたびに新たに言われているようで。くり返し、くり返し……」

勢は何も言えず、炉の火を見ながら湯のみを口に運んだ。

柚子の香りが立ち上る。夕飯の柚子和えに使った柚子の残りを白湯にしぼったのだ。香りを吸いこむと、ずしりと重い心が少しだけほぐれる。

千代は今ごろどうしているだろう。

お腰掛けで泣き止むのを待ってから下役に託し、父親のもとに連れられていくのを見送った。そのあと勢は寺役場で添田と話した。

「やはり、わたくしが後添いに入るのが早すぎました」

千代と直秀の争いを思い出した。千代は父親に言えばよかったのだ。亡き母親のことが気にかかると。

だが、千代は父親にそう告げることができなかった。母が亡くなったばかりなのに父はさっさと再婚した、と不信感を抱いたのではないか。娘として抵抗もあるだろう。

「結局、わたくしが桐生家を不幸にしていることに変わりなかったのです」

お腰掛けにいるときも、千代は最後まで自分から勢に近寄ってくることはなかった。

――ごめんなさい……。

あれは勢を苦しめたことを詫びたのではない。受け入れられないことへの詫びだ。

勢は作り笑いを浮かべて智栄に向いた。

「わたくしは、やはり桐生の家を出ます。離縁していただくわ」

「だけど……」

「気持ちの区切りがつきました　添田様にもそう伝えました」

事情を話すと、さすがの添田ももう止めなかった。

勢は炉端に置いておいた柚子皮を取り、また白湯にしぼった。

「もういいんです。お千代さんはわたくしのことを本当は思ってくれていた。わたくしのために、尼になって家を出るとまで言ってくれた。もう……もう、それだけで……」

涸れたはずの涙が込み上げて頬をすべった。

「嫌だ、柚子が目に染みました」

勢は指で涙を拭った。照れ笑いを向けると、さとがうなだれている。

すべらかな頬を涙がぼろぼろとこぼれ落ちている。張りついていた微笑みの面が奇妙にゆがみ、口がへの字になっている。

「まあ、どうしておさとさんが泣くのですか」

「すみません……」

涙に濡れた目をさとが拭う。勢までつられてまた泣いてしまいそうだ。

「おさとさん、泣いてはいけません。わたくしは大丈夫。おさとさんのおかげですよ」

「わたくしの？」

赤くなった目が勢を見つめる。勢は「ええ」とうなずいた。

直秀からの文を焼き捨てようとした。髪を切って直秀や千代を切り捨てようともした。そうしていたら、今ごろどうなっていただろう。

「おさとさんがそれを止めてくれたから、お千代さんの気持ちを知ることができたのです。わたくしは、おさとさんのおかげで救われたのですよ」

勢はさとに向けて精いっぱい微笑んでみせた。

「そうだわ、おさとさん、いいものをお持ちしましょう」

勢は茶の間から台所に降りた。壁に並んだ棚の中から小さな壺を取り、茶の間に戻る。

二人で湯のみの白湯を飲み干してから、勢は壺を開けた。湯のみに向けてかたむけ、慎重に中身を入れる。さとが目をこらす。

「これは、お茶ですか？」

「ええ。わたくしが駆け込んだ日、泣いていたら一緒にいた駆け込み女が呑ませてくれました」

二つの湯のみにお湯を注いだ。充分に蒸らしたところでさとに勧め、自分も口に運んだ。

一口すすったさとが目を輝かせる。

「甘い……これ、甘茶ですね」

「駆け込み女の間で昔から伝わっているんですって。どうしようもないときに飲むように、って。駆け込み女はしょっぱい涙をたくさん流しているから、甘いものが要るんですって」

「そうですね、とってもおいしい」

さとが赤くなった目を細めて笑う。面ではない、本物のさとの微笑みを初めて見た気がした。


あのときの笑顔を思い浮かべると、今はたまらなく胸を締めつけられる。

二日後の朝、本堂に座った勢は唇を噛んだ。

晩秋の寒さが板床を氷のように冷たくしている。本堂の空気はぴんと張りつめて、外を飛ぶ鳥の羽ばたきが聞こえるほど静まり返っている。

そして御本尊の前には、切り下げ髪をほどいて洗い、乾かしたばかりのさとが座っている。

勢はそのななめ後ろに座り、さとと慈白を見守っている。

張り詰めた空気を切るように慈白の手が動いた。鈍い音とともに剃刀が動き、勢は思わず身をすくめた。

慈白がさとの髪に当てた剃刀で最初の一束を落とす。つやつやと輝く髪が、慈白の左手からくたりと垂れ下がる。

障子越しに射し込む淡い陽の光が、小さくむき出しになったさとの地肌を青白く照らした。

仕立て上がりの作務衣を着たさとは緊張した面持ちで座っている。小さな体は身じろぎもしない。

勢は盛り上がった涙を懸命にまばたきで押し戻した。

さとはどんな思いで俗世に別れを告げているのだろう。

勢が千代の本心を知り、一緒に泣いた日の翌朝、さとは朝のお勤めを終えたあと慈白に告げた。

――わたくし、出家しとうございます。

勢は声も出ないほど驚いた。

自分と同じように、さとも眠れず夜を明かしたことは気配で察していた。だが、それにしても急過ぎる。あんなにためらっていたのに。

自分もふっと消えてなくなってしまえばいい。さとはそう言っていた。

己の意志とはかかわりなく、実家の事情で尼寺にやられた。俗世から引き離された。

そのとまどい、やるせなさを察した慈白が猶予の時間を与え、さとは庫裡で過ごすようになったのだ。

本気なのかと確かめた勢に、さとは微笑んだ。

――わたくし、あのときのお勢さんを見て改めて思ったのです。

皆、自分の心に区切りをつけ、前に進んでいくのだと。

さとを見ると、まっすぐ前を――御本尊を見つめている。固く引き結んだ唇が決意を示しているようだ。

――おさとさんのおかげで救われた……。

お勢さんがあのとき、そう言ってくださって嬉しかった。

初めてわたくしに笑顔を見せてくださって嬉しかった。

あのとき、わたくしはこの先の道がやっと見えたのです。

尼になり、御仏に仕え、そしてこの寺にやってくる方々の支えになろうと。

それがわたくしに与えられた道なのだと。

そして慈白の許しを得たさとは、二日後の今朝、髪を落としている。

慈白が剃刀を振るい、さとの青白い地肌がどんどんあらわになっていく。

そばに置かれた和紙の上に、黒く艶やかな髪が積み上げられていく。それが鋭い剣のように胸を刺し、勢は思わずうつむいた。

さとは勢が心の区切りをつけたと信じている。だから自分も区切りをつけるのだと。

しかし勢の心はまだ、直秀に囚われたままだ。

これから直秀のいない人生が死ぬまで続く。そう覚悟を決める一方で直秀のことを考え続けている。忘れようとすればするほど振り返ってしまう。

いっそ、さとではなく自分が出家すればよかったのではないか。勢が冷えた指先を握りしめたとき、慈白が告げた。

「終わりました」

顔を上げた勢は小さく息を呑んだ。

こちらを向いたさとの髪はきれいさっぱり落とされている。

青々と剃り上げた頭が寒そうだ。髪を落としたせいで、小さく丸い目が前より大きくなったように見える。

慈白はさとの首の周りに巻いた布を外した。そして手鏡を取り、さとに差し出した。

さとは手鏡を受け取り、こわごわ覗いた。そして、肉付きのよい頬を紅潮させた。

「まあ……つるつるですね」

さとの顔に張りついた不自然な笑みはもうない。生き生きとした笑顔がゆがみ――くしゃみをした。

慈白は傍らに置いていた布を手に取り、広げてさとの頭に被せる。慈白がつけているのと同じ頭巾だ。

「おさとさん、暖かい季節になるまではこれを。風邪をひかないように」

「はい。ありがとうございます」

さとが勢に向き、どうだろうか、と尋ねるように頭を少しかたむける。勢は微笑み、うなずいてみせた。

だが、うまく微笑みが作れなかったのだろう。さとが勢を励ますように「大丈夫」と告げた。

「柚子の香りのおかげです」

「柚子？」

「ええ。剃髪の前にお掃除したとき、この間作った柚子水で床を拭いたのです。目を閉じて柚子の香りをかいでいたら緊張がほぐれました」

勢はさとに言われて初めて気づいた。本堂に、ほのかに柚子の香りがただよっている。

さとが不思議そうに勢を見る。

「この香り、お勢さんは気づきませんでした？」

「ああ……ええ」

勢があいまいな返事でごまかすと、慈白が剃刀を箱に収めながら静かに言った。

「香りは頭で感じるもの。他のことを考えていたら押し退けられてしまいますから」

勢は胸をどきりと高鳴らせた。直秀を思っていたことを慈白に見透かされたような気がしたのだ。

慈白は素知らぬ顔で、次に漆の文箱(ふばこ)を開ける。そして、中から白い紙を出し、さとに向いた。

「おさとさんの名前を決めました」

「はい」

さとがまた緊張した面持ちになる。慈白が紙を広げた。

「おさとさんの名はさとこ。智恵の智に子どもの子と書いて智子。ですから、智栄と」

「ちえい……」

さと、改め智栄が新しい名を噛みしめる。「智栄」と慈白が繰り返し、命名の紙を差し出す。

「栄という字の上には火が二つ。かがり火を表します。そして、下に木。かがり火のように明るく花咲くという意味があるそう。あなたがこれから道に迷った人の心を照らし明るくするようにとつけました」

「はい……」

智栄が真剣な面持ちでうなずき、命名の紙をうやうやしく受け取った。慈白が優しく智栄に微笑みかける。

「あなたらしく。どんな名前で呼ばれようと、あなたはあなた。大切なのはあなた自身ですよ」

うなずいた智栄がくすりと笑った。

「干し柿のようですね。ころ柿、白柿、干し柿。どんな名前で呼ぼうと味は同じ」

智栄の頰についた髪の切りくずを、慈白がそっと指で払う。姉妹にも母子にも見える二人を見ながら、勢は心の中で繰り返した。

――どんな名前で呼ばれようと、あなたはあなた。

自分は直秀の妻という名を失うところだ。妻でなくなった自分は、直秀にとってはどういう存在なのだろう。勢はぼんやりと思いを巡らせた。

数日後、勢は寺役場に出向いた。中に入ると、土間のむしろに座った直秀がこちらを向いた。慈白を通じて添田に頼み、今日は一人で来てもらった。

藩校と私塾の仕事で忙しいのだろう、直秀はこの前よりもさらに面やつれしたように見える。しかし、勢が座るのを待たずに呼びかける。

「お勢、気持ちが変わったのか」

　返事の前に座り、まずは座敷からこちらを見守る添田に頭を下げた。そして、隣の直秀に改めて向き直った。

「わたくしの気持ちは変わりません。桐生の家には戻りません。離縁していただきとうございます」

　添田が不機嫌な声を出す。

「ならばなぜわざわざ桐生殿を呼んだ」

　言わなければ。勢は息を吸いこんだ。

　だが、口から言葉が出てこない。うつむいていると、直秀の怪訝そうな声が聞こえた。

「お勢？」

　勢は思い切って顔を上げ、必死の思いで直秀を見た。そして、恥ずかしさをこらえて口を開いた。

「旦那様、わたくしを……わたくしを、旦那様のおそばに置いてくださいませんか」

「戻ってくるということか」

　直秀が勢いづく。勢はかぶりを振り、必死で告げた。

「その……離縁して、おそばに置いてほしいと……」

「離縁して……？」

直秀がぽかんと勢を見つめる。

はい、と消え入りたい思いで答えた。たまらず目を伏せると、直秀が体をぶつけるかのように勢に迫る。

「お勢、何を言っている。私たちは夫婦ではないか。それなのに、わざわざ離縁をして、その上でそばにいる？　それではまるで妾ではないか」

「桐生殿の言うとおりだ。お勢殿、理由を述べよ」

勢は顔を上げ、直秀に告げた。

「わたくしは桐生の家を出たいのです。そして、許されるものなら旦那様を支え、陰ながら身の回りのお世話を……」

「ならぬ。お勢が身を引く必要がどこにある。堂々と妻として、桐生の家を、私を支えてもらいたい。それが筋ではないか」

「いいえ」

直秀の言葉が嬉しくて涙が込み上げる。ぐっと呑み込んで勢は訴えた。

「今のわたくしをお千代さんが受け入れられないことはよく分かりました。誰が悪いのではない。ただ、早すぎたのです」

直秀と義母に後添いにと望まれてすぐに承諾した。初恋の直秀と結ばれる喜びで周りが見えなくなっていた。

あのときもっと千代のことを考えていれば——慎重になっていれば、ここまでこじれることはなかったのだ。

「旦那様のお言葉は大変嬉しゅうございます。もったいのうございます。ですが、桐生のお家に無理にわたくしを入れても必ずやゆがみが生じ、ひびが入るでしょう。わたくしは、それが怖いのです」

「しかし、お勢」

「名前などどうでもよいのです」

勢はきっぱり言い切った。

「旦那様の妻であろうと妾であろうと、わたくしはわたくしです。世間からどう見られようと構いません。ただ、旦那様のおそばにいたいのです」

直秀が絶句した。

代わりに添田が「お勢殿」と呼びかける。

「そなた、自分が桐生の家から後添いに望まれた理由を覚えておるか」

取調べで話したことを思い出した。直秀も話しているかもしれない。ぎょろりと添田が眼光を強める。

「女手を必要とする桐生殿の母上は、早々にそなたの後釜を探すだろう。別の女に妻の座を取って代わられる覚悟、果たしてそなたにあるのか」

「添田殿」

直秀が上げた抗議の声を勢はさえぎった。

「ございます」

直秀の母は前妻の喪が明けぬうちから、勢に後添いになるようにと迫った。それを思えば十分にありうることだ。

「お千代さんと直継さんに受け入れられた方が、旦那様の後添いになるのであれば、わたくしは身を引きます。妾となる以上、そのことは覚悟しております」

「ならぬ。そもそも妾になるということがおかしいのだ。そうだろう、添田殿」

直秀が助けを求めるように座敷の添田を見上げる。

添田はあきれているのか、口を一文字にして目をむいている。

雷を落とされると勢が身がまえたとき、添田は落ちついた声で直秀に答えた。

「桐生殿。ここは、お勢殿の言うことを聞いてみるのはどうか」

「そなたは私に、お勢を妾にしろというのか?」

お勢は意外な思いで添田の顔を見た。これまで通り、添田は何が何でも帰縁するように言うと思っていたからだ。

添田が話し合いを記録する書記たちへと手を上げた。書記が筆を止めたのを見てから、直秀に向き、初めて表情を柔らげた。友人に話すように口調が砕けた。

「桐生殿。ここはしばし待つという道もあるのではないか。ものごとには機が熟すのを待たねばならぬときがあるではないか」

＊

そして、あれから三年が過ぎた。

本堂正面の階段を降りた勢は、境内をぐるりと見渡した。

赤城おろしから身を守ろうと道行(みちゆき)を体に巻きつけた。早くも冷たくなった両手を握りしめながら、本堂に向かって左に折れた。

渡り廊下の先になつかしい庫裡がある。

玄関の障子戸は閉めきられている。砂ぼこりの多い季節にもかかわらず、どこもあのころと同じようにきれいに拭き上げられている。

一月にも満たない滞在だったのに、一生忘れられない場所だ。押し寄せる思い出で頭をいっぱいにしながら、庫裡の裏手に向かう。

三年前と同じように、軒下に干し柿がつるしてある。雨宿り、と智栄が言ったことを思い出した。

勢もあのとき、雨宿りをしていたようなものだ。人生に降る雨で凍えそうになってこの寺の軒を借りた。そしてそこには、同じように雨宿りをしている者がいた。庫裡の裏口に勢が目を向けたとき、ちょうど作務衣姿の尼が出てきた。

「まあ、お勢さん」

頭巾を被った智栄が目を丸くしている。

あのころより智栄はだいぶぽっちゃりとした。作務衣姿も手伝って、まるで幼い男の子のようだ。

しかし、智栄はくりくりとした目で心配そうに勢を見回す。

「お勢さん、まさか、また駆け込みを……？」

「いいえ」

勢は苦笑した。突然縁切寺に現れたのだから、そう思われても仕方ない。

「慈白様にお話があって参ったのです。ですが、お取り込み中だったので」

駆込門から中に入り、慶蔵に境内に入れてもらった。本堂の障子越しに様子をうかがうと、慈白の穏やかな話し声と女がすすり泣く声が聞こえた。

今、慈白は駆け込み女と話をしているのかもしれない。ならば終わるのを待とうと裏に来たのだ。

それを説明すると、智栄が林檎のような頬をほころばせた。

「そうだったのですね。台所の窓からお姿が見えてびっくりしました。さあ、寒いから中に入りましょう」

　智栄に連れられ、勢は裏口から庫裡の中に入った。

　台所に足を踏み入れると、作業台の前に前掛け姿で立っている若い女が振り返った。

　智栄が勢に女を示す。

「おなつさんです。こちらで離縁なさって、今はここで暮らしています」

「なつです」

　ぺこりと頭を下げたなつに、勢も名乗って挨拶をした。智栄がなつの手元を見る。

「おなつさん、どうしました？」

　手元のまな板の上には、切りかけの長芋が放り出されている。なつが顔をしかめる。

「ぬるぬるして上手くむけないのです。わたしはこれまで、とろろにするにも皮をむかずにおろしていたから」

「まあ。貸してくださいな」

　智栄が長芋と包丁を取り、くるくると皮をむく。三年前は茶碗に飯をよそうのもおぼつかなかったのに、今は頼もしいものだ。

　智栄が髪を落としたときに言ったことを思い出した。

　――この寺にやってくる方々の支えになろうと。

　それがわたくしに与えられた道なのだと。

慶蔵から聞いたが、三年前に駆け込み女の世話をしていた老尼僧は亡くなったそうだ。今は智栄が庫裡の台所まわりや駆け込み女たちの作務を見ているという。

智栄はてきぱきと長芋を切っている。勢が思わず微笑むと、手を拭いていたなつが勢に問いかけた。

「お勢さんは、ええと、ここで……」

なつが言葉を探して目を泳がせる。離縁をしたのかと聞きたいのだろう。勢は答えた。

「離縁？　ええ、したわ」

智栄が包丁を止め、心配そうに勢を見る。

「あれからは……」

「あのときここで言った通り。旦那様の『妾』にしてもらいました」

「旦那様の、妾……？」

なつが眉をよせた。もっともだと思いながら、勢は離縁してからのいきさつを、なつと智栄に話した。

勢は直秀と離縁して妾になると両親に告げた。その場で父親に勘当され、勢は桐生家にほど近い場所に間借りをして一人で暮らし始めた。近所から縫い物を引き受けて日銭を稼ぎ、生計を立てた。

添田が見越したように、すぐさま直秀の母が勢のもとに飛んできた。そして、息子と復縁して桐生家を守ってくれと泣いたり脅したりして頼んだ。しかし、勢はきっぱり断った。

直秀は足しげく勢のもとに通い、復縁しようとくり返した。母親から女手が足りないと相当泣かれたようだが、直秀は妻は勢だけだと譲らなかった。そして、仕事に加えて子どもたちの面倒まで見て辛抱してくれた。

それだけで勢は嬉しかった。桐生家にいたころのように、直秀の衣類をつくろい、髪を結えるだけで幸せだった。

「まあ……」

ぬか床を運んできた智栄が複雑な顔をする。なつは目を丸くして勢に尋ねた。

「お妾さんになるからと言って離縁したのですか？　よくまあ……添田様が許してくれましたね。なかなか離縁をさせてくれない、縁切寺の閻魔様なのに」

添田のいかつい顔立ちを思い出し、勢はくすりと笑った。そして、なつに教えた。

「添田様は、ご自分も離縁をなさっているからじゃないかしら」

直秀から聞いたことだ。

勢が最初の夫と暮らしていたころのことだ。添田の元妻は姑や小姑と折り合いが悪く、子どもを置いて出て行ってしまった。

離縁が成立したあとで、添田は姑――自分の母親が話を大げさにふくらませていたことを知った。添田はあわてて妻に復縁を持ちかけたが、妻は拒み、間もなく別の男と再婚してしまった。

「わたくし、旦那様からそれを聞いて思ったの。だから添田様は、駆け込み女の離縁に慎重なのではないかと」

智栄が取り分けたぬかに長芋を漬けながら、小さくうなずいた。

「きっとご自分のような過ちを繰り返してはならないとお思いなのでしょうね。心に刺さったとげなのでは、と慈白様も気にしていらっしゃいました」

まあ、と、なつが感じ入ったようにうなずき、ついで寺役場の方へと顔を向ける。

「添田様はご自分の経験が元で、離縁のお裁きに対して慎重になられているのですね。初めて知りました」

「ええ、そして、慎重だったからこそ、旦那様とわたくしの離縁を認めてくだすったのだと思うわ」

添田は旧友である直秀の性格を知っている。だから思ったのだろう。これは離縁であって離縁ではないと。

勢が直秀の妾になって一年後、思いがけないことが起きた。直秀との間に子を授かったのだ。前の結婚で子ができずに離縁され、母になることをあきらめていただけに、勢の喜びはひとしおだった。

一方で勢は前妻光子の無念を改めて知った。千代と直継の面倒をろくに見ることができず、他人である勢に任せることは、光子にとってどれほどつらかったことだろう。

直秀は娘の誕生を機に復縁しようと勢に告げた。お家のために早く別の誰かと再婚しろと、直秀は周り中から迫られただろう。それでも勢だけを見てくれた。

勢はそのことに涙が出るほど感謝した。だからこそ、直秀父娘（おやこ）の邪魔はできない。何と言われても直秀との復縁を拒み続けた。

だが、そのうち直継が勢と娘のもとにやってきた。父親から妹の誕生を聞かされ、矢も盾もたまらず来たという。八つ離れた妹の誕生を直継は喜び、それから足しげく勢の家を訪れるようになった。

そして、ついに千代までもが訪れた。

十三になり見違えるほど大人びた千代は、勢に向かって頭を下げた。

――待ってくれてありがとう。

わたしもようやく気持ちの区切りがつきました。

お勢さん、桐生の家に戻って。

生涯、父上を支えてあげてください。

戻って、と千代が言ってくれたことが、何より嬉しかった。

「そしてわたくし、桐生の家に戻りました。正式に旦那様と復縁します。今日はそれを、慈白様と智栄様に報告しに参ったのです」

幼い娘は桐生家に——千代と直継に預けて来た。千代も直継も妹を猫かわいがりしている。

智栄となつが顔を輝かせた。

「お幸せになられたのですね」

「おめでとうございます」

勢はなつに微笑み、ついで智栄の手を握った。

「ありがとうございます」

慈白のはからいで智栄と二人、この庫裡で人生の雨宿りをした。雨雲に覆われた屋根の下で過ごした。やるせない時間を乗り越えて雨上がりを迎えられたのは、智栄がいてくれたからだ。

ひとしきり皆で喜んだあと、智栄が手を洗い、盆を運んでくる。

「三年前のあのときはまだ食べられませんでしたが」

白湯を入れた三つの湯のみと一緒に干し柿が載っている。白く粉をふき、十分に熟している。

「さあ、お味見をしましょう」

口に入れると、しゃりっとした砂糖のような歯ごたえとともに甘味が口に拡がる。思わず頬がゆるんだ。

機が熟した、という言葉の意味が分かる。

直秀が去ってしまうのではと切なくなることもあった。直秀の母に新しい後添いを探すと言い放たれて悲しくなったこともあった。

それでも待ってよかった。

あのとき、添田が言ったとおりだ。

――ものごとには機が熟すのを待たねばならぬときがあるではないか。

最終話

駆け込み女たちの芯

本堂から庫裡に戻ったなつは、茶の間に入って炉ばたに座った。赤々と燃える炭を見ていると、風にあおられた砂ぼこりのように灰が舞い立つ。ため息をついた口を閉じ、顔をそむけて残りを吐き出した。

その音がやけに大きく聞こえて余計に気持ちが沈む。

いつも静かな満徳寺だが、寒さ除けに障子を太鼓張りにしてから、さらに静かになった。そして今日、中門の向こうにある駆込門が閉め切られた。

毎年のしきたりで、駆込門は一月十七日に閉ざされる。しばらくの間、駆け込み女は二カ所ある通用門から受け入れる。次に駆込門が開くのは四月十七日だ。

なつが縁切寺、満徳寺に駆け込んだのは去年の四月。ちょうど駆込門がふたたび開いたころだ。

夫、倉五郎の女遊びに耐えかねて、縁切寺に「お試し」で駆け込んでこらしめようとした。ところが何の皮肉か、この寺で夫の情女（いろ）、はるとばったり出くわした。

そしてはると一緒に過ごすうちに、倉五郎がなつとはるの両方を騙していたことが明らかになった。この寺の尼住職、慈白の助けを得てなつは離縁し、はるは執心切れ——

証文をもって倉五郎との縁をきっぱり切った。

あれからもう九カ月が経とうとしている。

「おなつさん、どうしたのですか。浮かない顔をして」

渡り廊下から庫裡に入ってきた智栄が、なつの顔を心配そうに見る。

胸にわだかまっているものが喉元までせり上がった。しかし、打ち明けるのはためらわれる。

何でもありません、となつが作り笑いを浮かべると、智栄は「そうですか」とだけ答え、ついであたりを見回す。

「お紋さんはどこにいったのでしょう」

「あ……！」

なつははっと立ち上がった。

茶の間に走りながら「お紋ちゃん」と呼びかける。

障子を開けると台所の流しの前に紋がしゃがんでいる。「あら」となつに人なつっこい笑顔を向けた。

「おなっちゃん、本堂から戻っていたのね」

紋の頬は寒さの名残で赤らみ、前には洗い大根がある。

夕餉に使う大根を畑から採って洗っておくようにと、なつが智栄に言いつけられていたのに。外は寒いし井戸水は氷のように冷たいから、野菜採りは紋と交代でやるのだ。

「ごめんね、今日はわたしの番なのに、うっかり忘れて――」

紋は「いいのよ」と骨張った両手を両膝についた。体を揺らしながらゆっくり立ち上がる。

「雨が来そうだったから先回りしただけ」

きゃしゃな紋の体は分厚い綿入れでふくらみ、その上の頭がさらに小さく見える。結った髪が重そうに見えるほど顔が小さく首が細く、そのせいで愛嬌たっぷりの目と口が際だって見える。

「だって、お紋ちゃん……」

立ち座りがつらいのに、となつは心の中で続けた。

なつより一つ年下の紋は五日前、この満徳寺に駆け込んだ。智栄に庫裡に連れられてきてすぐに、身のこなしが少し妙だと気づいた。茶の間と台所の上がり下りや、井戸端にしゃがむのがゆっくりだ。

聞くと紋は江戸の家持――地主の娘として生まれ、同じ江戸の町名主(まちなぬし)の家に嫁いだという。裕福な家に生まれ、奉公人にかしずかれて暮らしていたからおっとりしているのかと思ったが違った。

紋がそろそろと炉ばたの横に膝をつく。あとから来た智栄が手を貸す。

「上州はめったに雪が降らない代わりに、ときおり氷雨に見舞われるんです。雨が降りそうだったから膏薬（こうやく）を持ってきましたよ。お紋さん、雨が降ると傷が痛むって言ってらしたから」

「ありがとうございます。助かります」

紋が智栄から膏薬が入った小さな壺を受け取る。そして着物の裾をめくった。すねにどす黒い大きなあざがある。

最初に紋と過ごした夜、その痛々しいあざを見てなつは息を呑んだ。紋はなつの視線を受けて淡々と話した。

――あの人は着物で隠れるところだけ殴ったり蹴ったりするの。

あの人、とは紋の夫である江戸の町名主、治左衛門（じざえもん）のことだ。紋は治左衛門の暴力に耐えかねて家を飛び出し、満徳寺に駆け込んだのだ。

よくもまあ。なつはやりかけの縫い物を取り上げながらまた思った。

紋はよく勇気を出して駆け込んだものだ。夫に追われるのが怖かっただろうに、いったい、何がきっかけだったのだろう。

なつが駆け込んだとき怖かったのは、夫ではなく縁切寺の方だ。駆込門をくぐることさえなかなかできなかった。

紋とのやり取りで頭の隅に追いやられていた憂うつがまたふくれ上がる。

智栄が本堂に向かったあと、紋がこちらに向いた。そしてなつの顔を覗き込んだ。

「どうしたの？　おなっちゃん、今朝方からため息ばかりついて」

「うん……」

なつはあいまいに答えて目を伏せた。

すると、紋が顔をくしゃりとゆがめた。目を細め、口をとがらせ、頰をふくらませておどけてみせる。

おかめのような顔を見て、なつは思わず笑ってしまった。それを見て、紋も嬉しそうに笑う。

紋はつらい境遇を乗り越えたばかりとは思えないほど明るく元気だ。料理も掃除も不慣れだと言っていたが、なつに教わりながら取り組んでいる。

なつと紋は年も近い。今、庫裡にいるのは二人だけということもあって、すぐに打ち解けた。夜、炉を囲んで白湯を飲みながら、なつは自分の離縁についても紋に洗いざらい話した。

今日のこともあとでゆっくり話すつもりだった。だが、縫いかけの着物を取り上げながら、自然となつの口から言葉がこぼれた。

「実は、今朝来た文のことなの」

朝のお勤めのあと、なつは智栄に呼ばれて文を渡された。江戸の実家からだ。父が商売で上州を通る知人に託し、満徳寺に届いたという。

「父はわたしに江戸に戻ってこいというの」

なつが離縁したとき、父は世間体があるからと、なつに満徳寺に留まるように命じた。商売をやっている家で、兄に店を継がせようとしていたときだったからだろう。

「家も落ちついたし、わたしを江戸に戻して嫁に行かせるつもりなのよ。父は仲人さんに今ご縁を探してもらっているそうよ」

前の縁組のときと同じだ。仲人が探し、親が決めた相手と形ばかりの見合いをして、ろくに相手の顔も見ないまま祝言を挙げる。

なつの気持ちを察したのか、紋が明るく言う。

「それなら、もう少しここに残ったらいいじゃないの」

「そうできるものなら、わたしだって……」

なつは着物の裾をまつりながら、また小さく息をついた。

――雨が降ったら雨宿り。

ここに来たころ、慈白が言ったことをなつは思い出した。

涙の雨から逃げて満徳寺に駆け込んだ。一時の雨宿りのつもりが、雨が止んでも居ることになった。塀に囲まれたこの寺に、最初は閉じ込められたような気がしたものだ。

しかし、ここには温かく見守ってくれる人がいた。美しく聡明（そうめい）な尼住職の慈白、明るく朗らかな尼の智栄が。

閉じ込められている息苦しさは、いつしか守られている安らぎに変わっていた。そしてこの狭い境内は、なつにとって広い世界になっていた。

なつは慈白の柔和な顔を思い浮かべた。

慈白は七つのときにこの寺に送られたと聞く。尼としてこの寺でのみ生きていてもなお、慈白が人の心の機微に敏い理由が今は分かる。駆け込み女の事情を聞いたり、岐路に立つのを見たりして、好奇心で白い頬を上気させる気持ちも。

人というものはどんな書物よりも絵巻よりも広く奥深い世界だ。そしてこの寺には年齢も身分も住む土地もさまざまな女たちが集う。駆け込み女と関わることは、見知らぬ世界をそぞろ歩くのと同じだ。

ここで過ごした九カ月、何人もの駆け込み女とともに暮らした。それぞれが抱える事情に驚き、胸を打たれた。笑って泣いて、人生の分かれ道を前に励まし合った。

短ければ数日、長ければ数カ月。駆け込み女との別れはいつも寂しかった。けれど皆、楽しい思い出や胸に残る学びを残してくれた。

できることなら、これからも――なつはそう思い始めていた。

「わたし、満徳寺に残って、ここに来る人たちを助けたい。駆け込み女が幸せになる手伝いをしていきたいのよ」

「いいわね。おなっちゃんならできるわよ」

なつはかぶりを振った。

「わたしがここで過ごすには、お金が要るの」

父がなつを満徳寺に留めおくとき、一年分の扶持料を払うと言っていた。金額は聞かなかったが、三両から四両だという噂だ。そんな大金、なつにはとても払えない。

「父は家に戻れと言っているのだから、わたしがここに残りたいと頼んでも扶持料を払ってはくれないわ。そうなると、残るには出家するしかないけれど、わたし、それはまだ……決心がつかなくて」

いつか子を産み、母親になりたい——少女のころから夢見ていた思いが今もまだ残っている。それならば、早くここを出て誰かと所帯を持つべきだ。

だけど父の命に従い、誰かと夫婦(めおと)になったところで、また前のときと同じになりそうで怖かった。一年足らずの夫婦暮らしの大半を泣いて怒って暮らした記憶は、なつの心のあざだ。

そうかと言って、雨が上がった今、ずっと雨宿りを続けているわけにもいかない。いつかはこの屋根の下から外に出ないといけないのだ。

なつはまた小さく息をついた。

「さっき、本堂に行っていたのもそのことなの」

慈白がなつを呼んだのだ。なつの父から文が来たことは慈白も知っている。

「わたし慈白様の前で、今思っていることをすべてお話ししたわ。さっき、お紋ちゃんに話したように、もう少しここにいたいって。そうしたら、慈白様ったら何ておっしゃったと思う?」

針に糸を巻き付けて玉留めをしながら、なつは紋の答えを待った。

だが答えは返ってこない。いけない、となつは顔を上げた。

「ごめんね、わたしの話ばかり聞かせて――」

紋に顔を向けたなつは目を見はった。

うつむいて手元の縫い物に集中しているのだとばかり思っていたが違った。紋は両手で自分の体を抱え、痛みに耐えるように顔をゆがめていた。

少し休めば大丈夫、と言い張る紋を寝間に連れていった。布団を敷いて寝かせてから慈白と智栄を呼びに行った。

駆けつけた二人の前、紋は恐縮しきりだ。

「もう、大丈夫です。ちょっと、差し込んだだけで」

起き上がろうとする紋を智栄が押さえる。

「無理をしてはいけません。このところとくに冷えますから、お体に障ったのかもしれません」

智栄が湯たんぽに湯を入れると言って台所に向かう。慈白は紋の額に手を当てて熱を測り、ついで顔色を見る。

「顔色が優れませんね。心配ですからお医者様を呼びます」

「必要ありません。本当に大丈夫ですから」

紋が声を強め、そして「すみません」と詫びた。

「この二年、亭主に絶えず殴られたり蹴られたりしてきましたから……今でもそうしたところが不意に痛むことがあるんです。それだけです」

紋はなつの制止も聞かず、布団の上で体を起こした。

「慈白様。わたしはいつになったら離縁できるのですか」

慈白は綿入れを紋に着せかけ、そして向き合った。

「お紋さんがここに駆け込んでまだ五日です。まずはお父上がご亭主と話し合い、離縁してくれるよう頼むことになっています」

「そんなの無理に決まっています」

紋の顔が泣き出しそうにゆがみ、なつの胸が痛んだ。

駆け込んだ日の夜、紋はこれまでのつらい道程(みちのり)を、時に声をつまらせながら話してくれた。

紋の夫は紋より一回り年上で、江戸の町名主——町奉行の下で政を担う役人だ。二年前、十七歳だった紋は夫に見初められ、縁組を申し込まれた。町の名士との縁談に、紋の親は喜んで娘を嫁に出した。

夫にとって紋は三人目の妻だった。一人目の妻は出奔し、二人目の妻は病を得て早世したという。その理由をじきに紋は知った。

夏に冷茶を用意していなかった、と殴られた。着物を着せかけるのが遅かった、と蹴られた。夫の話を聞いて笑った、と滅多打ちにされた。

理由など何でもいいのだ。紋の夫は自分のうっぷんをすべて妻に手を上げることで晴らしているだけだ。

たまらず紋が離縁を願っても、そうはいかなかった。

「亭主は町名主で外面がいいんです。だからわたしが亭主にひどい目に遭わされているなんて、家の外の人は誰も信じてくれません。わたしの親は役人である亭主に頭が上がらないし、亭主の両親も見て見ぬふり」

離縁を考えていると知られてから、紋は家に閉じ込められ、奉公人たちとの会話さえ禁じられた。追いつめられた紋はある日、見張り役の下女が他の下女と話しているのを障子越しに聞いた。

「上州の満徳寺という縁切寺に行けば必ず離縁できる、満徳寺には後ろ盾に徳川様がついているから、と、おゆう――わたしを見張る下女が申しておりました。それを聞いて、わたしは心を決めて……おゆうが台所に立った隙に……」

「おゆうさんが台所で煮物の鍋につききりになっている間に逃げ出したのでしたね。お紋さんがここに来た日、お取調べでそう話したと取調帳で読んでいますよ」

慈白がそっと紋の背をさすった。そして体に障るからと紋をなだめ、ふたたび寝かせて細い肩を布団でくるんだ。

「お紋さんの言うとおり、ここは徳川様にお護りいただいている寺。わたくしたちもついております。ですから安心してお休みなさい」

「はい……」

慈白の力強い言葉とまなざしを受けて、紋の青ざめた頰に少しだけ血の色が戻った。

智栄が台所から湯たんぽを持ってきた。紋の足元に入れながら尋ねる。

「慈白様、お医者様を呼ぶのでしたら、日が暮れないうちに――」

「本当に、大丈夫です」

紋が弱々しい声を精一杯張る。

それを受けて慈白が智栄に向いた。

「今夜は様子を見ることにします。念のため、差し込みの薬を持ってきてください」

「はい」

智栄が出ていく。なつがその後ろ姿を見送っていると、慈白がちらりとなつに顔を向けた。さっきの本堂での話を思い出して、なつはとっさに目を伏せた。

慈白は紋にゆっくり休むようにと告げただけで智栄と出ていく。紋がなつを見た。

「おなっちゃん。わたしなら大丈夫だから」

「ええ。心配だから、もう少しだけそばにいるわ」

紋が目を閉じる。

なつはそばに座って紋を見守りながら、慈白が自分に向けたまなざしを思い出した。

さっき、なつは本堂で慈白に告げたのだ。

――わたしが、駆け込み女の世話役になることはできないでしょうか。

ときおり境内で世話役の女を見かける。世話役は尼たちに代わって手紙や買い物、駆け込み女たちが手がける内職の受け渡しなどを行っている。かつては境内に住む下女が担っていたが、亡くなった今は寺役宿のおかみが満徳寺に出向き、代わりを務めていると聞いた。

許されるなら、なつも世話役になりたい。

今まで通り庫裡で作務をこなし、そのかたわらで駆け込み女の世話を担ってもいい。扶持料を払う代わりに働いて、もう少し満徳寺で過ごしたい。

そのことを思いついたときは胸が躍った。自分で自分の進む道を決めるなんて、生まれて初めてのことだ。

「おなっちゃん」

細い声で呼びかけられて、なつは我に返った。

紋が小さな顔の大きな両目をこちらに向け、なつをじっと見ている。なつは膝でにじり寄った。

「どうしたの？　まだ痛む？」

答えはない。顔が一層青ざめたように見える。

慈白を呼びに行こうと腰を浮かせたとき、冷たい手がなつの手を握った。紋が手でなつを引き寄せてささやく。

「誰にも言わないで」

「え……？」

紋の唇がわななき、そして告げた。

「わたし……お腹(なか)にややこがいるの」

「え……」

なつは空いた手で口を押さえた。

こちらを睨むように見る紋の目は、青ざめた顔の中でぎらぎらと光っていた。

思えば兄嫁も身ごもったとき、腹が突っ張る、痛むとこぼしていた。紋が立ち座りに手間取っていたのも、傷の痛みのせいだけではない。腹の子をかばって慎重になっていたからだ。

翌日の朝、なつは渡り廊下で雑巾掛けをしながらまたため息をついた。腹の子は四月（よつき）を過ぎたあたりではないか。紋はそう言っていた。

――一緒に寝起きするおなっちゃんには隠し通せそうにないから。

心配をかけるし……こうやって迷惑もかけてしまって。

一夜明け、紋は元気になったと起き出した。だが昨日の今日で雑巾掛けなどさせられない。台所仕事を任せて掃除はなつが引き受けた。

寒い中、身重の体で掃除や庭仕事、畑仕事をするのは無理がある。慈白に話そうとなつは勧めたが、紋はかたくなに拒んだ。

――慈白様が寺役人に言ったりしたらおしまいよ。

亭主がわたしに子ができたと知ったら、きっと生まれた子を奪うわ。

あの家にはまだ子がいないんですもの。

紋は一度身ごもったことがあるという。しかし夫の暴力のせいで腹の子を失ってしまったそうだ。だから今度こそは腹の子を守り抜こうとしているのだ。

——おなっちゃんは言ったじゃないの。

　駆け込み女たちが幸せになる手伝いをしたい、って。

なつは紋の必死のまなざしに屈して、誰にも言わないと約束してしまった。

それでも、慈白に隠しごとをしてよいものか。

渡り廊下の突き当たりにぶつかりそうになり、なつはあわてて止まった。雑巾がけの向きを変えようとしたとき、頭上にある本堂の扉越しに小さく声が聞こえた。

「お紋さんの離縁について、どうお考えなのですか」

気になって引き戸をそっと開けると、慈白の声が耳を打った。

引き戸の隙間から覗くと、入口の小部屋には誰もいない。なつはそっと小部屋に上がり、ふすまににじり寄って耳をすませた。

「それが、厄介なことになりそうです」

ふすまの向こうから太い声が聞こえて、なつはびくりと身を震わせた。

慈白のもとにはせ参じているのは寺役人の一人、添田だ。声が続く。

「お紋の婚家も実家も江戸にあります。お紋が駆け込んだ翌日、江戸にやった慶蔵より、今日、文が参りました」

添田の声に懸念が混じる。

「慶蔵が亭主の治左衛門に寺役場からの呼状を届けようとしたところ、何度訪ねても不在だというのです。わけを聞いても治左衛門の親も奉公人も言葉をにごすばかりと」

紋がなつに言っていた通りだ。

——あの人はしたたかな人なの。

自分の思いどおりにしようとどんな手でも使うわ。

唇を震わせていた紋を思い出していると、慈白が添田に告げた。

「そのことは慶蔵が、わたくしにも今日文で知らせてきました」

慈白の声が凛と強くなる。

「治左衛門さんがそのようであれば、お声掛かりですね」

なつの目の前がぱっと明るくなった。

満徳寺で暮らし始めてから、お声掛かりで離縁した駆け込み女を二人見た。

夫側に非があることが明らかで、夫ががんとして離縁を承知しない。あるいは寺役場からの呼状を受け取らない。話し合いに応じない。そういう場合、寺役場は離縁交渉を江戸の寺社奉行にゆだねる。

それを受けて寺社奉行は夫を呼びだし、離縁をするように説得する。夫がなおも拒めば牢に入れてでも承知させる。つまり、お声掛かりになった時点で離縁はほぼ決まりなのだ。

もちろん、すぐにお声掛かりというわけにはいかない。御吟味願書、御由緒書などを寺社奉行に送り、お声掛かりに相応しいと申し立てをしなければならない。

そして寺役人——今回であれば紋の離縁を担当している添田も江戸に出向き、離縁が成立するまで交渉に立ち合うことになる。

慈白が重ねて添田に告げる。

「お紋さんは一日も早い離縁を望んでいます。心労のせいか体の調子も思わしくないよう。それをお汲み取りいただければ」

「承知いたしました」

ほっとなつが息をついたとき、添田が続けた。

「ですが、亭主の側の事情を確かめる必要があります」

さすが添田はぶれない。ひと息に続ける。

「お声掛かりになれば離縁は決まったも同然。かくなる上は慎重になるべきかと」

いつもそうじゃないの、となつは独りごちた。

添田が離縁交渉に慎重なのは、みずからの誤解で妻に去られたからだ。去年の晩秋、かつてここに駆け込んだ女、勢が訪ねてきたときに教えてくれた。

しかし、今回はそれだけではないようだ。

「お紋の夫は姿を見せないだけで、離縁に応じないとはっきり言ったわけではありません。加えて慶蔵からの文によれば、治左衛門を悪く言う者は周りに一人もいないとのこと。仕事熱心で真面目であり、町年寄の覚えもめでたいと」

添田の口調が少し改まった。

「万が一、お紋の側に何かわけがあれば、お紋を受け入れた慈白様、ひいてはこの寺も責任を問われることになります」

なつははっと身を固くした。

紋が身ごもっていることを黙っていていいのだろうか。

しかし、言ったら言ったでどうなることか。紋が恐れるように離縁がこじれ、あげく紋が産んだ子を奪われることになりはしないか。

「おなつさん？」

呼びかけられてなつはふすまに頭をぶつけた。

後ろから入ってきた智栄が足を止め、なつを不思議そうに見ている。

荒々しい足音が近づき、ふすまがぐいと引き開けられた。仁王立ちになった添田がなつにけわしい表情を向ける。

「そこで何をしておる」

御本尊の前に座った慈白もじっとこちらを見ている。なつは引きつった顔で懸命に声を絞り出した。

「あの、わたし、お掃除に……いえ、すみません」

ひれ伏し、失礼します、と告げてずるずると後ろに下がった。慈白が柔らかい声で呼びかける。

「おなつさん、お待ちなさい」

聞こえないふりで立ち上がり、なつはくるりと向きを変えて渡り廊下に向かった。添田がこちらを見ているようで背中が熱い。

昨日、なつは慈白に言われたのだ。

——おなつさん、添田様の妻になるというのはどうでしょうか。

なつが入寺してから半年以上が過ぎたことを、慈白も気にしていたという。

折しも満徳寺では、亡くなった世話役に代わる者を探しているところ。そして添田の両親は一刻も早く後添いをと願っているという。

そこで慈白は考えたそうだ。なつが添田の妻になり、満徳寺の世話役になるのはどうか、と。

——添田様は厳しいところはありますが誠実なお人柄。

前のお内儀(かみ)との間には五つになる息子さんがいます。

おなつさんでしたら、きっとよい継母になれるはず。

この寺とともに、添田様も助けていってはくれませんか。

なつはあまりのことに口もきけなかった。

添田とまともに言葉を交わしたのは、前の亭主、倉五郎との縁切り交渉のときだけだ。あとは、たまに慈白のもとを訪れる添田と境内ですれ違うだけ。会釈をすると、添田はそれに応えて小さくうなずく。それが二人の関わりのすべてだった。

それに添田は武士だ。町人である自分が嫁に入るなど恐れ多い。

なつの及び腰な答えにも、慈白は動じなかった。

——形ばかりですが、おなつさんが峯様の養女になればよいのです。

峯宗兵衛は寺役人の長だ。なつが養女になれば、添田のもとに嫁ぐには申し分ない。

けれど、嫁ぐ相手が相手だ。

——添田様はわたしのことなど、きっと……。

倉五郎との離縁交渉のとき、感情を高ぶらせた姿を見られている。あのときのように、じろりと睨まれて終わりなのではないか。

すると、慈白はなつを安心させるように笑いかけた。

——添田様も、まんざらではないご様子でしたよ。

慈白の白い頰がほんのりと上気しているのを、なつはどうしようもなく見つめた。

前の亭主、倉五郎は笑った顔しか思い出せないような男だった。裏を返せば真面目に話したこともみんな笑って茶化された。

対して添田は厳しい顔しか思い出せない。境内ですれ違うときもいつも何か考え込んでいるようで太い眉が寄っている。

顔はいかついし近寄りがたい。離縁交渉のときの添田の厳しさは忘れられない。

だが、添田は厳しいだけではない。

なつとはるが倉五郎と戦うと決めたとき、添田は力を貸してくれた。江戸の寺社奉行にとがめられるかもしれないのに、一緒に真実を突き止めてくれた。

他の駆け込み女からも折々に添田の話を聞く。不器用だが子どもにも女にも優しい、としずは言っていた。自分が気づかなかった夫や義実家の心情を汲んでくれた、と宇多は言っていた。

そして、秋の終わりに満徳寺を訪れた勢は教えてくれた。

——添田様は、ご自分も離縁をなさっているから。

——だから添田様は、駆け込み女の離縁に慎重なのでは。

縁切寺の閻魔様は実は情のある人なのでは。なつは今ではそう思うようになった。

だけど、縁組となるとまた別の話だ。

庫裡に戻り、炉ばたで縫い物をしていたなつは手を止めた。さっきから針で指を突いてばかりだ。

人生の雨から逃れ、満徳寺の軒先を借りてから九カ月と少し、なつは境内から一歩も出ていない。慈白や智栄、そして入れ替わり立ち替わりやってくる駆け込み女たちと女だけの穏やかな暮らしを続けてきた。

その間、顔を合わせた男といえば、寺役人と寺男の慶蔵だけだ。

慶蔵に役者を見るような目を向けて喜久とはしゃいだこともあった。けれどそれはあくまで戯れ。慶蔵と顔を合わせてもただ会釈をするだけだ。添田と会ったときと同じように。

そんな自分がまた誰かの妻になる。軒先を出て添田と歩き出したとたん、また冷たい雨に見舞われそうな気がしてならない。

かといって添田との縁談を断れば、なつは江戸の実家に戻り、そこから父が決めた相手のもとに嫁ぐことになる。

「戻っても嫁入り、残っても嫁入り」

なつは小さくつぶやいた。

何の取り柄もない自分には結局それしかないのか。悲しくなったとき、「おなっちゃん」と呼びかけられた。

紋が盆を手に台所から上がってくる。上には湯のみが載っている。

「おみかんで葛湯を作ったわ。あったまるから」

「あら、ありがとう」

なつは作り笑いを浮かべて湯のみを受け取った。

いただきます、と口に運ぶとほんのり甘い。空気が乾いていがらっぽい喉が、とろりと優しく包まれる。

なつの顔が自然にほころぶ。それを見て紋が言った。

「ねえ、もしかしてわたし、おなっちゃんに気苦労を背負わせてしまったかしら」

「気苦労?」

「ええ、おなっちゃん、どんどん元気がなくなっていくように見えるわ」

紋が眉をひそめ、声を小さくする。

「わたしが、内緒話をしたりしたから……。おなっちゃんに隠しごとを背負わせたりして、重荷になってやしないかって」

「重荷だなんて、そんなことはないわ」

なつはあわてて打ち消した。

そしてなつは、さっき本堂で聞いた慈白と添田の会話を紋に話した。紋の夫がいまだに呼状を受け取っていないことを。

紋がくやしそうに唇を嚙む。

「きっと居留守を使っているのよ。いつもながら卑怯だわ」

「そうねえ……。だけど慈白様がついていらっしゃるし、きっと間もなくお声掛かり離縁になるわ」

「だといいけれど……うまくいくかしら」

「大丈夫よ。それまで、あともう少しの辛抱」

まだ心配そうな紋の気をそらそうと、なつは尋ねた。

「それにしても、お紋ちゃん、よく思い切れたわね」

「思い切る？」

「ここに駆け込んだことよ」

治左衛門の暴力を二年も我慢したのは怖かったからだろう。江戸からこの寺まで来るのだって怖くはなかったか。中山道を旅した二日、夫に捕まえられないか、気が気ではなかっただろう。

なつがそう言うと紋が薄く微笑み、腹に手をやった。

「わたしには、この子がいるから」

紋は身ごもったと気づいて、どうにかせねばと必死で考えた。そして運よく聞こえた下女の会話で満徳寺のことを知ったという。

「もちろん怖かったわ。だけど、わたしはもう母なの。この子がいるんですもの」

紋が幸せそうに笑った。

「わたしの中に一本、芯ができたの。この子が芯。わたしを支えて勇気を……生きる力をくれるのよ」

ああ、そうか。なつは大事に腹をさする紋の手を見た。

腹の子を産みたいという強い意志が、紋の芯なのだ。

なつの願い――駆け込み女の支えになりたいという思いは、芯と呼ぶには頼りない。

赤城おろしが吹きつける木の枝のように揺れている。添田の妻になる道への迷いと不安で。

それでも返事を迫られている。慈白にも、父にも。

添田との縁談のことを紋に聞いてもらおうかと思ったが、離縁を前にした人間に縁組の話をするのははばかられる。なつが曇った表情を湯のみで隠し、口を葛湯でふさいだとき、座敷に続く障子が開いた。

軽く息を弾ませた智栄が入ってきて、紋に顔を向ける。

「お紋さん、今すぐ寺役場に行ってください」

「はい……」

紋は怪訝な顔をしながらも縫い物を置く。智栄は待ちきれないのか紋を支えて立ち上がらせる。

「急いでください。木戸で迎えが待っております」

寺役場に行くときにくぐる板塀の木戸のことだ。

紋を送り出したなつは、障子を閉めてから智栄に尋ねた。

「こんなに急ぐってことは、お紋さんのご亭主がついに話し合いに応じることになったのですか？」

「いいえ」

智栄の幼い顔が曇った。

「ご亭主が、女房取戻（とりもどし）出入（でいり）を訴え出たのです。町奉行に」

取戻出入は何らかの理由で去った、あるいは隠れた者を町奉行の力で連れ戻してほしいという申し立てだ。

なつは作務もそっちのけで玄関に立ち、障子戸を細く開けた。吹き込む赤城おろしの冷たさに震えながら境内を見張る。

すると、いくらも経たないうちに木戸が開くのが見えた。

うつむいた紋が現れ、続いて添田たち三人の寺役人が境内に入ってくる。

「どうして……？」

なつは紋の表情を読み取ろうと目を細めた。

寺役人、それも三人全員が境内に入り、慈白に会うときは決まって一大事が起きたときだ。

なつはいても立ってもいられず庫裡を出た。

今朝と同じように渡り廊下から本堂に向かう。そっと障子を開け、足音を忍ばせて上がった。

耳をすませるとふすま越しに慈白の声が聞こえた。いつものように御本尊の前に座っているようだ。

「なぜ、町奉行が駆け込み女の処遇に口をはさむのです」

氷柱（つらら）のような鋭い声だ。白絹のような柔和な慈白の顔が、今は凍った雪のように冷たく固くなっているのだろう。

「町奉行に女房取戻出入が先に出されたのであればともかく、お紋さんはすでにこの満徳寺に駆け込み、離縁を願い出ております。であれば寺法に従ってことを進める。それが決まりごとです」

寺役人の長である峯が「ですが」と切り返した。

「町奉行が問題にしているのは、お紋の離縁のことだけではないのです。お紋が家を出るにあたって亭主の治左衛門に偽りを申したこと、処隠し(ところがく)のことでございます」

「処隠し？」

「ええ」

峯の声が厳しくなった。

「お紋、そなたは家を出るとき亭主に置き文を残し、越後(えちご)の寺に行って尼になるとしたためたな。夫を惑わし、追っ手をかわすために」

「わたしは置き文など残してはおりません」

紋が声を上げた。しかし峯は無視して続ける。

「治左衛門の言い分の写しが町奉行より届きました」

紙をめくる音に続いて、峯が読み上げる声が聞こえる。

「私、治左衛門はお紋がいなくなって途方に暮れたとき、お紋が残した置き文に気づき、そこに書かれた越後の寺に、お紋を迎えに出向くも偽りだと分かり帰宅。その間家を空け、満徳寺より来たる呼状も受け取ることができず」

「嘘です」

紋が叫ぶ。なつは矢も盾もたまらず、ふすまを細く開いた。

隙間から向こうを覗くと、御本尊を背に慈白が座っている。その前にはいつかのように寺役人三人が並んでいる。

紋は慈白のかたわらで身を振りしぼるようにして訴える。

「わたしはあの人に家に閉じ込められ、下女に見張られておりました。ですから隙を見て必死に逃げ出したのです。置き文を残すような余裕などございませんでした」

「しかし、そなたが残した置き文を治左衛門は持っている。女の筆跡で治左衛門が言ったとおりのことが書いてあるそうだ」

峯が慈白に顔を向ける。

「妻が夫に居場所を偽る——処隠しは許されぬ罪です。先だっても同じことをした女に、不埒につき手鎖（てぐさり）五十日が申しつけられました。手鎖をつけ、家で五十日謹慎するようにと」

「そんな……あんまりでございます」

紋が泣き出した。なつも叫び出さないように両手で口を押さえた。

紋の腹には子がいるのだ。

止める智栄を振り切り、紋が寺役人たちに訴える。

「お願いです。もっとあの人を、亭主をよく調べてください。わたしは断じて亭主に置き文など残していません」

黙れ、と紋を一喝した峯が「慈白様」と改まって呼びかけた。

「いくら先に縁切寺に駆け込んだとはいえ、かほどな罪を見逃すわけにはいかぬと町奉行は申しております。しからば早急にお紋を町奉行に引き渡すようにと。置き文について明らかにするべく、お紋を取り調べると」

紋が寺役人たちに泣きながら訴える。

「お願いです。どうか、どうかわたしを町奉行に引き渡すことだけは堪忍してくださいまし」

峯が少し口調を和らげた。

「一つだけ方法がある。そなたの亭主はそなたが悔い改めるようであれば、許し迎え入れると申しているそうだ」

「そんな……あんまりです……」

紋が泣き崩れた。

もしも紋が町奉行に引き渡され留めおかれたら、早々に身ごもっていることがばれてしまう。そうしたら紋が恐れるように、紋の夫が腹の子を奪いにかかるだろう。

慈白が「お紋さん」と柔らかく呼びかけて背をさすった。そして優しくうながして顔を上げさせた。

「大丈夫。わたくしがあなたをお守りします。庫裡にお戻りなさい」

慈白にうながされた智栄が紋を立ち上がらせる。なつはとっさにふすまの陰に隠れた。

紋が泣きじゃくりながら、智栄に送り出されて出てきた。智栄が引っ込み、ふすまが閉まった瞬間、なつは息を呑んだ。

泣きじゃくっていた紋が、ぴたりと泣き止んだのだ。

涙で汚れた顔に両目がぎらぎらと光っている。呆気に取られていると、紋が気配で気づいたのかこちらに顔を向けた。

なつを見てたじろいだ紋は、すぐに黙ってと言うように指を唇に当てて見せた。ふすまににじり寄り、中の様子に耳をすませる。なつも紋の隣で同じように耳をそばだてた。

峯が困り果てたように「慈白様」と呼びかけるのが聞こえる。

「江戸の寺社奉行も寺法にのっとって離縁の儀を進めると町奉行に申しておりますが、町奉行は譲りません。かほどの重罪を見逃して離縁をさせるつもりかと」

「言いなりになってお紋さんを町奉行に引き渡したりすれば、女房を脅して連れ戻そうとする亭主の思うつぼではありませんか」

本堂が水を打ったように静まり返った。慈白が真顔で寺役人たちを見据えたのだろう。美しい顔が怒りをたたえ、氷を彫った菩薩像に変わる。それを見た者は皆気おされてただただひれ伏すのだ。

だが、今日はそうはいかなかったようだ。峯がさっきより声を強めて言い返す。

「しかし、女房が罪人となれば話は別なのです」

「ならば寺社奉行に伝えなさい。治左衛門さんを満徳寺によこすようにと。置き文の件が本当ならば、こちらの寺役場で話ができるはず」

「町奉行が許しません。今でもお紋を引き渡せと矢の催促なのです」

「お紋さんを町奉行に渡すことは断じて許しません」

「慈白様」

峯が声を荒らげた。

「駆け込み女を案じるお気持ちは分かります。ですが町奉行と寺社奉行の争いともなれば御公儀の一大事、いくらお姫様といえどもこればかりは――」

「お黙りなさい」

これまで聞いた中で一番けわしい慈白の声だった。

「どうしてもと言うならば、わたくしがお紋さんの盾になります。お紋さんを連れていくというなら、このわたくしを斬って捨ててからになさい」

ふたたび本堂が静まり返った。さすがの峯も今度は返す言葉がないようだ。

なつは横目で隣の紋を見た。

紋は涙で汚れた顔のまま、じっとふすまの向こうを見ている。

その口元がほっとしたようにわずかにゆるんだのを、なつは見のがさなかった。

何だか妙だ――。

翌日の昼前、なつは湯殿を掃除しながらまた、昨日見た紋の姿を思い出した。慈白や寺役人の目がなくなるやいなや、ぴたりと泣き止んだのはどういうことか。なつはあのあとさりげなく紋に尋ねた。そうしたら、紋はけろりと答えた。

――嘘泣きなんかじゃないわ。

寺役人様に一生懸命訴えていたら、自然と涙が出たのよ。

理屈は通っているが、何か腑に落ちない。腹に一物あるような――そう考えて、なつは苦笑した。紋の腹には子がいるのだ。

きっと紋は離縁を叶えようと必死なのだ。なつが自分に言い聞かせたとき、湯殿の扉が軽く叩かれた。振り返ると智栄が立っている。

「おなつさん、ちょっと」

なつが湯殿を出ると、智栄は裏庭と林を隔てる竹垣へと向かう。そのあとを追ったなつは、前方を見て立ちすくんだ。

竹垣の向こうに添田が立っている。

ぎょろりと両の眼を向けられ、なつはたまらず目を伏せた。気づいた智栄がなつに歩み寄り、そっと耳打ちする。

「大丈夫ですよ。わたくしが一緒ですから」

なつは智栄にうながされ、うつむいたまま前に進んだ。

本堂からはかすかに読経の声が聞こえてくる。慈白は本堂でお勤めをしているようだ。紋は庫裡の座敷で縫い物をしている。

竹垣の前になつは立った。添田の声が頭上から聞こえる。

「顔を上げよ」

なつはおそるおそる顔を上げた。

いつにも増していかめしい添田の顔がこちらを見下ろす。

少し離れたところにいる智栄を見ると、なつを励ますようにうなずいてくれる。どうしたものか、と目を泳がせていると、それを見た添田が言った。

「常ならば駆け込み女は寺役場に呼び、話を聞くところだが、そなたはもう離縁が済んだ身。内々の話でもあるゆえこちらに参った」

なつの胸が音を立てた。

もしや縁組の話ではないか。慈白に話を聞かされてから二日が経つ。

慈白の澄んだ声を思い出す。

――添田様も、まんざらではないご様子でしたよ。

かっと顔が熱くなり、なつはまたうつむいた。

「それでだ、おなつ」

添田が切り出す。なつは夢中で蚊の鳴くような声を絞り出した。

「わたし……あの……聞いたばかりで、まだ……。もったいない、ありがたいお話だと思いますが……」

「ありがたい話、とは？」

「その……添田様とのご縁の……」

添田が一拍おいて「ああ」とうなった。

「縁組の話ではない。そちらは、またいずれ」

拍子抜けしたなつに添田は続ける。

「昨日、お紋の件で寺役人三人で本堂に上がり、慈白様と話をした。そなた、また隠れて話を聞いていたのではないか」

目を見はったなつを見て添田が口をゆがめた。

「やはりな」

縁組のことではないかと勝手に胸を高鳴らせた上に、盗み聞きをしていたことまで見抜かれた。なつは恥ずかしさのあまり切り口上になった。

「わたしは、お紋ちゃんのことが心配なんです」

「お紋とも仲がよいのだな。そなたは駆け込み女皆と親しくなり、庫裡の古株として面倒を見ていると慈白様が申しておった」

添田のまなざしにぐっと力がこもった。

「お紋から亭主のこと、あるいは何か離縁のわけを聞いていないか」

「わけ？」

「そうだ。事情を聞けるのはそなたしかいない」

「わたしなんかに、何を……」

「お紋が取調べで言ったことは本当なのか。亭主の乱暴に耐えかねて逃げ出し、離縁をしたいだけなのか。本当は他に、何か隠していることがあるのではないか」

なつは勇気をふるって添田を見上げた。

黒々とした瞳がまっすぐになつを見ている。

なつはさっきより少し大きい声で尋ねた。

「もしも、お紋ちゃんが言っていること――ご亭主の乱暴が本当であれば、添田様はどうなさるおつもりなのですか」

「真であれば寺社奉行にそれを伝え、慈白様がおっしゃるとおり寺法にのっとって離縁の手続きができるよう力を尽くす」

なつは遠慮も忘れて添田の顔を見つめた。

信じていいのだろうか。お紋が身ごもっていることを話していいのだろうか。

添田がなつの視線を受けて目力を強めた。

「そなた、何か知っているのだな」

見破られ、なつは弾かれたように目をそらした。すると添田がなつの顔を覗き込むようにして続ける。

「事は重大だ。慈白様はあれからさっそく、使いに文を託して寺社奉行に向かわせた。町奉行を説得しようとしてのことだろう。しかし、そう簡単にはいかぬ」

「待ってください。満徳寺には徳川様の後ろ盾があると」

「此度は事情が違う」

添田の口調が厳しくなった。

町奉行は以前から縁切寺に冷ややかな目を向けていたという。女房が亭主を嫌うなど、もってのほかだと。

「もしも、亭主の訴えが真ならば――お紋が亭主を惑わせようと偽りをしたためた置き文を残したのであれば、お紋は元より、罪人をかばおうとした慈白様も責任を問われる」

「慈白様も……」

「ああ。この満徳寺の存続に関わってくる。いくら徳川様が後ろ盾とはいえ、罪人をかばったとなれば話は別だ」

あまりに多くを畳みかけられてなつは口もきけなかった。

頭の中でぐるぐると奔流が渦巻いている。やっとのことで言葉を絞り出した。

「お紋ちゃんは、そんな置き文を残すような人では、ないと思います」

――この子がいるから。

腹に手を添えて微笑んだ紋の顔が脳裏に浮かぶ。

紋に解せない部分はある。だが、必死に我が子を守ろうとしているのは分かる。おとがめ覚悟で処隠しをするとは思えない。

ふう、と添田が息をついた。

「お紋が亭主に閉じ込められていたことは聞いているな?」

「はい……」

「見張りまでつけられて。なぜか聞いているか」

「酷いご亭主だったからでしょう。お紋ちゃんに乱暴してばかりで……ここに来たときも脚に酷いあざが」

「亭主に蹴られたところを見たわけではあるまい。転んだか何かしてできたあざを、これ幸いと離縁の理由に使ったのかもしれない」

そんな、と声を上げようとしたなつを封じるように添田が続ける。

「お紋には情男(いろ)がいたそうだ」

「情男……？」

「寺社奉行から今朝知らせが来た。町奉行の調べで治左衛門が言ったそうだ。お紋がまた自分の目を盗んで情男と会うのではと心配で、紋を家に置き、下女に気をつけさせていたと」

「そんな……それこそ、ご亭主の作り話じゃ」

「お紋は亭主に一筆入れている。情男と金輪際会わぬと書いた証文を」

「証文……」

言葉を失ったなつに、添田が駄目押しのように告げた。

「近所でも、お紋と情男の仲は噂になっていたそうだ。あんなに良い亭主がいるのに、他の男とねんごろになるなんて、と」

紋は夫の乱暴に耐え続けた不幸な妻だとばかり思っていたのに——。

境内を進みながら、なつは少し先で草取りをしている紋の後ろ姿を見た。

視線を感じたのか、紋がなつに振り返ってにこりと笑う。

「今日は暖かいわね。昨日は雪になりそうな寒さだったのに」

「ああ……ええ」

寒さも暖かさも頭から閉め出されていた。なつは作り笑顔を紋に返し、しゃがんで草取りに加わった。

結局、添田に紋が身ごもっていることは言えなかった。添田もあきらめてなつを解放した。最後になつをじろりと睨んで。

——どんなささいなことでも、話す気になったら知らせよ。

この寺の命運がかかっている。

初めてじっくり話したにもかかわらず、前よりも添田が遠くなったように感じる。縁談が持ち上がっている二人だというのに、紋の秘密が分厚い壁となって二人の間に立ちはだかっている。

えい、と引き抜いた雑草が根元で切れて土に根を残す。溜息をついて残った根をかきだしていると、紋がなつににじり寄ってきた。

「ねえ、おなっちゃん、添田様と何を話していたの」

「え……」

どうしてそれを。たじろいだなつに紋がさらににじり寄る。

「さっき、憚りに行くときに裏庭で見かけたのよ。智栄様もいたわね」

「ええ、まあ……」

「ね、わたしの話をしていたんじゃないの？」

紋がぐっとなつを見すえる。なつは観念し、真正面から紋を見つめ返した。

「お紋ちゃん、情男がいたの？」

紋が苦笑いを浮かべた。

「やっぱりその話ね。今朝わたし、寺役場に呼ばれて添田様にそのことを聞かれたの。そのすぐあとだから、きっとそうだと思っていたわ」

紋はこともなげに言い、そして続けた。

「新七（しんしち）は――わたしの情男だって言われてる人は、ただの幼馴染みよ」

紋の婚家の近所に酒屋がある。新七はそこで奉公をしていて、半年ほど前から婚家に出入りするようになったという。

「それから勝手口や庭でときどき話すようになったの。ずいぶん愚痴を聞いてもらったわ。抜いても抜いても生える雑草みたいな愚痴をね。それだけ」

紋が腹に手を当てた。

「この子は誓って亭主の子よ」

なつの胸を圧していた息苦しさが少しだけ薄れた。

「そうだったのね。じゃあ、お紋ちゃんに情男がいたっていう証文も、お紋ちゃんが家を出るときに残したっていう書き置きと一緒で、偽物っていうわけで――」

「証文は書いたわ」

「え？」

目を見はるなつの前、紋は肩をすくめる。

「書かされたの。無理矢理。書かないと殴られるんだから仕方ないじゃない。手が震えてるふりをしてうんと下手な字で書いてやったわ」

何も言えないなつに向けて、紋がきっぱりと言う。

「信じて。わたし嘘なんてついてない」

「うん……」

なつはぎこちない笑顔を返した。

紋は安心したのか草取りに戻る。着物に隠れた紋のすねをなつは見た。

さっき添田に言われたことが嫌でも思い出される。

――亭主に蹴られたところを見たわけではあるまい。

もしも、紋の申し立てが嘘だったら。もしも、紋の夫が真っ当な人だったとしたら。

紋の夫は我が子から引き離されてしまうのだ。

添田がなぜあれほどまでに離縁に慎重になるのか、なつは身をもって知った。縁切寺の閻魔様、と駆け込み女皆で笑ってきたが、今はもう笑えない。離縁を司る役人として、添田は自分が下す裁きの重さを背負っているのだ。

今ごろ添田はどうしているだろう。なつが板塀の向こうに見える寺役場の屋根に目を向けたとき、男の声が聞こえた。

数人の男が声高に話している。言い争っているようだ。紋がなつの隣で「何かしら」と眉をひそめる。

抜いた草を入れるかごを持ってきた智栄も「何でしょうね」と足を止めた。そのとき板塀に穿たれた木戸が開いて下役が入ってきた。

外はどうなっているのか、と問う智栄に下役が告げる。

「今、お知らせしようと。寺社奉行が人をよこしました」

「寺社奉行様が……江戸から？」

「ええ。峯様と添田様が今、その者たちと話を。寺社奉行はお紋が逃げないよう見張ると。町奉行はお紋の処隠しをとがめると譲らず、重罪とあっては寺社奉行もさすがに捨て置けぬと――」

「おやめくださいまし」

智栄が珍しくけわしい顔になり、下役をぴしりとさえぎった。慈白に話してくる、と向きを変え、そして紋となつに呼びかけた。

「お二人とも、ここはもういいですから庫裡に戻ってください。大丈夫ですから」

智栄が足早に本堂に向かう。それを受けて下役も木塀の向こうに引っ込む。

なつが紋に顔を向けると、紋はさっさと立ち上がって着物の裾をはたいた。

「おなっちゃん、行きましょう」

「だけど――」

「わたしたちがここにいたって仕方ないわよ。慈白様がきっと何とかしてくださるわ。何たって徳川様が後ろについているんですもの」

紋がすたすたと庫裡に向かう。しかし、なつはその場から動けなかった。

板塀の向こうからはまだ、男たちが話し合う声が聞こえてくる。

紋を守っていた寺社奉行という分厚い壁が今にも倒れそうだ。女たちの拠り所である満徳寺をじわりじわりと黒い何かが囲んでいくような気がした。

午後、なつは夕餉の野菜を採りに行くと言って裏庭に出た。

あたりを見回し、紋に見られていなさそうだと確かめてから本堂に向かった。だが歩き出してすぐに、本堂の裏に探していた優美な姿が降り立つのが見えた。

慈白がこちらに背を向けて歩き出す。なつは考えるより先に駆け出していた。

呼びかけると慈白が足を止め、こちらに向きなおる。

作務衣の上に分厚い綿入れをまとっていても白鶴のようにしなやかな身のこなしだ。ばたばたと駆けてきた自分が恥ずかしくなる。

なつは息を整え、慈白に向き合った。

「少しお話をさせていただけますでしょうか」

「ええ。でも、その前に」

こちらへ、とうながされ、なつは慈白について裏庭を進んだ。

本堂を過ぎると尼庫裡――尼たちが暮らす庫裡がある。その裏には物置蔵。そこを過ぎると小さな祠が建っている。なつも何度かお参りしたことがある。

祠に祭られているのは満徳寺の氏神様だ。夏に物置蔵で土用に使う食器を出したときに智栄が教えてくれた。

慈白について氏神様の前に進むと、供えられたつわぶきの花が寒さでしおれている。慈白が持ってきたかごから出した山茶花と取り替え、ついでみかんを出して供えた。

うながされるまま氏神様の前に慈白と並び、手を合わせる。どうか満徳寺をお守りくださいと、なつは祈った。顔を上げると慈白がなつに呼びかけた。

「伺いましょう」

「あの……お紋ちゃんのこと、なんですけど……」

寺社奉行の者がやって来ても、紋が落ち込む様子はなかった。昼食の蒸かしたさつまいもを残らず平らげ、食が進まないなつの分まで腹に収めた。

その元気な様を見て、なつはようやく決心した。

「その……寺社奉行様は、お紋ちゃんを連れていくのですか？」

紋の秘密を告げるつもりが、すぐには口から出なかった。代わりの問いに慈白は穏やかに答えた。

「ことを収めるために、さきほど添田様が江戸に向けて発たれました。早く決着がつくよう祈るしかありません」

目を伏せた慈白の頰に頭巾が淡い影を落とす。

言わなければ。なつは思い切って口を開いた。

「あの、お紋ちゃんは……お紋ちゃんは……。大丈夫なのかと心配で……」

やはり言えない。

なつが唇を嚙んでいると、紋に秘密を守ると誓ったのだ。

「お紋さんが無理をしないよう気をつけてあげてください。お腹のややこに障ったら大変です」

なつは目を丸くした。

「慈白様、ご存じだったのですか？」

「お紋さんの立ちふるまいを見て、そうではないかと思っていました。これでも数多の駆け込み女を見てきましたから。お紋さんはお腹を大事にかばって、動きが用心深くなっていましたし」

「はあ……」

「お紋さんが差し込みを起こしたとき、お医者様に見せようとしたら拒まれました。どうやら人に知られたくないようだと、様子を見ることにしたのです。知られたくないことを知られれば、人は不安で落ちつかなくなるものですから」

そこまで考えて、と感心するなつに、今度は慈白が尋ねる。

「おなつさんは、どうしてそのことを？」

「お紋ちゃんが、わたしに——」

「くわしく」

なつが初めて紋から打ち明けられた日からのことを話すと、慈白がうなずき、氏神様に目を向けた。

「戌（いぬ）の日までにはすべてが片付いて、ここでお紋さんの安産を祈ってあげられるとよいのですが」

「慈白様は、お紋ちゃんのことを信じているのですね」

「おなつさんの話は、そのことですか」

慈白がじっとなつを見る。なつは吸いこまれたようにうなずいた。

「添田様に聞かされたのです。お紋ちゃんには、その、あの――」

「情男がいた、という話ですか。お紋さんのご亭主が町奉行のお調べでそう言ったと」

　柔和な笑みが慈白の顔に浮かんだ。

「わたくしは、お紋さんを信じております」

「だけど――」

「おなつさんは信じていないのですか？」

　なつが答えにつまるのを見て、慈白が微笑みを深めた。

「迷うということはどこかでお紋さんを信じている、信じたい気持ちがあるからでしょう。でなければ添田様から情男のことを聞いたとき、おなつさんはすぐにこうやってわたくしに話しているはず」

「ですが、もしも、お紋ちゃんのご亭主の言うことが本当だったら、満徳寺が危ないのではないですか。それに――」

　なつは言葉を呑み込んだ。慈白にもおとがめが及ぶ、とはさすがに言えない。

　しかし、慈白はなつが言いかけたことに気づいたのだろう。暖かい陽射しのようなまなざしをこちらに向けた。

「心配してくださってありがとうございます。では、おなつさんに一つお願いしたいことがあるのですが」

「わたしにできることなら」

なつが身を乗り出すと、慈白が地面に置いたかごを取り上げた。

「この氏神様にお祈りすると、願いを聞きとどけてくださるのです。そのために、お供え物を用意しなければなりません。おなつさん、お紋さんと一緒に用意していただけませんか」

「わたしに、できることなら……」

なつが繰り返すと、慈白が「では」とうなずいてかごに手を入れた。

「これを」

寒さでほんのり赤らんだ手が取り出したのは、薄く泥がついたれんこんだった。

まもなく慈白から頼まれた智栄が、庫裡にれんこんを運んできた。大きなかごに山盛りだ。

なつはれんこんを台所の流しに運び、一つ一つきれいに洗った。

皮に汚れを残さぬようたわしで磨き、冷たい水でていねいにゆすぐ。水が足りなくなると井戸に汲みに行き、水瓶に足してからまたれんこん洗いに戻る。

紋が自分も手伝うと言ってくれたが、なつは断り、代わりに自分がやるはずだった作務を頼んだ。信じかねているとはいえ、身ごもっている女に体が冷えることはさせられない。

洗い終えると作業台に運び、今度は紋と並んでれんこんの皮をむいた。続いてごく薄く切っていった。終わると切ったれんこんをざるに広げ、座敷に並べて干す。

乾かす位置を変え向きを変え、たっぷり三日干すと、薄く切ったれんこんが乾き、花片のようによじれ始めた。

作務の合間にざるの上のれんこんをかき回していると、去年の初夏を思い出す。この寺に来たばかりのとき、ごぼうを同じようにしてごぼう茶を作った。ここで出くわした亭主の情女、はると、こんな風に作業台で向かい合ってささがきを作った。

はるは元気だろうか。もしかしたら新たな縁に恵まれ、誰かに寄り添っているかもしれない。九カ月という時間はそれだけの長さなのだ。

――そちらは、またいずれ。

先日添田が口にしたことをふいに思い出し、なつは胸が重くなった。

江戸に発った添田はどうしているのだろう。そして、いったい自分はどうなってしまうのだろう。

気をまぎらわそうと薄切りれんこんをかき混ぜると、かさかさと小気味いい音を立てた。同じ音が重なり、顔を向けると紋も膝をつき、ざるをかき回している。

「おなっちゃん、このれんこんは何に使うのか分かった？」

れんこんが届いてから、何度も同じ問いかけをされている。なつも同じ答えを返す。

「さあ。慈白様はまだ何も」

れんこんで町奉行との戦に勝てるのか、と首をかしげたくなるが、一つありがたいことがある。紋との会話に困らなくなったことだ。

情男のことを聞かされてから何となく胸がつかえて、なつはすんなり紋と話せなかった。でも今はれんこんの話をしていればいい。

紋に向けてなつはおどけて手を広げてみせた。

「お供え物に何を作るか知らないけど、たくさんできそう。なんでも願いを叶えられそうね」

「れんこんを干してお茶にでもするのかしら？」

「いいえ、それは違うと思うわ」

三日かけてからからに干し上げたれんこんを台所に運んだ。少しずつすり鉢に入れ、すりこぎでていねいにすって粉にしていく。すり鉢は一つしかないから、紋と交代だ。

料理がおぼつかない紋は、なつに教えられたとおりにぎこちなくすりこぎを動かす。

「おなっちゃん、これだけたくさんのれんこんが、すって粉にしてしまうとほんのぽっちりね」

「本当だわ。前に里芋をこんな風にしたことがあるけれど、そのときも同じだったわ」

「里芋を粉にしたの？」

「ええ。季節外れにも里芋の湿布をできるように作るのよ」

なつが実家にいたときのことだ。冬に里芋がたくさん手に入ると、母がいくつかを粉にしていた。腹や歯が痛むとき、あるいは打ち身が酷くあざができたときに、里芋の粉を水でこねて湿布にするのだ。

紋も「ああ」とうなずいた。

「里芋の湿布なら、わたしも一度、おゆうにしてもらったことがあるわ。あの人に言われてわたしを見張っていた下女」

「お紋ちゃんが家を抜け出したとき、煮物をしていたっていう人ね」

「ええ、そうよ。おゆうが台所で煮物をするから、しばらく鍋についてなくちゃならないって言うのが聞こえたの。久しぶりに一人になれる、今だ、と思って、おゆうが台所でかぶの皮をむき始めたのを確かめて、家を抜け出したの」

「そうだったわね。聞いたわ」

紋が差し込みを起こして寝ついたときのことだ。慈白も紋の取調帳を読んで知っていると言っていた。

なつはふと気づいた。

「そのときは煮物とだけ聞いたけれど、おゆうさんはかぶを煮ていたのね」

「ええ。おゆうはわたしから目を離していたことで、あの人にひどい目に遭わされていないといいんだけど……」

紋が表情を曇らせる。なつはすりこぎを持つ紋の手を止めた。

「ねえ、お紋ちゃん、それって本当かしら」

江戸で暮らしていた長屋のかまどが目に浮かぶ。

前夫の倉五郎はかぶと油揚げの煮物が大好物だった。醬油とみりんでこっくり煮付けたものを酒のあてにするのがたまらないと言っていた。

去年の冬――短い夫婦暮らしの間のそのまた短いかぶの旬、毎日のようにかぶを煮ていたのを思い出す。初めて作ったときは大失敗だった。

「大根と違って、かぶはすぐに火が通ってしまうのよ。しばらく煮込んだりしたらぐずぐずに煮崩れてしまうわ」

火が通っているか心配であと少し、あと少しと火にかけたままにしていたら、箸でつまめないほど柔らかくなってしまった。

「そうなのね……」

料理にうとい紋は初めてそれを知ったようだ。

なつは紋に向きなおり、すりこぎを持つ紋の手を止めた。

「お紋ちゃん、おゆうさんが煮ていたのは本当にかぶなのかしら」

「ええ、かぶよ。だってわたし見たもの。おゆうが皮をむくのを」

「かぶを煮ていた。長い時間煮込んでいた」

相反するものがなつの頭の中でぶつかり合う。

なつはかなぐりすてるように前掛けを外した。

「お紋ちゃん、慈白様のところに行きましょう」


渡り廊下を急ぎ、本堂に上がった。畳に膝をつき、閉まったふすまの向こうに「慈白様」と呼びかけようとしたとき、中から襖が開いた。

現れた智栄が目を丸くする。

「おなつさん……お紋さんも」

後ろを見ると、今日も御本尊の前に慈白が座り、前には寺役人の峯ともう一人——不在の添田を除いた寺役人二人が並んでいる。

なつがたじろいだとき、慈白がなつに静かに呼びかけた。

「お紋さんもいるのですか」

「はい……」

なつの後ろで同じように膝をついていた紋が座って頭を下げる。慈白が頭を上げさせ、そして告げた。

「今、智栄に呼びに行かせたところでした。お紋さんの話をするところです。おなつさんは、わたくしに何か？」

寺役人二人が揃ってなつを見ている。気おくれして声を出せずにいると、慈白が首をかしげるようにしてうながす。

なつは思い切って切り出した。

「お紋ちゃんが婚家から逃げ出したとき、見張り役だった下女のおゆうさんは言ったそうですね。煮物をしていて台所で鍋につききりだったから、お紋ちゃんがいなくなったことにしばらく気づかなかったと」

「そうだが、それが何だ」

峯がいぶかしげな声で答える。なつは慈白へと身を乗り出した。

「あのとき、おゆうさんが煮ていたのはかぶなんです。かぶはそんなに長く煮るものじゃありません。なのにしばらく煮ていたなんて、言っていることがおかしいです」

峯が首をかしげる。

「何を煮ていようと大した違いではあるまい」

「わざわざ嘘をつくなんて、きっと何かわけがあります」

つい声を張ってしまい、寺役人たちの視線が突き刺さる。なつは身をすくめた。

おそるおそる慈白を見ると、慈白が柔らかな笑みを浮かべた。

「おなつさんも、そのことに気づいたのですね」

「わたしも、って、それじゃ……」

なつの問いに小さくうなずいて答えた慈白が、寺役人たちを見わたした。

「この季節、鍋で煮るものといえば何でしょう」

寺役人二人が途方に暮れたように目を伏せる。料理などしないから思い浮かばないのだろう。

今日の昼餉でも思い出したのか、峯が顔を上げる。

「ほうれんそう、でしょうか」

「春菊もありますな」

もう一人の役人も続く。「では」と慈白が真顔になる。

「ほうれんそうも春菊も沸いた湯に入れればすぐに茹だります。おなつさんが今言ったように、かぶもすぐに煮える。じっくり煮込むのは大根や里芋、かぼちゃなどの固い根菜、あるいは豆。そちらは時間がかかりますし、火も通りにくいから、ときどきお紋さんの様子を見に行くくらいの余裕はあるでしょう」

慈白の声が鋭くなる。

「そうなると、おゆうさんが煮ていたものは何だったのです？」

峯たちは見当もつかないようで眉をひそめたきりだ。慈白がさらに問う。

「もっと言えば、おゆうさんは本当に鍋につききりだったのでしょうか？」

今度は紋が慈白へと身を乗り出した。

「慈白様も、おゆうが嘘をついていたと……？」

「お紋さんは言っていましたね。この満徳寺、縁切寺のことを知ったのは、下女──おゆうさんが話しているのを聞いたからだと」

「そうです。おゆうが廊下で別の下女に話しているのを、障子越しに聞きました。おゆうは見張り役でしたが、わたしと話すことを亭主に禁じられていたので」

「おゆうさんは、お紋さんに聞かせようとしたのではないでしょうか」

「おゆうが……？」

紋がとまどったような声を上げた。「ええ」と慈白がうなずく。

「おゆうさんは、ご亭主の治左衛門さんに痛めつけられるお紋さんに同情していた。しかし口をきくことは許されない。そこで、おゆうさんはお紋さんに聞こえるように他の下女と話をした。縁切寺というものがあると」

紋への、下女ゆうの精一杯の同情だと慈白は言っているのだ。

「おゆうさんが台所に立ったときも同じではないでしょうか」

しばらく煮物についている、と、下女ゆうは紋に聞こえるように言い、台所に入って、紋に逃げ出す隙を与えた。

かぶはすぐに煮えた。けれど、下女ゆうは紋をなるべく遠くまで逃がすために台所に居続けた。

「そして、おゆうさんは治左衛門さんに、お紋さんから目を離していたことを責められると、しばらくかぶを煮ていたからだと言い訳をした。治左衛門さんもそのご両親も家事は奉公人任せ。かぶの煮える時間などご存じないと知っていたから」

なつは唖然と慈白に見入った。

慈白が寺役人たちから紋へと顔を向ける。紋を見ると、唇を震わせている。

「おゆうが、わたしのために……？」

「お紋さんの取調べのあと、取調帳を読むとおゆうさんのことが二度も出てきました。お紋さんに縁切寺のことを教えたこと、お紋さんを一人にしたこと。もしかしたらおゆうさんはひそかにお紋さんを逃がそうとしたのでは、と察しました」

慈白は紋が駆け込んだその日から気づいていたのだ。紋の駆け込みの陰に、それを手伝った下女ゆうがいたことを。

そして慈白は江戸に向かう慶蔵に命じて、下女ゆうの様子を見に行かせた。

峯が「慈白様」と割り込む。

「恐れながら、私どもにそのようなことは一言も」

「ことがはっきりするまではと黙っておりました。おゆうさんのしたことを、万が一にも治左衛門さんに知られてはなりませんから」

慈白が眉をひそめた。

「寺社奉行がこちらに人をよこした日、慶蔵から文が届きました。おゆうさんは治左衛門さんのことを恐れ、おびえて口を開かないと。そこで、添田様に初めておゆうさんのことをお話しして、江戸に行っていただいたのです。そして先ほど、添田様より急ぎ知らせが届きました」

手元の文を慈白が皆に見せた。

「添田様はおゆうさんに、悪いようにはしないからと言葉を尽くし、ようやく本当のことを聞き出すことができたと。治左衛門さんは外面はよくとも、家の中でお紋さんにひどい仕打ちを続けてきました。そして、おゆうさんはそれを見るに見かねて助け船を出したと」

ついで慈白は紋に顔を向けた。

「おゆうさんは言ったそうですよ。お紋さんが逃げ出した部屋には置き文などなかった。治左衛門さんも『書き置き一つない』と言っていたと」

「それじゃ……」

なつは思わず声を上げ、峯の咳払いで身をすくめた。

紋を見ると、身じろぎもせずに慈白を見ている。

慈白は峯に添田からの文を押しすすめた。

「お紋さんのご亭主、治左衛門が町奉行に訴え出たこと——お紋さんが置き文で居所を偽ったというのは真っ赤な嘘。お紋さんを陥れるための誣告（ぶこく）です。町奉行に出頭するのはお紋さんではなく、治左衛門さんの方」

「では、お紋は……」

「添田様が寺社奉行に治左衛門さんの誣告を訴え、寺社奉行と協力して町奉行を抑えてくださいます。そして寺法に従って離縁を進めていただきます。治左衛門さんの誣告が明らかになった以上、早々にお声掛かり離縁が成立するでしょう」

なつは紋を見た。

紋は信じられないという面持ちで慈白を見つめている。慈白が温かなまなざしを紋に向ける。

「お紋さん、もう大丈夫ですよ」

紋の顔がくしゃりとゆがんだ。両の瞳から涙が溢れ、そして紋はしゃくり上げた。

なつは驚いて紋を見つめた。あんなに強気で、からからと元気だったのに——。

紋が泣きながら繰り返す。

「ありがとうございます……ありがとうございます……」

紋は元気を装いながらも、内心は不安だったのだろう。なつはようやくそのことに気づいた。

平気だとうそぶいてみせたのも、さつまいもをなつの分まで食べてみせたのも、紋の精一杯の空元気だった。そうでないと自分を保てないから。腹の子を守れないから。

――わたしはもう母なの。

この子がいるんですもの。

なつは紋ににじり寄った。

お紋ちゃん、と肩を抱くと紋がなつの胸で泣き崩れる。そのつらさを見抜いてやれず、あまつさえ疑ってしまったことを、なつはそっと心の中で詫びた。

立春を迎え、きりりと冷たかった空気が少し和らいだようだ。

さっき見たら境内の垣根で咲く椿(つばき)の花も少し柔らかくなったように見えた。梅の花もちらほらと咲き始めたところだ。

茶の間の炉ばたに座ったなつは、斜向(はすむ)かいで土瓶を手にした慈白を見た。

昼餉を終えて縫い物をしていると、珍しく慈白が庫裡を訪れた。一服しようと誘われて二人で座る。

「どうぞ」

慈白が白湯を注いだ湯のみをなつの前に置く。

一口飲んでほっと息をついたところで、慈白がなつをじっと見た。

「また、一人になってしまいましたね」

「ええ」

なつの胸の中に押し込めていた寂しさがまた込み上げる。

紋はもうここにはいない。

添田が江戸で慶蔵とともに調べを進めた。そして紋が残したと治左衛門が主張する女文字の文を、誰が書いたかを突き止めた。下女の中に字が書けるものはいない。治左衛門は茶屋の女に金を与えて書かせたという。

添田の訴えで寺社奉行は町奉行に紋の夫の誣告を告げ、女房取戻出入をぴしゃりと撥ねつけた。

誣告を真に受けた形になった町奉行の面目は丸つぶれ。怒った町奉行は即座に治左衛門をとがめ、五十日の手鎖を申しつけた。

そして寺社奉行によってお声掛かり離縁が成立し、紋は晴れて自由の身になった。今日の昼に、満徳寺まで迎えに来た父と実家に戻っていった。

実家で紋は産み月を待ち、子を育てる。母となった紋を支えるのは下女ゆうだ。紋の父が婚家に金を払い、娘を救ったゆうをもらい受けたのだ。

そして紋は幸せそうに満徳寺から去って行った。

——おなつさん、ややこのことを黙っていてくれて本当にありがとう。

なつは慈白を見つめ返した。

「慈白様のおっしゃるとおりでした。わたしはお紋さんを信じたかった。だけど、お紋さんが罪人ならば、この寺の存続に関わると聞いて怖くて。わたしの、たった一つの居場所がなくなるのが怖かったんです」

信じられなかったのではない、怖かったのだ。

そのことが分かった今、紋に疑いの目を向けたことを心から申し訳なく思う。お紋が無事に離縁できたことが救いだ。

「お紋ちゃんのお腹にややこがいることが、慈白様たちとわたしだけの間にとどめておけて本当によかったです」

梅の花がほころぶような微笑みを慈白が見せた。

「添田様もご存じですよ」

え、となつは慈白を見た。慈白が小さくうなずく。

「おゆうさんから聞いたそうです。おゆうさんは、お紋さんを見ていて、身ごもっていることを察した。だから思い切って縁切寺のことを伝えたと」

「それなら、添田様はどうして……」

本来なら知ってすぐに、お声掛かり離縁を進めている寺社奉行に告げることだ。腹に子がいるとなれば、その子をどうするかも離縁においては大きく関わってくる。とくに生まれた子が男児だったときのことが。

もしや、となつが慈白を見ると、慈白が静かにうなずいた。

「治左衛門さんには子がいません。あちらのご両親も跡取りは喉から手が出るほどほしいはず。つつがなく離縁を進め、生まれる子をお紋さんが育てられるようにと添田様は黙っていてくれたのでしょう」

慈白の表情が厳しくなる。

「治左衛門さんがお紋さんを痛めつけていたのに、ご両親は二年も見て見ぬふりをしてきたのです。それを思えば仕方がないのでは」

「だけど……」

なつの心配を見透かしたように慈白が言う。

「お紋さんが身ごもっていたことを、あとから町奉行が知りましたら、よい気はしないはず。ことによっては添田様のお立場にも関わるやも。それでも添田様は、お紋さんが幸せになる道を選んだのです」

なつはいかつい添田の顔を思い浮かべた。

「添田様は駆け込み女のことを案じてくださっているのですね」

「それは、おなつさんも同じでしょう」

慈白が微笑んだ。

「おなつさんも、お紋さんを助けるために、峯様たち寺役人に意見したではありませんか。自分の身を顧みずに」

確かにそうだ。自分の離縁のときには、くやしくてももどかしくても寺役人に何も言えなかった。だがあのときは夢中で声を上げていた。

すっと慈白がなつに体を向けて向き合った。

「わたくし、おなつさんを見てきて思ったのです。おなつさんも添田様も熱い思いをお持ちのところは一緒。駆け込み女を護りたい、幸せにしたいという思いを」

炉の中で燃える炭火に、慈白が目をやる。

「思いは油、芯を用いて明かりとなる。そして芯はより合わせて太くすればするほど、明るく炎を灯すことができます。添田様とおなつさん、お二人が寄り添えば、より明るい炎が灯り、より多くの人を照らすことができるはず」

「わたしたちが……」

「ええ」

ほっそりとした手がなつの手を取った。

「おなつさんは、きっと添田様がお役目に向ける気持ちを、この世の誰よりも分かるはず。添田様も同じです。おなつさんが駆け込み女を思う気持ちを、きっと誰よりも分かってくれるでしょう」

慈白が微笑む。

「大切なことを分かち合えること、それが夫婦が幸せになる一番の道なのではないでしょうか」

「夫婦……」

なつは頰を赤らめて目を伏せた。

静かに障子を引く音が聞こえた。なつが目を上げると智栄が重箱を抱えて入ってくる。

「慈白様、お待たせしました」

智栄が畳の上に重箱を置く。慈白がなつにそれを示した。

「おなつさんとお紋さんのおかげで、いいものができましたよ。作ってもらった、れんこんの粉で」

「あれは願掛けではなかったのですか？」

れんこんの粉で何か作って氏神様にお供えしたのだろう、とお紋と話していた。「いいえ」と慈白が笑う。

「何かしていると気が紛れるものです。おなつさんも、お紋さんも、心配で居ても立ってもいられない様子だったので、やることがあった方がよいかとお願いしただけです」

慈白はすまして告げる。なつは思わず笑ってしまった。

慈白が寺役人と対立したとき、峯が思わず口走ったことを思い出した。

――いくらお姫様といえども。

やはり慈白は徳川の姫君だったようだ。美貌と気品はもとより、何も恐れず何にも囚われない自由闊達さがいかにも姫らしい。

そして今、慈白は智栄をうながして重箱の上に載せた皿を炉ばたに置かせたところだ。被せた小皿を取ると、煮こごりのような琥珀色の四角い固まりが置かれている。

「おなつさんたちが作ってくれたれんこんの粉で、れんこん餅を作りました。どうぞ召し上がれ」

うながされるままなつは黒文字を取り、餅の端を切り取って口に入れた。

豊かな甘味が口に拡がり、すっと溶けた。なつの目の輝きを見て取った慈白が口元をほころばせる。

「お紋さんにも出立のときにお渡ししましたからご心配なく」

そういえば、お紋に智栄が笹の葉の包みを渡していた。てっきりおむすびだとばかり思っていた。

　慈白が重箱をなつに示す。

「今から智栄が寺役人の皆さまにお裾分けに行きます。おなつさん、お望みなら智栄を手伝って一緒に行ってはいかが」

「わたしも……？」

「ええ。添田様にれんこん餅をお届けして、少しお話でもなさっては」

　なつの心臓が音を立てて鳴った。

　どう答えていいものか。

　なつが炉ばたを見つめて固まっていると、慈白がすっと立ち上がった。

「では、わたくしはここで」

　茶の間を出た慈白が、静かに障子を閉めた。

　慈白の顔のように白い障子を見つめていると、智栄がそっと言い添えた。

「慈白様はおなつさんが心おきなくお決めになれるようにと、お気づかいされたのでしょう」

　なつはうつむいた。そして、蚊の鳴くような声で智栄に告げた。

「ご一緒させてくださいまし」

　智栄と手分けして重箱を抱え、庫裡の玄関から境内に出た。

きれいに晴れた午後の陽射しが、昨日よりも暖かく感じる。白い砂利が輝く参道をまっすぐに進む。

人の思いは芯となり、己を支える。

紋には腹の子への思いという芯があった。慈白には長年駆け込み女を見守り続けたという芯がある。

そして、なつには駆け込み女たちの力になりたいという芯ができた。

迷いという留め金が外れた今、堰き止められていた思いが一気に芯を上っていく。豊かな油をたたえた芯が炎を灯す。

なつは目の前に照らし出された道を見つめた。もう迷わない。

添田もなつと同じ芯を持っている。二人の芯をより合わせて明るい炎を灯そう。この満徳寺、縁切寺という場所で、なつは駆け込み女を支える。添田の伴侶となって継子を育て、子を産み、家を守る。

なつの長い雨宿りもついに終わろうとしている。

先を歩く智栄と寺役場に続く板戸にたどり着いた。智栄の呼びかけで向こう側に来た下役が板戸を開ける。

四角く開いた板戸の向こうがふわりと光って見える。去年の四月に離縁の交渉を終えて以来、なつは初めて板塀の外に出るのだ。

もう一度信じて、踏み出してみよう。
智栄についてなつは板戸をくぐった。

参考文献

『縁切寺満徳寺の研究』高木侃、成文堂
『三くだり半と縁切寺』高木侃、吉川弘文館
『増補　三くだり半　江戸の離婚と女性たち』高木侃、平凡社ライブラリー
『江戸の暮らし図鑑』菊地ひと美、東京堂出版
『お江戸の結婚』菊地ひと美、三省堂
『江戸衣装図鑑』菊地ひと美、東京堂出版
『江戸時代の暮らし方』小沢詠美子、実業之日本社
『尼寺　髪(かざり)を落とした女人たち』主婦の友社編、主婦の友社

解　説

青木千恵

縁を切りたい――。

結婚をめぐってよく言われる「良縁」には、「①似合わしい縁組。よい縁談。②極楽往生ができるよい因縁」という二つの意味がある（小学館『大辞泉』より）。結果として離縁することになった夫婦も、初めは自分に似合わしい、良縁だと思って結婚したのではないだろうか？ 人間関係は、空模様と同じように移り変わっていく。晴れの日に結婚したつもりだったが、曇天が立ち込めて、雨が降り、一人が傘を手にして出ていくこともあるだろう。なんとなく違和感を覚えて離れていくのは、夫婦に限らず友達同士でも起こる。「縁切り」のプロセスには、当事者にしかわからない事情とドラマがある。

本書は、二〇一三年に『給食のおにいさん』で小説家としてデビューして以来、現代小説を手がけてきた遠藤彩見さんによる、初めての時代小説である。江戸時代に鎌倉（かまくら）の東慶寺（とうけいじ）と並んで、妻から離縁の申し立てができる「縁切寺（えんきりでら）」として存在した、上州満徳寺（じょうしゅうまんとくじ）を舞台にした五話が収められている。

物語は、数えで十九になるなつが、江戸を発って上州へ、四月の中山道を二日がかりで歩き、満徳寺にたどり着いた場面から始まる。日本橋の小さな畳屋の娘として生まれたなつは、両国に住む大工の倉五郎と夫婦になった。陽気で優しい倉五郎は、嫁いだ日に〈俺は果報者だな。こんないい顔をして笑う女房を貰えて嬉しいよ〉と言ってくれた。最初の一月は幸せだったが、じょじょに雲行きが怪しくなる。ある日、はるという女と倉五郎の逢い引きを目撃したなつは、二人の前に躍り出て〈恥を知りなさいよ！〉と怒鳴りつけた。それからは夜も眠れず、夫を改心させるために縁切寺に訴える「お試し」をしようと決める。意を決して満徳寺に駆け込むと、なんと、夫の情女のはるが境内にいた。日本に二つだけの縁切寺のうち、夫婦でない男女の縁切りができるのは満徳寺のみで、「執心切れ」の証文を得るために、はるも駆け込んでいたのだ。「お試し」で駆け込んだなつと、倉五郎と別れたくて駆け込んだはる。妻と情女が縁切寺の同じ屋根の下で暮らすという、きわめてまれな事態となる――。

連作のスタイルで描かれた本書は、妻と情女が満徳寺で向かい合う第一話「妻の鏡」から始まり、第二話「小姑の根っこ」、第三話「箱入り娘の呪い」、第四話「継母の呼び名」、最終話「駆け込み女たちの芯」に至る五話で成っている。一話ごとに起承転結があって視点人物が移り変わるため、さまざまなタイプの女性と、その駆け込みの顚末を読むことができる。夫の姉のひさが転がり込んできて以来、働きづめになって疲れ果て、娘と共に婚家を出たいと駆け込んだ三十三のしず（第二話）。下野の大地主の家から江戸の米問屋に嫁いだが、姑と小姑、女中たちに蔑まれたと訴える十七の宇多（第三話）。密かに慕っていた幼馴染の後添いになったが、離縁を望んだ勢（第四話）。思いつめて駆け込んだ女性たちの事情と縁切りの行方が知りたくて、ワクワクしながら読んでしまうが、尼住職の慈白が「くわしく」と身を乗り出して女性たちに事情を聞くように、駆け込みの背景には奥深いドラマがあるのだ。駆け込んだ女性たちが過ごす、お寺の生活も興味深い。庫裡と呼ばれる建物に寝泊まりして、朝のお勤め、朝餉の支度、掃除、昼餉、境内の草取りや畑の手入れ、縫い物や保存食づくりなどをし、質素な食事をおいしく平らげ、夜は眠る。庫裡での会話や、季節に応じた食べ物のディテールが物語と有機的につながり、あざやかに描かれている。

本書の魅力はいくつもあって、江戸時代を舞台にしながら他人事と思えない、とても身近な物語である点は、特筆すべきだろう。遠い時代の出来事をなぜ身近に感じるのかというと、いつの時代もどの人も、生きていると必ず「縁切り」、つまり「別れ」を、なんらかの形で経験するからだと思う。なつが泣くと〈江戸一の美人が台無しじゃねえか〉と茶化し、〈縁切寺に行ってやる、だって？　よせよ、おまえのような世間知らずにできるわけがねえ〉と言う倉五郎の言動は、モラルハラスメントではないだろうか。病気を理由にやりたくない仕事をしずに押しつける、ひさのような人は現代の職場にもいるのでは。故郷を離れて知り合ったばかりの人と暮らすストレスや家庭内暴力（DV）などは、今も存在する。なつに向かって〈おなつは三国一の女房だよ〉と褒めた倉五郎は、はるには〈世間知らずでわがままで苦労している〉と、なつについてこぼしていた。夫の二枚舌を知って〈着物が雨に濡れたときのように、ずんと全身が重くなる〉、なつの気持ちの描写など、本当に他人事と思えない。縁を切るか、それとも帰縁して嫁ぎ先に戻るのか。岐路に立った女性たちの状況を、本書はいろんな角度から見つめている。

また、お寺を舞台にしている点も、この物語ならではの魅力だと思う。女性たちは悩んだ末に駆け込んでいて、五話はいずれも「煩悩」から始まる。このくらいの雨なら、傘がなくても大丈夫かな。このくらいなら許せるかな。そう思っているうちにもやもやと曇天が垂れ込めて雨足が強くなり、満徳寺で雨宿りをすることになってしまった。煩悩を払い落とし、日々新たに生まれ変わりながら平安を得、やがて仏になる。自分も他者も慈しんで共に生きていくのが、仏教の教えだ。似合わしい縁組、よい縁談と思った良縁が途絶えたとしても、極楽往生ができるよい因縁に向かって、良縁を自ら紡いでいくことはできる。生きる辛さやほろ苦さを孕みつつも、お寺を舞台にした五話には、やがて雨がやんで晴れ間がのぞき、悩みがほぐされるような、すがすがしい空気が流れている。

尼寺だった満徳寺は、夫から妻を救済する縁切寺として徳川幕府に公認されていた。住職の慈白は美貌の尼僧で、実は徳川の「お姫様」だと噂されている。美しく聡明な慈白と明るく朗らかな智栄は、同じ尼僧でも好対照だ。また、駆け込みの訴えを取り調べる寺役人の添田万太郎は、なかなか離縁を認めない慎重さから、「男前の閻魔様」と呼ばれている。慈白は五話を通してミステリアスな存在だが、いつも微笑んでいる智栄や、厳めしい添田については、その表情の奥に潜む過去が少し明かされる。〈話すは放す〉といった仏教に裏打ちされた概念が物語にちりばめられていて、読者は物語を読みながら、凛とした慈白の言葉を聴くことになる。

　事情も性格も一人ひとり違う駆け込み女に共通するのは、江戸時代を生きる女性である点だ。封建社会で、身分や主従関係に基づく統治がおこなわれた江戸時代は、「三従（結婚前には父に、結婚後は夫に、夫の死後は子に従う）」が女性の心構えとされていた。江戸時代を生きるなつは、父の決めた縁で倉五郎に嫁ぎ、離縁したいと実家に泣きついても辛抱しろと叱られる。女性について「女」としか書かれていない昔の家系図を見ると、現代を生きる私たちは曰く言いがたい気持ちを覚えたりするのではないか。明治時代になって女性解放運動が起こったが、日本で女性の参政権が認められたのは第二次大戦後の一九四五年である。まだ百年も経っていない。

　さらに時代が下った令和の現在、憲法が第十四条や第二十四条で、平等原則や家族関係における個人の尊厳を定めているというのに、いまだに日本は男女差別がなくなったと言える状況ではない。スイスの非営利財団「世界経済フォーラム」が、男女平等の達成度を国ごとに調べた「ジェンダー・ギャップ指数2023」によると、日本は百四十六ヵ国中百二十五位で、二〇〇六年の公表開始以来最低となっている。女性の国会議員の割合が低い、同一労働で賃金の男女格差がある、女性管理職の割合が低いといった不平等から「政治」「経済」でのギャップが目立つ。ふだん暮らしていても、性別に基づいた固定観念の根強さは実感するところだ。だから、江戸時代の女性群像を描いた物語が身近に感じられて、身につまされる。本書は、そんな今だからこそ紡がれた物語なのだろう。

この巻を締めくくる最終話は、一回り年上の町名主に見初められて嫁いだが、夫の暴力に耐えかねて駆け込んだ紋の物語だ。一つ下の紋の話し相手になるのは、第一話から登場するなつである。「お試し」で駆け込んでから九ヵ月、春から冬にかけて、父親の命令で満徳寺に長逗留することになった。慈白と智栄、添田らと共に、女性たちのさまざまな境遇と縁切りの行方をなつは見る。〈人というものはどんな書物よりも絵巻よりも広く奥深い世界だ。そしてこの寺には年齢も身分も住む土地もさまざまな女たちが集う。駆け込み女と関わることは、見知らぬ世界をそぞろ歩くのと同じだ〉。悩んで、泣いて、やむにやまれず駆け込んで、満徳寺で「雨宿り」をしたなつは、そして「これから」を考えなくてはならない。離縁か帰縁かの区切りがついたとしても、人生はその後も続くのである。

〈あなたらしく。どんな名前で呼ばれようと、あなたはあなた。大切なのはあなた自身ですよ〉と、本書で慈白が智栄に語っているのは、女性にも男性にも、すべての人に向けられた言葉なのかなと思う。

晴れたり、雨に降られたり、いつの時代もままならぬ世の中を生きていくには、何が大切なのだろうか。江戸時代を舞台にした本書を通して、読者は物語を楽しみながら、それが何かを知るだろう。

空模様がどうであれ、心は晴れ晴れとして生きていけるように、雨宿りのあと、自分で決めて踏み出していけるように。

本書の五つの連作は、読者の背中を優しく押してくれる物語である。

（あおき・ちえ　書評家）

本書は、左記の作品を加筆・修正したオリジナル文庫です。

初出「ｗｅｂ集英社文庫」
第一話　妻の鏡　二〇二二年八月～九月
第二話　小姑の根っこ　二〇二二年十月～十一月
第三話　箱入り娘の呪い　二〇二二年十二月～二〇二三年一月
第四話　継母の呼び名　二〇二三年二月～三月
最終話　駆け込み女たちの芯　二〇二三年四月～五月

本文デザイン／高橋健二（テラエンジン）

遠藤彩見の本

みんなで一人旅

憂鬱な社員旅行。トラブル続出の一人旅。悪夢のような出張。悩ましい親孝行旅……。ままならない旅路の果てに待ち受ける、予想外の結末とは。ほろ苦くも温かい、大人の旅物語七編！

集英社文庫

集英社文庫

虹を待つ　駆け込み寺の女たち

2024年4月25日　第1刷　　定価はカバーに表示してあります。

著　者　遠藤彩見

発行者　樋口尚也

発行所　株式会社　集英社
東京都千代田区一ツ橋2-5-10　〒101-8050
電話　【編集部】03-3230-6095
【読者係】03-3230-6080
【販売部】03-3230-6393（書店専用）

印　刷　株式会社広済堂ネクスト

製　本　株式会社広済堂ネクスト

フォーマットデザイン　アリヤマデザインストア　　マークデザイン　居山浩二

ISBN978-4-08-744644-9 C0193

集英社文庫 目録（日本文学）

宇山佳佑　恋に焦がれたブルー
江川晴　企業病棟
江國香織　都の子
江國香織　なつのひかり
江國香織　いくつもの週末
江國香織　薔薇の木 枇杷の木 檸檬の木
江國香織　ホテル カクタス
江國香織　モンテロッソのピンクの壁
江國香織　泳ぐのに、安全でも適切でもありません
江國香織　とるにたらないものもの
江國香織　日のあたる白い壁
江國香織　すきまのおともだちたち
江國香織　左岸(上)(下)
江國香織　抱擁、あるいはライスには塩を(上)(下)
江國香織・訳　パールストリートのクレイジー女たち
江國香織　彼女たちの場合は(上)(下)

江角マキコ　もう迷わない生活
江戸川乱歩　明智小五郎事件簿Ⅰ～Ⅻ
江戸川乱歩　明智小五郎事件簿　戦後編　Ⅰ～Ⅳ
NHKスペシャル取材班　激走！日本アルプス大縦断　密着トランスジャパンアルプスレース富山～静岡415km
江原啓之　子どもが危ない！　スピリチュアル・カウンセラーからの警鐘
江原啓之　いのちが危ない！　スピリチュアル・カウンセラーからの提言
M　L change the WorLd
ロバート・D・エルドリッヂ　トモダチ作戦　気仙沼大島と米軍海兵隊の奇跡の"絆"
遠藤彩見　みんなで一人旅
遠藤彩見　虹を待つ　駆け込み寺の女たち
遠藤周作　勇気ある言葉
遠藤周作　父親
遠藤周作　ぐうたら社会学
遠藤周作　愛情セミナー
遠藤周作　ほんとうの私を求めて
遠藤武文　デッド・リミット

逢坂剛　裏切りの日日
逢坂剛　空白の研究
逢坂剛　情状鑑定人
逢坂剛　よみがえる百舌
逢坂剛　しのびよる月
逢坂剛　水中眼鏡の女
逢坂剛　さまよえる脳髄
逢坂剛　配達される女
逢坂剛　鵟の巣
逢坂剛　恩はあだで返せ
逢坂剛　おれたちの街
逢坂剛　百舌の叫ぶ夜
逢坂剛　幻の翼
逢坂剛　砕かれた鍵
逢坂剛　相棒に気をつけろ
逢坂剛　相棒に手を出すな